H
Q

CLÁUDIO SÉRGIO ALVES TEIXEIRA

HQ

Labrador

© Cláudio Sérgio Alves Teixeira, 2024
Todos os direitos desta edição reservados à Editora Labrador.

Coordenação editorial Pamela J. Oliveira
Assistência editorial Leticia Oliveira, Jaqueline Corrêa
Projeto gráfico e capa Amanda Chagas
Ilustração de capa Ramo Negro
Diagramação Nalu Rosa
Preparação de texto Amanda Gomes
Revisão Ligia Alves

Dados Internacionais de Catalogação na Publicação (CIP)
Jéssica de Oliveira Molinari - CRB-8/9852

Teixeira, Cláudio Sérgio Alves
  HQ / Cláudio Sérgio Alves Teixeira.
São Paulo : Labrador, 2024.
  320 p.

  ISBN 978-65-5625-611-5

  1. Ficção brasileira I. Título

24-2066   CDD B869.3

Índice para catálogo sistemático:
1. Ficção brasileira

Labrador
Diretor-geral Daniel Pinsky
Rua Dr. José Elias, 520, sala 1
Alto da Lapa | 05083-030 | São Paulo | SP
contato@editoralabrador.com.br | (11) 3641-7446
editoralabrador.com.br

A reprodução de qualquer parte desta obra é ilegal e configura uma apropriação indevida dos direitos intelectuais e patrimoniais do autor. A editora não é responsável pelo conteúdo deste livro.
Esta é uma obra de ficção. Qualquer semelhança com nomes, pessoas, fatos ou situações da vida real será mera coincidência.

Para os muitos amigos a mim concedidos
pela vida, talvez até imerecidamente.
Seus nomes prescindem de declinação,
eles sabem quem são.

MEUS BONS AMIGOS, ONDE ESTÃO?
NOTÍCIAS DE TODOS QUERO SABER
CADA UM FEZ SUA VIDA DE FORMA DIFERENTE
ÀS VEZES ME PERGUNTO:
MALDITOS OU INOCENTES?

Barão Vermelho

VOCÊ RECEBE FANTASIAS E UM RESUMO
DA PEÇA, DEPOIS É LARGADO PARA
IMPROVISAR NESTE VIL CABARÉ.

Alan Moore e David Lloyd, V de Vingança

ANTES DE EMBARCAR EM UMA JORNADA
DE VINGANÇA, CAVE DUAS COVAS.

Citação atribuída a Confúcio

PRÓLOGO

Grande arte e *entretenimento* são duas vagas classificações utilizadas pelas academias mundo afora para pretensamente distinguir qualidade da mera ligeireza, segundo seus aplicadores. Contudo, além de arbitrárias, essas especificações não têm valor em si, razão pela qual nunca me importei com elas.

Como mencionei alhures, desenvolvi o hábito da leitura a partir das histórias em quadrinhos, chegando posteriormente aos clássicos da literatura universal, sem jamais obter distinta fruição na leitura de umas e de outros.

Sou um herege literário, diriam muitos.

Talvez seja mesmo, mas isso em nada afeta minha predileção pelas obras de Machado de Assis, Dostoiévski, Frank Miller e Alan Moore, para as quais amiúde retorno, sem me importar com o local ocupado por elas no tal "cânone ocidental", na impressionante rotulação proposta por Harold Bloom.

O presente romance igualmente finca um pé de cada lado da difusa fronteira que separa grande arte e entretenimento.

Grosso modo, é uma homenagem ao garoto que um dia descobriu numa HQ achada na rua o vibrante mundo das tramas só possíveis por trás do símbolo impresso, prosseguindo mais tarde sua descoberta de obras mais substanciosas.

Nesta nova obra, há algumas coisas do meu romance de estreia, *Miragem*, como não poderia deixar de ser, afinal ainda sou o mesmo homem. Assim, ressurgem aqui inevitáveis manifestações da minha personalidade: a propensão à música; o apego à narrativa fragmentada, na forma de mosaico; o apreço pela bravura e pelos jogos amorosos; o arrebatamento gerado a partir do humor extraído do acaso; a presença de um *prólogo* de apresentação. Novidade mesmo, quiçá um menor desencanto com esta peculiar, frágil e contraditória criatura chamada de ser humano.

Não me parece insignificante a alteração de rumo, mas a palavra final sempre será da gentil leitora e do benevolente leitor.

(1ª PARTE)

DIA 21 DE AGOSTO
SÁBADO, POUCO ANTES DAS 8H

S uper-heróis não existem. E a vida não é uma HQ. Enquanto me debruço sobre estas páginas, não há semideuses voando lá fora. Ao revés, a vida segue modorrenta como sempre foi, apenas uma infértil sucessão de dias, todos iguais em tédio e sensaboria, antecipação forçada do último deles, tão incurial quanto todos os precedentes.

As pessoas são essencialmente ordinárias.

Nós, inclusive.

Eu, principalmente.

A propósito, meu nome é Rafaelle Nakamura Marchi, e, apesar do nome e sobrenome de origem italiana — herança do meu pai —, sou comumente conhecido por Nakamura, devido à evidente prevalência do fenótipo oriental na minha aparência — legado da minha mãe. No dia a dia, porém, sou chamado por reduções mais rasteiras, como "Naka" (aceito) ou "Japonês" (abomino), quando não apenas "Rafa" (gosto).

Entretanto, a narrativa que ora inicio é menos sobre mim e mais sobre dois homens singulares, os quais poderiam figurar entre os aprimorados seres fictícios conhecidos como "super--heróis" — se eles existissem —, tantos e tão assombrosos são os milagres operados por eles. Refiro-me, necessário deixar claro desde já, a Dimas, meu amigo da vida toda, e seu nêmesis, Karl Bergman, o deus dourado de nossa juventude. Esses dois indivíduos, tão diversos entre si, resultaram unidos pelo futebol, pelo amor da mesma mulher e, sobretudo, pela tragédia.

De fato, a par da cretinice disseminada por aí, Dimas e Karl foram e são inexcedíveis em tudo quanto se dispuseram a realizar — e realizaram muito —, mas a marca humana não é deletéria, e o final da saga de ambos não é difícil de antever, na medida em que permaneceram humanos, demasiado humanos (cito um conceito de Nietzsche, filósofo de importância vital para um deles, como se verá adiante).

Quanto a mim, meu único mérito, se tenho algum, é o de compilador de uma odisseia contemporânea, incomum em personagens e fatos, conquanto miserável no aspecto narrativo.

Curiosamente, os fatos, cujo desvelamento incumbi a mim registrar, se iniciaram no primeiro dia de agosto, popularmente chamado de "mês do cachorro louco", embora eu não tenha notado relação consequencial entre os desditosos eventos e o mês em que eles transcorreram, mas posso estar errado nesse aspecto, é claro, bem como em todos os outros.

De toda sorte (sempre quis começar uma sentença com essa expressão, como num livro pedante do início do século XX), minha intenção com este relato foi e continua sendo tão somente registrar para mim mesmo acontecimentos incompreensíveis quando vistos isoladamente, mas, se contemplados na sequência, perfeitamente encadeados ao longo do tempo e costurados pela inclemente agulha do destino com a inevitável linha da desgraça.

Por oportuno, durante a construção desta obra, conversei reiteradas vezes com as pessoas cujas sagas preenchem o texto, além de muitas outras não citadas ao longo da trama por ausência de participação direta nos fatos. Desse modo, confrontando versões díspares, coube a mim condensar e exprimir a realidade numa perspectiva razoavelmente fidedigna — ainda que sob meu prisma, desnecessário dizer, mas dito.

Não obstante o volume de dados levantados, não raro necessitei preencher com alguma imaginação os elos não plenamente verificáveis da extensa urdidura, como é compreensível na reprodução de trama tão alongada em extensão e complexa em conteúdo. O encadeamento, contudo, restou coerente e mesmo verossímil, se me permitem umas palavras de imodéstia.

Como se pode imaginar, tive especial dificuldade ao reproduzir diálogos havidos e (óbvio) não gravados. A recuperação das falas só foi possível porque conhecia suficientemente bem as pessoas e as circunstâncias nas quais proferidas. Se incorri em alguma "licença poética" em algum trecho específico, o que certamente se deu, deixo registrada uma cândida justificativa: foi inevitável.

Reitero: os dois homens cujas existências estão parcialmente retratadas nesta obra jamais tiveram superpoderes, tampouco seus atos tiveram o benfazejo desfecho por eles desejado; a extrema boa vontade não basta para nada, e de boas intenções o inferno está cheio, segundo o adágio popular. Ainda assim, Dimas e Karl configuram — para mim, ao menos — o arquétipo dos super-heróis.

Entretanto, mesmo se eles existissem, apesar de suas vastas capacidades, os super-heróis e as super-heroínas jamais conseguiriam afastar por completo a ocorrência do mal; a pérfida natureza humana é uma represa cuja ruptura não se pode evitar, quando muito adiar ou falsear.

Em suma, os super-heróis e as super-heroínas nunca possuíram o dom da ubiquidade, de modo que, mesmo se existissem, provavelmente nada mudaria no trágico fim de Bianca.

DIA 1º DE AGOSTO
DOMINGO, PRÓXIMO DAS 17H

Bianca, envolta numa toalha acinzentada puída, após ter terminado de fazer as unhas dos pés e das mãos, ereta diante do guarda-roupa havia algum tempo, escolhia qual roupa usar.

Optou por uma calcinha de lacinhos, rosada, tom angelical afrontado com o formato minúsculo e o desenho ousado, especialmente atrás, perfeito para ressaltar suas nádegas arredondadas. O sutiã sem alças, tamanho médio, acomodava com perfeição seus seios rijos. Quanto ao vestido, não havia dúvida, seria um preto, modelo tomara que caia, o qual se ajustava ao excelso desenho de seu talhe, descendo até a metade de suas coxas delgadas, das quais se abria, de cada lado, uma pequena fenda para facilitar os movimentos. Para os pés, escolheu um par de sandálias douradas, de tiras finas, longas e brilhantes, a serem amarradas nos tornozelos.

De uma pequena e compartimentada caixa de madeira localizada na primeira gaveta do móvel outrora conhecido como "criado-mudo" (a nomenclatura foi repudiada pela sanha politicamente correta em vigor, substituída por outra completamente desconhecida por mim, razão pela qual mantenho o infeliz vocábulo, fazendo todas as ressalvas necessárias), apanhou um relógio dourado de pulseira fina e pôs no pulso esquerdo; não era ouro, mas a cor passava perto. Os cabelos ainda úmidos, encaracolados (muitas sessões no salão e muito dinheiro investido, segundo seu pai me disse uma vez) e volumosos, não escondiam os dois brincos de argola pendendo de cada orelha, antes os ressaltavam.

Maquiou-se minimamente, apenas um delineador sobre os olhos, um pouco de pó no rosto e um batom nos lábios carnudos, tonalidade pouco definível, mas próxima ao púrpura, para combinar com a cor das longas unhas.

Embora não gostasse ou necessitasse de excessivo preparo, Bianca se vestia com particular esmero naquela tarde por conta da expectativa nutrida em relação ao iminente encontro com o "namorado" (as aspas são minhas, não dela; Bianca acreditava verdadeiramente no enlace).

O esplendor de seus dezoito anos mais do que completava a produção, antes a excedia. Eu a conheci desde criança e posso assegurar: sua radiante beleza negra prescindia de adornos ou trajes suntuosos.

De qualquer forma, ela nunca fora desleixada, nem o seria agora na véspera de uma noite romântica, tórrida, se tudo corresse bem — e não havia motivo para não ser assim.

Do lado de fora de sua residência, contudo, a realidade não era tão exuberante quanto ela ou seus sonhos juvenis. O cortiço onde morava com o pai (Dimas) e a avó (dona Antônia) estava sempre repleto de gente, pessoas grosseiras ininterruptamente conversando num volume exagerado sobre tudo e sobre nada. Na maioria das vezes, essas pessoas buscavam a área comum do quintal por variadas razões, sendo a curiosidade sobre a vida alheia a principal delas, mas não a única. Naquela tarde, porém, buscavam no espaço externo um alívio para o calor seco do início de agosto.

Bianca, de seu quarto, ouvia o alarido e lamentava ter de cruzar com aquela gentinha, mas não havia outro jeito, nem seria por muito mais tempo, conforme lhe assegurara seu "namorado".

Despediu-se da avó, a quem prometeu não voltar tarde, afinal teria escola na manhã seguinte; seria o retorno das aulas após o recesso de julho. Na verdade, ela pretendia retornar para casa somente ao amanhecer do dia seguinte, indo estudar diretamente logo em seguida, mas não precisava contar tantos detalhes nesse momento, mandaria uma mensagem em horário mais adequado.

A idosa senhora não respondeu à despedida da neta, dormia vendo televisão. Dimas, o pai, não dava notícia desde a noite da sexta-feira anterior, e Bianca nem deu por isso; ele raramente ficava muito tempo em casa.

Ela saiu para a rua com passo decidido, ignorou por completo os vizinhos alcoviteiros, conquanto sabendo-se bem observada em cada detalhe por todos naquele pardieiro, homens, mulheres e crianças, com lascívia, despeito e admiração, respectivamente.

Fora do cortiço, o carro de aplicativo já a aguardava. Entrou e sentou no banco traseiro numa diagonal oposta ao motorista, a quem dirigiu apenas um neutro: "Oi, sou a Bianca. Vamos?", cumprimento supostamente suficiente para não ser tomada por antipática ou metida, mas sem deixar brechas para conversinhas forçadas durante o trajeto de mais ou menos vinte minutos.

Ao longo do itinerário, a pobreza de seu bairro foi sendo substituída pela opulenta tranquilidade de um bairro eminentemente residencial.

A ansiedade era grande e, por isso, Bianca não viu o tempo passar. Dentro em pouco, ela descia, garbosa e empolgada, diante de uma bela e ampla residência, em tudo diferente daquele pardieiro onde vivia. O portão de metal, muito alto e com cerca elétrica na parte superior, não deixava ver quase nada do elevado sobrado atrás dele, apenas o telhado avermelhado e pequenas partes das paredes discretamente creme, quase brancas, além das copas de quatro palmeiras, duas de cada lado do portão, na parte interna do imóvel.

Bianca se dirigiu ao portão social, ao lado do maior, reservado para carros, e tocou a campainha. A resposta não veio de imediato, mas ela conhecia o procedimento e não se exaltou; sabia estar sendo vista e examinada. Enquanto aguardava, ficou revezando seu olhar entre as duas câmeras de segurança existentes em cada ponta do muro. Em instantes, o portão automático se abriu e uma voz saída do interfone lhe disse: "Entre". Ela cruzou a garagem, passando pela motocicleta e pelos dois carros, um esportivo, seu favorito, e um sedã, pouco usado pelo "namorado" quando saía com ela; não gostava de carro de "tiozão" (eu fingia me ofender quando ela se dirigia a mim com essa palavra, o que só atiçava sua intenção de me provocar. Ah, saudade dessa menina…).

Ela abriu a porta lateral e subiu a larga escada em semicaracol até alcançar, poucos degraus acima, a elegante sala de jantar, cuja extensa mesa sempre a impressionava, não importava quantas vezes retornasse ali. Do seu lado direito, ficava a sala de estar, de onde estranhamente nenhum som provinha.

Houve uma pausa aqui.

Talvez ela tenha pensado em subir direto pela outra escada, para a parte reservada onde ficavam os quartos, mas deve ter achado melhor deixar para depois, não poderia parecer tão fácil assim. Tomou, então, o caminho da esquerda e, após cruzar a copa e a cozinha, alcançou a área dos fundos, onde ficavam a piscina, a churrasqueira e o forno de pizza, além dos banheiros externos.

Na chegada, a água azulada refletiu a luz do entardecer nos seus olhos, o que a impediu, de imediato, de ver quem estava ali. Aos poucos, entretanto, sua visão se acostumou à claridade e ela divisou o "namorado" no outro extremo da área, sentado em um banco alto perto do balcão da churrasqueira, vestindo uma bermuda branca e uma camisa florida completamente aberta para expor o tórax, ao longo do qual estava tatuada a palavra "Boy", numa letra gótica não de todo mal delineada.

Bianca, empolgada pelo encontro com o "namorado", não se deu conta de três manifestos sinais de mau presságio: primeiro, aos pés do banco ocupado por Boy, as sandálias dele estavam emborcadas (apesar de ser duvidoso se ela, nesse momento, lembraria das superstições da avó; sem dúvida deveria, ao menos, ter reparado no detalhe, o qual poderia, se somado aos posteriores, lhe indicar algo funesto por vir, embora possivelmente ela já não tivesse como escapar de sua sina); segundo, não havia qualquer música tocando na residência, algo em tudo incompatível com a personalidade extravagante de Boy (esse aspecto fúnebre era mais evidente e deveria ter sido notado); e, terceiro, uma gargalhada sinistra ecoava baixinho pelos cômodos da casa, como se alguém tentasse abafá-la, sem muito sucesso; ela conhecia o emissor da risada e perceberia de imediato a presença de alguém escondido.

"Você está linda", hipoteticamente diria Boy numa outra ocasião, mas naquela tarde ele apenas a cumprimentou de maneira bastante vaga, com um beijo nos lábios, rápido e seco, sem qualquer alegria real ao encontrá-la, malgrado todo o preparo dela.

Apesar das expectativas nutridas por ela para aquele encontro, Bianca não se abalou com a gélida recepção, não visivelmente, ao menos; conhecia as oscilações de humor de Boy, coisas do "trabalho" dele (aspas mais uma vez — elas são muito necessárias em tudo que se refere a ele, como entenderão mais adiante). De qualquer forma, imaginou ela, em pouco tempo ele voltaria a tratá-la com docilidade.

Boy, por seu turno, se limitou a encher o próprio copo de cerveja, sem nada oferecer para ela; Bianca nem gostava do amargo da bebida, mas a inesperada e grosseira omissão a incomodou de uma forma sutil. Ele tomou um longo gole enquanto mirava algo indefinível no céu; com a mão livre ele abria a braguilha da bermuda para expor seu pênis ainda flácido.

"Chupa", ordenou ele no mesmo tom alheio de antes.

Bianca estancou.

Boy era pouco polido, ela sabia, mas ele jamais a tratara com rudeza, ainda que outras meninas comentassem secretamente sobre a brutalidade dele; tivera incontáveis "namoradas" antes dela, como era comum na "posição" ocupada por ele, mas pouco tempo antes prometera para Bianca que ela seria a única dali por diante. Mesmo quando ainda havia as outras, ele não lhe dedicava o mesmo tratamento reservado para as demais meninas.

Ficou sem reação, portanto.

"Chupa, eu falei", repetiu ele, em tom ainda brando e distante, mas severo, segurando o órgão sexual, o qual começava a enrijecer.

Conquanto ofendida, Bianca achou melhor não retrucar nada, pelo menos não antes de entender o que se passava; não lhe custava ceder um pouco a princípio, mas depois conversaria a sério com ele e exigiria um tratamento mais adequado à condição de "única namorada", nas próprias palavras dele, ou não seguiriam adiante. Abaixou a cabeça, fechou os olhos e aceitou aquele pedaço de carne na boca, sem qualquer excitação ao fazê-lo, simplesmente realizando movimentos mecânicos pelo tempo que supôs ser suficiente para acalmá-lo. Quando estava para se levantar, ele segurou sua nuca com firmeza, forçando-a a continuar até o final. Mesmo magoada, ela aceitou a situação, torcendo para que, após aquilo, o restante da noite fosse melhor.

Entretanto, pouco depois, quando levantou a cabeça, havia três auxiliares de Boy bem perto deles, tinham chegado de mansinho sem ela notar. Bianca sabia quem eram. Bolão, Paulão e Hiena, este último ria descontroladamente, a razão de seu apelido. Aliás, fora dele a gargalhada abafada ouvida mais cedo, como agora percebia.

Normalmente Bianca não falava muito com eles, nem eles com ela, exceto por triviais cumprimentos nas poucas vezes em que se encontravam. Nenhum deles deveria estar ali, afinal seria "a noite dos namorados", como combinara com Boy. Ou, se precisassem estar, por questões de segurança, não deveriam aparecer. Contudo, apareceram, assim como apareciam os órgãos sexuais intumescidos de cada um deles, já que estavam todos com as bermudas arriadas e indevidamente próximos de Bianca.

"Chupa cada um deles agora", determinou Boy.

Bianca o mirou com incredulidade e indignação.

Estava pronta para mandá-lo ao inferno e ir embora, abandonando de vez qualquer intenção de entender o que se passava. Foda-se se aquilo era uma péssima brincadeira ou um fetiche doentio dele, ela não era obrigada a aceitar, nem iria. Porém, Boy foi mais rápido e, antes que Bianca pudesse dizer qualquer coisa, acertou um violento tapa no rosto dela, sem ela sequer ver a mão surgindo; ele bateu com as costas da mão esquerda, enquanto, com a direita, continuava a segurar o copo de cerveja. Ela oscilou para trás, somente não caindo na piscina porque foi amparada por Hiena e Paulão, cada qual segurando-a por um braço.

Hiena ria cada vez mais alto, e não havia alegria no riso, apenas estridência e insanidade.

Boy continuou olhando para o céu e tomando sua cerveja. Bianca, emudecida, com os braços ainda segurados por Paulão e Hiena, permanecia à espera do próximo ato, temendo-o, sobretudo; Boy não era conhecido por ser um homem piedoso. Por que aquilo estava ocorrendo?, foi a pergunta não formulada por ela, afinal não haveria resposta mesmo.

Foi a vez de Bolão entrar em cena. Ele caminhou lentamente para a frente de Bianca, com o passo indolente de um são-bernardo. Ato contínuo, ele lhe desferiu um soco na barriga usando toda a força do corpo de cento e trinta quilos, fazendo-a expirar o ar dos pulmões e enxergar luzes coloridas diante dos olhos. Porém, infelizmente Bianca era forte e não desmaiou (infelizmente mesmo, como verão à frente; desmaiada ela estaria livre de parte dos padecimentos). Um segundo soco a atingiu no mesmo lugar e fez algo azedo subir de seu estômago e alcançar a garganta, queimando-a, mas não vomitou, não tinha sequer forças para tanto, haviam se esvaído com o primeiro golpe. O terceiro soco, espantosamente mais forte do que os dois anteriores, subjugou Bianca por completo, com as pernas amolecidas e o corpo inteiro dormente, mas ainda desperta; ela só não foi ao solo por estar sendo segurada por Hiena e Paulão.

Então, Bolão se afastou e tomou o braço que Hiena segurava. O que se seguiu revelava a hierarquia do grupo. Boy, o chefe, fora o primeiro a se satisfazer, então agora seriam Hiena, depois Bolão e, por último, Paulão.

Hiena, liberado de sua carga, se dirigiu para a frente de Bianca e, segurando a cabeça dela com uma das mãos, esfregou seu órgão sexual por todo o rosto dela, masturbando-se e gargalhando muito enquanto o fazia. Porém, ele tinha pouco autocontrole e gozou logo. Bianca fechou olhos e boca para evitar o líquido asqueroso sobre seu rosto.

A seguir, Hiena trocou novamente de lugar com Bolão, o qual repetiu os gestos do comparsa até se saciar, demorando-se um pouco mais do que o anterior. Bianca, num estado de semilucidez, nem resistia mais, só queria que aquilo acabasse o quanto antes.

Chegou, por fim, a vez de Paulão. Todavia, antes de começar, foi interrompido; Hiena, notando o tamanho do dote dele, dirigiu-se a Boy: "Chefe, deixa ele comer o rabo dela!". E caiu na gargalhada, como se tivesse contado a piada mais engraçada do mundo.

Boy, ainda com o olhar distante, esboçou um gesto de ombros, pouco se lixando para o pedido. De imediato, Hiena e Bolão jogaram Bianca sobre a mesa ao lado da churrasqueira.

Na sequência, deram a volta e passaram a segurá-la pelos braços, deixando-a com a bunda virada para a piscina, e para Paulão, que se aproximou e gentilmente levantou o vestido dela, forçando as fendas laterais do traje e provocando pequenos rasgos de cada lado. A seguir, ele abaixou a calcinha rosada, cuspiu nas mãos e as esfregou no pênis, depois no ânus dela.

"Pode gritar, princesa. Não vai adiantar nada, mas pode gritar à vontade. Eu gosto." Dito isto, ele a penetrou com violência.

Bianca cerrou os dentes para não emitir qualquer som, apesar da dor lancinante que sentia a cada estocada, como se estivesse sendo seguidamente esfaqueada. O riso doentio de Hiena lhe doía quase tanto quanto o órgão de Paulão, dos olhos dela escorriam lágrimas e maquiagem, mas ela não daria àqueles animais o prazer de ouvi-la gritar. Cerrou os dentes e os olhos e esperou o tempo passar. Quando ele finalmente terminou, Bianca foi deixada sobre a mesa, sem forças para se levantar.

Nessa hora, Boy ressurgiu diante dela, tirou uma mecha de cabelo de seus olhos enquanto a fitava com total indiferença. Abandonou-a e voltou a falar com os outros.

"Essa filha da puta quis foder com a gente, mas nós fodemos ela antes. Agora, acabem com isso de uma vez!"

Quando ele se afastou, tomando a direção da cozinha, os outros três se jogaram sobre ela aos socos e chutes, numa coreografia espantosa tanto pela coordenação quanto pela ferocidade.

Os golpes só doeram no início, depois Bianca entrou num estado de torpor próximo ao sono, mas sem seu poder reparador, até finalmente desmaiar, levando-os a cessar as agressões; não tinha graça assim.

Desacordada, Bianca não percebeu quando Boy retornou da cozinha, carregando o mesmo copo de cerveja na mão direita. Na esquerda ele trazia um alicate, uma grande tesoura e uma faca. De imediato, Hiena e Paulão levantaram Bianca pelos braços mais uma vez, enquanto Bolão ficou atrás, segurando a cabeça e mantendo a face dela voltada para Boy.

Ela continuava inconsciente, mas parecia prestes a retornar à consciência, por isso Boy a aguardou.

"Cagueta e peixe morrem pela boca, todo mundo sabe", falou Boy para ninguém em específico assim que ela despertou, chacoalhada por Bolão.

A seguir, ele finalmente pousou o copo de cerveja na mesa. Abriu a boca de Bianca e, auxiliado por Bolão, puxou toda a língua dela para fora com o alicate e usou a tesoura para cortá-la na base.

Bianca, entre espasmos contidos pelos homens de Boy e sem poder gritar por absoluta impossibilidade física (já não tinha órgão para tanto), despertou por completo. De seus olhos vazava o mais puro terror, igualado pela agônica dor que sentia. Desesperada, ela fixou o olhar em Boy, o responsável pelo seu tormento e também o único que podia lhe conceder clemência e um fim breve; salvação estava fora de cogitação, pelo jeito.

Ele, de fato, se compadeceu.

"Foi bom enquanto durou, Bianca. Até nunca mais."

Boy cravou a faca no tórax dela.

Os quatro homens permaneceram no mesmo lugar, em silêncio, ao lado de Bianca, aguardando-a parar de se debater. Estavam de cabeça baixa e em solene silêncio. Hiena, sentindo não conseguir conter o riso, afastou-se, mas retornou pouco depois.

"Joguem o corpo dessa cadela na frente da escola para que sirva de lição para todos. E não voltem mais aqui hoje. Encontro com vocês na Boca do Palhaço durante a semana."

Boy se recolheu para o interior da residência, sempre com o copo de cerveja na mão direita. Bolão e Paulão entendiam a melancolia do chefe, sabiam o quanto ele gostava de Bianca, assim como compreendiam a enérgica mas necessária medida tomada por ele. Fazer o quê, não é? Algumas coisas na vida são inevitáveis. Hiena, de sua parte, não se importava com nada.

Sem dizer palavra, Bolão apontou para um canto, para onde Paulão se encaminhou e de onde voltou com um belo e felpudo tapete marrom. Os três o desenrolaram apenas para, em seguida, enrolarem-no de volta sobre o corpo de Bianca, o qual sumiu em seu interior. Depois, carregaram-no para o porta-malas do sedã, justamente o carro menos apreciado por Bianca.

Paulão assumiu a direção, com Hiena ao lado e Bolão enchendo sozinho o banco traseiro.

O veículo deixou a residência e transitou em velocidade baixa por algumas ruas, sem destino certo, por um tempo impreciso, até rumar para o drive-thru de uma lanchonete, onde compraram esfirras e refrigerantes, além de um lanche grande para Bolão, um beirute, salvo engano.

Enquanto se alimentavam parados no estacionamento, os três conversavam generalidades, sem mencionar nenhum evento daquela tarde, menos ainda o nome de Bianca. Hiena, cheio de piadas infames, não alegrava os companheiros, eles permaneciam taciturnos, mas tampouco parava de rir.

Já era perto das vinte horas quando saíram dali e foram para um parque público próximo, onde conseguiram uma boa vaga. O local estava lotado e bastante animado, e em pouco tempo eles também foram se alegrando; a rigor, estavam simplesmente matando o tempo, como dantes haviam matado Bianca, cujo corpo deveriam desovar conforme ordenado por Boy, tarefa a ser realizada em horário mais apropriado.

O rádio do carro estava sintonizado numa estação qualquer, nenhum deles prestava muita atenção no que tocava, só não queriam chamar a atenção ficando parados ali sem fazer nada. Quem os visse naquele momento julgaria serem apenas rapazes de periferia aproveitando a noite de domingo.

Por volta das vinte e duas horas, completamente esquecidos de Bianca, voltaram a lembrar dela e da missão pendente quando, por acaso, tocou no rádio de um carro próximo o rap "Homem na estrada", do Racionais MC's, grupo da velha guarda muito apreciado por eles (e, por uma infeliz coincidência, do qual Dimas e eu também éramos fãs). Na letra, há uma referência a uma "mina morta e estuprada".

Após uma silenciosa troca de olhares, Paulão e Bolão entraram no carro, seguidos por Hiena, que deixara de brincar com um garoto e seu energético cãozinho. Deram a partida e seguiram para o bairro em que Bianca residira, onde terminariam o trabalho.

Enquanto esses desditosos acontecimentos se sucediam, ignorando por completo o quanto o infortúnio de Bianca impactaria em nossas vidas, Roger, Laila e eu comíamos uma pizza a menos de dois quilômetros do parque. Na nossa cabeça, éramos jovens (nem tínhamos quarenta ainda, e atualmente isso é quase adolescência!) e curtíamos uma descompromissada noite de domingo. Dimas, por sua vez, estava entretido em lúdicas atividades com Maia, sua mais recente conquista, num motel de bom padrão também ali perto (a conta seria paga por ela, ele estava meio desprevenido, mais uma vez), e espero que tenha aproveitado, pois não teria um único dia feliz dali por diante. Karl, o deus dourado, representando temporária e involuntariamente o papel de marido traído, seria o último a saber, como sói acontecer em casos de adultério. Ele, acreditando estar a esposa viajando a trabalho, participava de um disputado jantar com possíveis doadores para sua ONG, cujo trabalho social na área da educação era bastante reconhecido. Aliás, ele foi sonoramente aplaudido quando o mestre de cerimônias anunciou sua presença no evento.

Voltando a Paulão, Hiena e Bolão, eles pararam o automóvel diante de uma escola pública, conforme as rigorosas orientações de Boy. Paulão e Hiena saltaram do veículo rapidamente, abriram o porta-malas, apanharam o tapete embrulhado e o carregaram até o pé do portão metálico, onde o deixaram cair com um baque surdo. Bolão não saiu do carro para não atrasá-los, era muito lento com aquele tamanho todo, por isso ficou de sentinela observando possíveis testemunhas indesejáveis, mas nenhuma apareceu; nada mudaria se aparecesse alguém, o sistema de descarte era conhecido no bairro e jamais contestado.

Paulão e Hiena correram de volta ao veículo, e este foi acelerado e tirado dali em grande velocidade, Hiena rindo alto de novo, completamente alucinado.

Ao longo daquela noite, as poucas pessoas a passar pelo local nem notaram o tapete enrolado, julgando ser apenas entulho. E os poucos que o identificaram não quiseram saber do que se tratava.

O corpo de Bianca não seria encontrado até a manhã seguinte.

DIA 2 DE AGOSTO
SEGUNDA-FEIRA, POR VOLTA DAS 6H30

A manhã seguinte começou radiante.
Entretanto, a luminosidade do alvorecer não se refletia na alma do caseiro Reginaldo, cuja rabugice era conhecida por todos. Ele morava naquela escola pública de periferia havia mais tempo do que desejava, e muito mais do que gostariam os alunos, professores e demais servidores da unidade; a repulsa por ele era unânime por lá, mas o diretor o mantinha na função por uma única razão: ele era eficiente, embora isso pareça de todo inverossímil.

Pois bem, naquela manhã, seguia Reginaldo caminhando lentamente pelo estacionamento da escola, arrastando-se descalço pelo cimento rústico, afinal seus chinelos fugiam dos pés como o diabo da cruz. Talvez a ideia de prender correntes, como certa vez prometera para a esposa, não fosse tão absurda assim; isso foi um pouco antes de ela deixá-lo para ir morar com o motorista do ônibus escolar — a mulher trocara de profissional, mas pelo jeito não saíra da área educacional. *Quer saber? Ela foi tarde!*, consolava-se Reginaldo.

Era o primeiro dia de aula após o recesso do meio do ano, e o mau humor de Reginaldo só piorava à medida que a hora da entrada dos alunos se aproximava. De qualquer forma, calçado ou não, ele tinha que destrancar o portão antes da chegada dos professores. Se não o fizesse, eles começariam a buzinar como doentes, tal qual já haviam feito em muitas ocasiões, apesar de isso nunca servir para abrir o portão da escola, como eles já deveriam saber.

Pior seria se o diretor aparecesse, ele nem mesmo usava a buzina, preferindo gritar como a bicha louca que era; ainda bem que ele não costumava aparecer antes da hora do almoço nas segundas-feiras.

Reginaldo soltou o cadeado do portão, mas não o abriu de imediato, não queria os alunos entrando por ali. Mesmo cansados de saber da proibição de ingressarem na escola pelo estacionamento, gostavam de invadir o recinto só para tirar sua tranquilidade, pensava ele, ignorando que não se pode tirar de uma pessoa algo que ela não possui.

Pois bem, se entrassem pelo portão do estacionamento e o diretor ficasse sabendo, quem ouviria os gritos de reprimenda? Ele, é claro. Tudo quanto ocorria de errado naquela escola era culpa dele, direta ou indiretamente, como na vez em que uma santinha do nono ano se escondeu numa sala que ele esquecera de trancar. O fato de ela ter ido parar lá com oito (oito!) amiguinhos, na frente dos quais caprichosa e seguidamente se ajoelhou, não impactou tanto os zelosos membros do conselho de escola quanto o singelo esquecimento por parte dele. Por que responsabilizar os pais e a pequena aprendiz de flautista se podiam execrar o velho Reginaldo de sempre?

Após soltar o cadeado, ele testou a abertura do portão apenas para conferir se estava abrindo corretamente, sem pretender repetir o escândalo daquela ocasião em que o maldito emperrou bem na hora de o diretor entrar. Ai, ai, quantos gritos estridentes a diva da educação havia soltado naquela manhã!

Mas, ao forçar o pesado pórtico de metal para fora, ele travou, como se alguma coisa o prendesse, irritando ainda mais o irascível Reginaldo. "A segunda-feira promete", bufou ele. "Ninguém me ajuda aqui, né?", ralhou com terceiros visíveis apenas para ele. A contragosto, prosseguiu e fez força para fora, mas desistiu ao se dar conta de que deveria haver algo pesado demais do outro lado, não era comum o portão resistir daquela forma. Melhor inverter e puxá-lo para o lado de dentro da garagem; e o portão deslizou silencioso e macio.

Reginaldo saiu para ver o que poderia haver do outro lado, já imaginando encontrar um mendigo e seu cão dormindo por ali, ou talvez até um sofá velho abandonado. Não se surpreendeu, portanto, ao dar de cara com um tapete enrolado e abandonado.

"Essa raça imprestável do bairro não tem outro lugar para despejar seus restos?", esbravejou ele para os céus, genuinamente indignado. "Vão jogar lixo na casa do caralho!" Gritar não resolvia, mas lhe dava grande prazer e um alívio maior ainda — personalidade é destino.

Interrompo a narrativa para pedir um singelo favor: não julguem o ensino daquela escola pelos modos do caseiro. Como escrevi no início deste capítulo, ele era eficiente em todas as funções que não envolvessem acordar cedo, segundo ouvi dizer.

Retomando o relato, Reginaldo estava agora completamente irado. Ele se preparou para tirar aquele entulho da frente antes que os filhos da puta dos professores chegassem. Encheu o peito de ar e se abaixou, pronto para fazer um grande esforço. No entanto, tão logo apanhou uma das extremidades do tapete, deu um salto para trás ao identificar o tampo de uma cabeça humana no interior do fardo, soltando-o prontamente.

Correu para a secretaria para chamar a polícia, deixando o portão inteiramente aberto para a invasão de todos quantos quisessem fazê-lo. Quando retornou ao local, alguns alunos já estavam parados ali, tirando fotos e fazendo comentários no celular. E postando nas redes sociais, é claro.

"Não tem mais jeito, isso vai feder muito", resignou-se Reginaldo, deixando-se ficar por ali, ainda descalço, apoiado ora sobre um pé, ora sobre outro, à espera de algo não muito claro; sabia apenas ser seu dever permanecer no local, então ele o cumpriria.

Em pouco tempo, o tumulto cresceu desordenadamente, e a entrada de veículos da escola foi tomada por alunos e outros curiosos, impedindo de vez o acesso ao estacionamento. Não demorou e o trânsito na avenida paralela ao portão de entrada virou um caos.

Paulatinamente, alguns professores iam chegando; sem conseguir avançar, estacionavam os carros onde conseguiam e caminhavam a pé até o portão. Outros motoristas largavam os veículos abertos e iam caminhando para a escola, prontos para iniciar uma briga com o primeiro desavisado a quem fosse possível atribuir a culpa pelo trânsito naquela manhã de segunda-feira.

Reginaldo recepcionava todos com sua pior cara, fazendo cessar por completo qualquer reclamação — em matéria de cara feia, ele era imbatível. Quando alguém lhe perguntava a razão daquela balbúrdia, ele apontava com o queixo o tapete enrolado no cadáver.

Quando as pessoas percebiam o que se passava, emudeciam, porém não iam embora, preferiam ficar por ali, conversando com um ou com outro, repetindo as mesmas perguntas já feitas anteriormente por outrem, sem qualquer resposta.

Se a manhã de Reginaldo estava ruim, piorou de vez quando, de maneira inesperada, o diretor surgiu por ali. *Pois é, nada está tão ruim que não possa piorar*, refletiu ele com pesar, observando seu algoz se aproximar.

Como não poderia deixar de ser, o diretor vestia sua costumeira calça justa e uma blusa espalhafatosa, e vinha caminhando em direção a ele como se fosse tomar o culpado por Satanás ter saído do inferno, enquanto balançava seu ridículo rabo de cavalo, quase todo grisalho. O caseiro simplesmente se pôs de prontidão e aguardou o escândalo.

"Mas que merda é essa? Tive de caminhar muito logo cedo, e eu só caminho à noite! Alguém pode me explicar o que está acontecendo?"

A maneira de falar do diretor era tão peculiar e colorida quanto sua vestimenta. Ele falava com ninguém e com todos ao mesmo tempo, esticando e abrindo muito o "é" de merda e fazendo o mesmo com o "r" seguinte (méééeeérrrrrrda), assim como realçava o "e" para escandir bem cada sílaba de algumas palavras (noite, por exemplo) ou praticamente soletrar outras (a-con-te-cen-do).

Os professores amontoados ali, ao lado dos alunos — superados por eles em número e barulho, não em curiosidade —, trocavam olhares vazios e apenas erguiam as sobrancelhas ou abriam os braços em sinal de dúvida.

O diretor, ofendido em sua autoridade, olhava para uns e outros à espera de uma explicação, a qual nunca surgiu.

Curiosamente, durante longo tempo o tapete gerador de toda a celeuma continuou ali, intocado no chão. Desenrolara um pouco após ser solto pelo caseiro, deixando entrever uma pessoa no seu interior, aparentemente uma mulher, a julgar pelos longos cabelos, mas não se sabia quem era e ninguém se animava a verificar. Conversar e palpitar, entretanto, eram atividades liberadas.

Entrementes, com alguma notável lentidão, a polícia chegou ao local.

"Deus meu. Puta trabalho para chegar aqui, mesmo com a sirene ligada", falou a policial feminina, saindo da viatura estacionada sobre a calçada.

Os dois policiais da ronda escolar caminharam até o portão da escola e foram logo se dirigindo ao diretor, a quem conheciam.

"E aí? Qual a novidade?", perguntou a policial.

"Humpf", foi a esclarecedora resposta dada pelo diretor, acompanhada de uma expressão de desdém. Se ele não falava, seu dedo longo e fino apontava para a "novidade"; o tapete finalmente foi desenrolado pelos policiais, deixando ver por completo quem estava em seu interior.

Nesse instante, a luz do dia se espalhou de imediato pelo rosto de Bianca; quase numa carícia, pensaria um poeta suburbano. Incontáveis "Ohs" se somaram quando a vítima foi reconhecida por todos. Apesar das generalizadas expressões de espanto, foi o diretor quem melhor expressou a perplexidade dos presentes.

"Pu-ta-que-pa-riu. É a Biannnnnnnca!"

Sim, era Bianca, a aluna do terceiro ano do ensino médio, muito conhecida por três motivos indicados em ordem crescente de relevância: sempre havia estudado naquela escola; era uma moça de reconhecida beleza, inteligência e carisma, desejada por muitos; e, em igual proporção, evitada por todos, porque, segundo diziam, era a favorita — a mais recente, ao menos — do Boy, o dono do tráfico de drogas na região.

Houve histeria, é certo, nem poderia ser diferente, mas pularei esses enfadonhos detalhes. Vou me limitar a registrar que os professores, pessoas vividas e estudadas, em vez de acalmarem os alunos, eram por eles acalmados. Dona Lurdes, a professora de matemática, por exemplo, chegou a desmaiar, enquanto a senhora Pedra (pronuncia-se Pédra, feminino de Pedro) teve um chilique diante de todos, mas não causou nenhuma surpresa, todos conheciam o talento dramático dela.

De sua parte, os dois policiais da ronda escolar apenas chamaram reforços, como é o procedimento. Da mesma forma, também por uma questão protocolar, acionaram o resgate, conquanto a moça estivesse visivelmente morta.

Todavia, com a luz solar incidindo diretamente sobre os olhos de Bianca, alguém percebeu um leve tremor nas pálpebras.

"Ela está viva!", gritou uma pessoa não identificada, alimentando o tumulto vigente.

Somente nesse instante os policiais se deram ao trabalho de se aproximar do corpo de Bianca, verificando tênues sinais vitais até então ignorados.

"Se afastem. Ela precisa de ar!", gritaram os policiais, sendo ouvidos e ignorados por todos.

Malgrado o alarido geral, o diretor percebeu a necessidade de controlar a situação, afinal ele era o diretor, não era? Tomando ar, fez sua voz soar clara naquela barafunda: "Alguém acione a família desta criatura. A-go-ra!".

"Ela não tem mãe, diretor." O caseiro Reginaldo, embora sem querer cutucar a fera, viu-se obrigado a responder ao chefe. "Ela mora com a avó e o pai."

"Então alguém ache o pai da moça!"

7H32

O pai da moça despertou naquele exato instante, ignorando por completo tudo quanto estivesse fora daquele quarto; para Dimas, o mundo se resumia ao quarto onde ele estava; Maia ao seu lado, desnuda, deitada de bruços, parcialmente envolta num suave lençol branco que pouco cobria seu corpo esguio e musculoso, deixando a descoberto suas vigorosas nádegas, além de parte das costas largas e bronzeadas, pelas quais seus longos e lisos cabelos escuros escorriam, tal qual os suaves e negros dedos de Dimas.

A propósito, Dimas saíra de casa na tarde de sexta-feira, passara no meu consultório para pegar meu carro emprestado (ele costumava me pedir emprestado o veículo quando saía com alguma mulher para quem seria um acinte ele surgir no seu conhecidíssimo automóvel popular azul), depois varara a noite num samba aleatório. Na manhã de sábado, já perto do meio-dia, acordou num sofá desconhecido, levantou-se, tomou um banho às pressas e vestiu a mesma roupa, agradeceu aos donos da casa (quem eram mesmo?) pela recepção e de lá foi ao aeroporto apanhar Maia. Juntos, entraram num luxuoso motel, de onde não haviam saído desde então.

Considerada a beleza da mulher ao seu lado, não se pode recriminá-lo, pois, por não manifestar nenhuma intenção de levantar daquele paradisíaco leito.

"Hummm...", sussurrou Maia, de olhos fechados, e ronronou enquanto Dimas, com sua mão forte, de veias bem marcadas, percorria gentilmente sua espinha dorsal, fazendo a suave penugem dela se eriçar. Por força da carícia, em pouco tempo ela estava se aconchegando a ele, convidando-o para, antes do café da manhã, retomarem as atividades da noite anterior. Conheço Dimas há muitos anos e sempre o considerei um perfeito cavalheiro, incapaz de recusar quaisquer favores a uma dama; o que se seguiu é previsível e dispensa detalhamento.

Concomitantemente, o aparelho celular de Dimas tocou três vezes, mas ele o ignorou por completo.

Ultimadas as exigências físicas matinais, ele permaneceu na cama um pouco mais, enquanto Maia se encaminhou para o banho, escapando dos braços dele.

"Vou chegar de viagem daqui a pouco. Preciso estar apresentável", riu Maia, caminhando para o chuveiro.

"Você chegou ontem", riu ele de volta.

"Devo contar isso pro meu marido?"

Após Maia entrar no banho, Dimas aproveitou a ocasião para finalmente verificar quem o chamava com tanta insistência. Contudo, não reconheceu o número mostrado na tela do telefone (era da escola onde a filha estudava, mas ele ignorava o fato), então deixou o aparelho de lado, supondo ser telemarketing, ou alguém de seu trabalho; como chegaria atrasado mais uma vez, achou melhor deixar as preocupações mundanas para outra ocasião.

Não muito depois, Maia saiu do banheiro, vestiu seu conjunto de lingerie e sentou numa poltrona para arrumar o cabelo no espelho da cômoda, ao passo que Dimas, atrás dela, do outro lado do quarto, preparava a mesa para o desjejum e, fingindo casualidade, mas cruzando o olhar com o dela através do reflexo do espelho, cantarolava "As dores do mundo" com tanta entrega que ganharia elogios do próprio Hyldon, se ele pudesse ouvi-lo.

A tua voz dizendo amor
Foi tão bonito que o tempo até parou
De duas vidas uma se fez
E eu me senti nascendo outra vez
E eu vou esquecer de tudo
Das dores do mundo

"Você é incrível, sabia?" Levantando-se, Maia foi até ele e o beijou. Os olhos dela devolviam o genuíno brilho dos dele.

"Suco?" Ele fingiu não se envaidecer com o comentário dela, prosseguindo com a preparação da refeição matinal. "E um croissant para acompanhar. Você precisa ingerir também algo sólido, vamos precisar de energia para passar o dia neste quarto", acrescentou ele, cheio de galanteios e olhares lúbricos.

"Conversador é você", riu ela. "E como mente bem! Sabe muito bem que nenhum de nós pode ficar mais tempo, por isso inventa esses gracejos pra me conquistar. E nem precisa. O café da manhã e a música já me ganharam."

Maia, com seus braços ao redor do pescoço dele, deu-lhe um beijo rápido nos lábios, sentando-se à mesa a seguir.

"Eu fico se você ficar", provocou ele.

"Fechado. Ninguém sabe ainda que o meu voo chegou ontem à noite, posso dizer que houve um contratempo e só vou chegar hoje à tarde." Ela se fez séria. "Passaremos o dia nesta cama."

"Jura?", indagou ele, tentando disfarçar o espanto e o incômodo. Gostava muito dela, mas não tinha como faltar a mais um dia no trabalho, já vinha vacilando havia algum tempo.

"Te peguei, seu lindo mentiroso! Estou aprendendo a reconhecer você e seu charme canalha."

A astúcia de Maia fez Dimas sorrir também.

Foram tomar café da manhã, repentinamente silenciosos, ele pensando numa boa desculpa para dar no trabalho pelo atraso, ela se indagando se o marido sentira sua falta; nisso, o celular dele voltou a tocar.

"Atende esse telefone chato, por favor." Ela se fez de melindrada. "Ou desliga de uma vez."

"Alô?" Dimas findou por atender e, ao longo da ligação, seu rosto foi se transfigurando. Pelo seu semblante, pôde-se ver inicialmente enfado, depois apreensão, seguida de preocupação e, por fim, profundo desespero. "Entendo. Sei onde é. Estou indo para lá. Obrigado."

Após desligar, ele ficou um tempo emudecido, mirando na parede algo não visível para Maia.

"Pelo jeito não vamos passar o dia no quarto, meu negão", zombou ela, não se dando conta da gravidade da situação.

"Maia..." Ele parecia não encontrar as palavras para comunicar a ela a urgência do caso. "Aconteceu uma coisa. Eu preciso ir. Agora mesmo. Minha filha foi levada para um hospital entre a vida e a morte. Vou correr para lá. Desculpe." Ele falava como quem passa uma mensagem num telégrafo antigo, as frases curtas e elencadas na sequência, sem elementos conectivos entre elas. Após mais uma hesitação, prosseguiu com a parte mais difícil. "Você chama um táxi?"

"Um táxi?", repetiu ela, a voz num timbre ascendente, supondo estar enfatizando o suficiente o absurdo da proposta dele.

"Sim, um táxi, ou um carro de aplicativo, se preferir." Ele continuava atônito, como se processasse lentamente a informação recebida havia pouco, sem reparar na desaprovação dela. Enquanto falava, ele se vestia de forma automática. "Desculpa. Não tem jeito. Depois eu explico."

Quando terminou a frase inteira, já estava na porta do quarto, segurando a chave do carro e pronto para sair.

Maia o fitava, mas nada dizia. Com certeza sentira o golpe, mas não demonstraria facilmente, era forte demais para isso. Entretanto, se palavras formassem uma expressão humana, a face dela seria representada pela sequência: *Um táxi. Era só o que faltava. Um táxi. Foda-se a porra de um táxi! Não sou mulher para ser deixada num motel à espera de um táxi! Me leva embora e depois vá pro hospital. Ou pro inferno, se preferir!*

"Tudo bem. Não há de ser nada", limitou-se ela a responder, num tom ofendido não notado por ele. "Deixe que eu acerto a conta na saída." Ela acentuou bem essa última parte com alguma crueldade.

Dimas, sem se ofender com a referência à questão financeira, talvez sem compreendê-la no seu estado de espírito, saiu do quarto, fechou a porta e correu para o carro, levantou a cobertura da garagem e saiu com pressa, realizando um cavalo de pau para manobrar o veículo na saída da estreita passagem.

Entretanto, apesar da urgência dele, na recepção não foi liberado de imediato, mesmo com sua insistência; ou por causa dela, na verdade. De fato, a recepcionista do motel julgou ser uma insensatez liberar um homem negro de considerável estatura, saindo às carreiras, sozinho, sem pagar a fatura e deixando para trás uma elegante — e branca — acompanhante com quem passara a noite.

"Calma, senhor. Só um instante."

A celeuma só foi superada após a recepcionista ligar para o quarto e falar com Maia, obtendo dela a confirmação de que estava bem e, sobretudo, iria assumir a despesa.

Tão logo o levantamento da cancela foi acionado, Dimas partiu cantando pneu, deixando para trás um café da manhã intocado, uma conta em aberto. E uma Maia furiosa.

9H47

Maia, furiosa, estava também desconcertada; constrangida, sobretudo. Porém, aos poucos a fúria suplantou o desconcerto e o constrangimento. Com folga.

Antes de prosseguir, devo deixar destacado meu assombro quando fiquei sabendo do affair mantido por Maia, uma mulher casada e apaixonada pelo marido, segundo depoimento uníssono de todos quantos conheciam o casal. Meu assombro, por certo, não se devia ao relacionamento em si; afinal, nas muitas décadas de amizade com Dimas, poucas foram as mulheres que resistiram ao seu charme malandro e selvagem. Meu pasmo decorria do fato de todos realçarem o amor de Maia pelo marido, o que confrontava com a existência de um caso extraconjugal. Eu iria, muito depois, entender a motivação dela — bem distante da simples luxúria —, mas não posso me antecipar agora. Aguardem e confiem.

Prossigamos com o relato.

Naquele quarto de motel, a ira de Maia se derramava de seus olhos na forma de lágrimas e convulsionava os gestos das mãos e dos pés. Numa obsessão masoquista, ela recapitulava os desditosos eventos recentes.

Na semana anterior, viajara a trabalho para participar de uma convenção em outro estado. Voltou um dia mais cedo, conforme combinado com o amante. Dessa forma, em vez de retornar para os braços musculosos do marido, foi recepcionada no aeroporto por Dimas, com quem passou a noite — e que noite! — num maldito quarto de motel, mesmo lugar onde terminou por ser largada, como se fosse umazinha qualquer, e de onde precisava sair por si só, de táxi ou a pé. E ainda pagando a estadia!

Não haveria maior humilhação no mundo, com certeza.

Pois bem, indignada ou não, os trajes de donzela desamparada não serviam nela, razão pela qual vestiu as roupas, apanhou sua mala e saiu resoluta do quarto com destino à recepção, diante da qual, de pé, pagou a conta sem conferir o valor e saiu daquele inferno sem olhar para trás e sem se importar com os transeuntes que a observavam despudoradamente.

Pelo visto, sua figura altiva, saindo a pé de um motel, ainda por cima puxando uma mala de rodinhas, numa ensolarada manhã de segunda-feira decerto era um espetáculo bom demais para perder, a julgar pelos muitos olhares dos infelizes ocupantes do banco de ponto de ônibus próximo, na frente dos quais ela passou como se eles não existissem.

Não iria, por nada, chamar um carro de aplicativo e se arriscar a manter no histórico de seus pedidos uma saída de motel. Caminharia até a Austrália se fosse necessário. Porém, não foi preciso tanto. Após algumas dezenas de metros, chegando próximo a uma drogaria, avistou um táxi, no qual entrou sem perguntar se estava disponível. Passou o endereço para o motorista e nada mais falou por todo o trajeto.

Mesmo não tendo dominado por completo suas emoções, quando se sentiu razoavelmente calma ligou para Karl, mas ele não atendeu, como era de esperar. Ela deixou uma sucinta mensagem na caixa postal avisando-o sobre seu retorno: o voo chegara havia poucos instantes, estava indo para casa e tinha saudades.

O belo e amplo apartamento vazio em que entrou não melhorou muito seu humor. Algumas flores ou um chocolate sobre a mesa, talvez um singelo bilhete de boas-vindas, nenhuma dessas coisas existia à sua espera. Karl Bergman, seu esplendoroso e ocupado marido, não iria desperdiçar tempo com sentimentalismos, como ela bem sabia, mas não deixava de lamentar.

Curioso ela não ter se repreendido por ter encontrado o amante antes de ver o marido, mas essa é apenas uma observação pontual minha, não uma reprovação da conduta ela. Não sou moralista, menos ainda censor da conduta alheia.

Enfim, o humor de Maia só melhorou (pouco) quando tirou as roupas amarrotadas de viagem, vestiu um traje adequado para corridas (tênis, bermuda, camiseta e viseira), tomou um *shake* de proteínas e saiu. Era ainda cedo e ela pretendia salvar a segunda-feira, a qual começara de modo tão infrutuoso. Saiu de seu vasto condomínio com pressa e caminhou com passos firmes até o parque público próximo, já se aquecendo e se preparando para uma corrida de doze quilômetros.

Maia apreciava cada fase da corrida por fundamentos diferentes. Os primeiros dois ou três quilômetros eram os mais penosos para ela, o corpo ainda resistindo ao prolongado esforço adiante, preferindo manter o repouso. A seguir, já bem aquecida, seguia bem até os nove ou dez quilômetros, num ritmo firme, deliciando-se com a sensação do ar a inflar os pulmões e sentindo o coração bater compassadamente. Os dois ou três quilômetros finais eram sempre terríveis, a dor já se espalhara por calcanhares, pernas e quadris, a respiração queimava. Mas o esforço até então empreendido não seria desperdiçado por fraquezas passageiras, de modo que Maia cumpria o trajeto inteiro e, ao final, sempre ultrapassava em algumas centenas de metros o marco de chegada, sua confirmação pessoal de que não estava vencendo os obstáculos no limite de suas forças, e sim os superando com razoável folga e dignidade.

Embora não fosse sua intenção uma sessão de autoterapia, aos poucos foi se dando conta de que esse regular itinerário físico fora rigorosamente reproduzido em seu caso extraconjugal com

Dimas, conforme ela foi recordando ao longo da corrida. Nos primeiros encontros, ela precisou se forçar a seguir adiante para tirar o corpo da inércia. Estava bem casada com Karl, embora não recebesse dele muita atenção, pois o marido estava sempre envolto em suas atividades como modelo, empresário, esportista e benemérito, então reservava a ela apenas as migalhas das horas não ocupadas em outras atividades. Aliás, muitas vezes Maia secretamente duvidara do amor dele por ela, supondo-se muito mais um instrumento por ele utilizado para compor sua imagem de homem ideal, como ele pretensamente se via, cumprindo ela a contraparte de mulher de patamar próximo; temia estar unida a ele por conveniência, não amor de verdade. Os quilômetros seguintes — os encontros posteriores — haviam sido sumamente prazerosos. Dimas a tratava como uma deusa, excedendo-se em carícias e atenção, até mesmo cantando para ela. E como beijava bem. E que pegada! *De fato*, pensava ela, quase corando, *quem experimenta brigadeiro nunca mais quer beijinho*. Infelizmente, contudo, os quilômetros finais daquela maratona amorosa estavam sendo terríveis, haja vista o ocorrido naquela patética manhã. A bem da verdade, o desditoso abandono no motel fora apenas a gota d'água a fazer derramar um balde já pela boca de desgosto e adversidades; se um amante ofendia sua essência, um gigolô a destruía por completo.

A rigor, Maia se sentia dilacerada.

Por um lado, amava Karl, a quem considerava o homem de sua vida, embora ela representasse bem menos para ele, considerando a forma como a tratava. Por outro, havia Dimas e toda a romântica insegurança de um relacionamento clandestino, mas era evidente que isso não teria como durar muito tempo. Nem teria final agradável.

Em suma, havia brincado com fogo e se queimado.

E a satisfação? Somente nas corridas mesmo.

Tanto Dimas quanto Karl estavam em débito com aquela exigente mulher. E ela iria cobrar tudo com correção, juros e acréscimos compensatórios.

De volta ao seu apartamento, relaxada, enquanto preparava a banheira para o banho, decidiu mais uma vez terminar tudo com Dimas. Talvez até com Karl. Não levaria adiante nenhuma das resoluções, é claro, mas se sentia reconfortada com elas.

Com tempo livre de sobra — só voltaria ao trabalho no dia seguinte —, poderia muito bem curtir o resto do dia sozinha, apesar de paradoxalmente ter marido e amante. Quem precisava de homens?

Se sua vida estava naufragando, melhor ir logo para o mais profundo possível, de onde poderia pegar impulso e tentar sair das profundezas. Afundou na banheira e não pensou em mais nada.

POUCO DEPOIS DAS 19H

"Nada disso", protestou Laila ante minha proposta de que ela fosse para casa, deixando-me para fechar a clínica.

"Eu estou com tempo livre e posso cuidar disso numa boa", insisti.

"Você acha que pode tudo, samurai. Finge não se cansar, mas você não me engana. Estamos juntos nessa", resistiu ela.

O expediente do dia havia terminado e não restava nenhum paciente para ser atendido. Dona Renata, nossa excêntrica recepcionista, já havia partido, e os pacientes do período noturno haviam sido avisados de que Roger não poderia atender naquela segunda-feira. Ele teria um compromisso solene na noite seguinte e precisava comprar um sapato novo — infelizmente Renata e Laila não me deixaram contar isso para os pacientes dele, fazendo-me desperdiçar preciosas piadas.

Pois bem, restávamos apenas Laila e eu.

Assim, naquele início de noite, demos início, mais uma vez, à atualização dos cadastros, para verificar as contas pendentes, conferir os pagamentos e executar outras tarefas; bem pouco empolgante, mas absolutamente necessário para a saúde financeira da clínica. Esse singelo balanço era feito e refeito a cada três meses, apesar da objeção de Laila: ela confiava completamente na azedíssima dona Renata, mas eu precisava fazer isso em pessoa.

Na verdade, Renata, nossa recepcionista/secretária/faxineira/arquivista e o que mais aparecesse, era tão competente no cumprimento de suas diversas funções que eu ficava enervado, então precisava implicar com ela de vez em quando, conferindo tudo pessoalmente. A rigor, nunca encontramos nada de errado, mas, meticuloso como sou, secretamente suspeitava de que, se não chamássemos para nós a administração da clínica, não merecíamos ser chamados de proprietários. Como consequência, muito em breve seríamos superados pela enfadonha Renata; logo ela estaria realizando tratamento de canal e fazendo implantes. E melhor do que nós.

Eu argumentava que nós três, Laila, Roger e eu, havíamos montado uma clínica dentária de atendimento personalizado, não uma impessoal corporação para extrair dentes do siso — e dinheiro — dos pacientes (isso também, mas apenas como consequência do trabalho, não como prioridade). Assim, meio a contragosto, Laila aceitava minhas objeções e topava repassar tudo nos arquivos da clínica.

Entretanto, tão logo começamos, dei-me conta de outra obrigação ingente: eu teria treino às vinte horas, motivo pelo qual sugeri a saída de Laila, assim eu faria tudo em ritmo acelerado. Mas ela recusou, peremptória, como já havia declinado anteriormente, impedindo-me de sabotar minha própria implicância e deixar o escrutínio para outro dia.

Ficamos, pois, dividindo as tarefas. Enquanto eu conferia os arquivos de todos os pacientes no computador do meu consultório — o terceiro no corredor após a recepção —, confrontando pagamentos e anotando pendências para serem cobradas pela ácida dona Renata (ela era ótima em cobrar os outros, ainda é; criticar também; apontar culpados, então, nem se fala), Laila, na primeira sala, fazia a assepsia dos instrumentos odontológicos de todos nós; a segunda sala era reservada para Roger, o vitoriano (entenderão no devido tempo, asseguro).

Dali a pouco, Laila, distraída como só ela, cortou-se com um bisturi. Ouvi seu gemido lá do fundo.

"Ai, meu dedo."

"Laila?" Supondo ser algo mais grave, larguei tudo e corri até onde ela estava; preocupação exagerada, a julgar por sua expressão risonha ao me ver abruptamente de pé diante dela. Quando percebi ter sido apenas um corte superficial, mais um acidente no extenso currículo da minha desastrada amiga, voltei ao meu habitual tom zombeteiro, reservado às pessoas de quem gosto. "Você se cortou de novo? Não é possível! Não fez prova de aptidão para entrar na faculdade?"

"Seu insensível", queixou-se ela, sem realmente se ofender. "Se houvesse prova de aptidão na faculdade, você ainda estaria vendendo pastel na feira."

"Ah, bom, foi intencional. Entendi. Você deve ser masoquista mesmo. Acidentes não ocorrem com tanta frequência. Já que estamos no primeiro dia útil do mês, você tem tudo para quebrar seu recorde histórico. Quanto é mesmo? Vinte? Vinte e cinco?"

"Naka, vá atentar o cão com reza", revoltou-se ela, ficando ruborizada e, por isso mesmo, adorável (eu também me espantei com este último pensamento, pois até então Laila nunca me atraíra como mulher).

"Zangada e distraída. Deve ser *crush* novo." Conquanto eu caçoasse dela, já apanhava álcool, gaze e esparadrapo para fazer um curativo na mão da minha sócia. "Já lhe falei para deixar que eu limpo e organizo as ferramentas. Você é destrambelhada e o Roger é relaxado. Sem mim, a clínica já teria falido."

"Não tenho namorado novo. Nem velho", suspirou ela. "Só pode ser praga sua e do Roger. Jamais imaginei que fosse ficar encalhada igual a vocês."

"Eu não estou encalhado, minha cara. Roger está. Eu sou um lutador, não gasto energia gratuitamente. Não sei se já lhe falei sobre isso."

"Centenas de vezes." Ela ria. "Não acreditei em nenhuma."

"Pelo menos é uma boa ouvinte."

Apesar dos protestos, Laila estendeu a mão para mim. Ela se limitou a observar o zelo com que limpei o pequeno corte; passei um anti-inflamatório no ferimento, enrolei o dedo lesionado com uma pequena faixa e prendi o curativo com o esparadrapo. Enquanto ultimava o singelo tratamento, fui balbuciando uma música dos Racionais ("Pros parceiros tenho a oferecer minha presença/ Talvez até confusa, mas leal e intensa"), como faria meu parceiro Dimas numa tal situação, um rematado paranoico por adornar suas falas com trechos de música.

"Obrigada", agradeceu ela. Seus olhos tinham um brilho etéreo, como se enxergasse muito mais além. Era um aspecto marcante dela, frágil também. E lindo, sem dúvida — estes pensamentos somente me vêm à mente agora, na ocasião eu apenas senti uma estática, nada definível.

Apesar de ter terminado o curativo, não soltei a mão de Laila de imediato, não sei bem a razão. Ela, por sua vez, fixou o olhar, os lábios entreabertos tremiam ligeiramente, como se fossem me contar algo, mas nada saía de sua boca.

Ainda segurando sua mão, com a outra fiz um carinho em seu rosto, ela aceitou e se ajeitou sobre minha palma, gata manhosa e convidativa. Ainda olhando fixamente para Laila, desci minha mão do seu rosto sem nada mais falar, escorreguei pelo pescoço e cheguei aos seios sob o avental, surpreendendo-me com o formato — eram grandes e firmes. Ela se levantou e me beijou na boca, enquanto minhas mãos rumaram para as costas dela, descendo até sua bunda. E que bunda! Laila, por sua vez, apertou os músculos das minhas costas, cravando as unhas, enquanto eu tirava seu avental. Encontrei particular dificuldade para abrir os botões da blusa.

"Como abro isto?", perguntei.

"Há?", respondeu ela, cessando sua alucinação.

Pois é, nada daquilo ocorrera fora da mente fértil e pervertida da minha dócil e recatada amiga. Lamentavelmente, toda aquela cena lasciva fora apenas uma ilusão criada pela mente imaginativa e carente de minha sócia. Suas "visões", se posso chamá-las assim, sempre envolviam Roger ou a mim, ou nós dois juntos, como ela iria nos confidenciar semanas depois num inesquecível passeio à praia, cujo relato virá ao seu tempo. Por ora, voltemos ao consultório.

"Como abro isto?", repeti, segurando uma caixa onde os instrumentos eram guardados. "Vou guardar as ferramentas antes que alguém se mate. Este bisturi aqui é muito perigoso para ficar nas suas mãos."

"É só levantar o fecho lateral", respondeu ela, despertando por completo do devaneio. Não dei atenção na hora, mas sua respiração estava mais intensa, a julgar pelos movimentos do peito, dos quais rapidamente desviei o olhar.

Uma nota necessária. Guardem esse incidente e, em especial, o instrumento nele envolvido; esse ordinário bisturi terá importância capital em fatos posteriores, como eu jamais poderia supor enquanto o guardava.

Pouco depois, ultimados os acertos de nosso destrambelhado balanço, fechamos a clínica e caminhamos juntos até o estacionamento onde estava o carro dela e minha motocicleta; meu carro estava com Dimas desde a noite de sexta-feira.

Como de hábito, acompanhei Laila até seu automóvel, abrindo a porta para ela quando o alarme foi destravado.

"Não entendo como você consegue dirigir com películas tão escuras", reprovei mais uma vez a visibilidade mínima dos vidros do veículo dela (um dia eu saberia a razão para eles, mas não naquela ocasião).

"É para manter minha identidade em segredo", riu Laila. "Eu tenho o hábito de sair por aí de carro para fazer coisas terríveis, sabia?", disse ela, brincando de falar a verdade.

"Você? O exemplo mais completo de viúva recatada? Só falta me dizer que o virginal Roger é seu parceiro de depravações", provoquei, tentando pescar algo, mas ela não alongou a conversa.

"Boa noite, samurai", disse ela, sorrindo. "Não vá se matar naquele tatame. Guarde suas energias para outras atividades." Ela corou ao proferir esta última frase, depois fechou a porta e partiu, fazendo um gesto de despedida com a mão esquerda.

Caminhei para minha motocicleta e também parti.

No itinerário para a academia, passei no peculiar "Ceará's Sushi, o autêntico sabor de Yokohama misturado ao do Crato", restaurante cuja proposta era tão absurda quanto irresistível, onde era servido de tudo, inclusive yakibode (isto mesmo, yakisoba com carne de bode) e sushi de traíra. Comi algo rápido e leve (*gohan* com creme de nata e cubinhos de carne-seca).

No caminho, perguntava-me o que teria havido com meu amigo Dimas, com quem não falara o dia inteiro — tínhamos saído juntos na noite de sexta, mas o samba para onde eu o acompanhara era pesado demais para mim, então chamei um carro de aplicativo e parti, deixando-o com sua música, seus amigos e meu carro. Falou que precisaria dele para buscar alguém no aeroporto no sábado. Desde então estava sumido, mas nada havia de incomum nisso.

Dimas era meu amigo de décadas, desde o tempo da escola. Mesmo assim, eu continuava a me espantar com sua maneira descompromissada de levar a vida. Embora perto dos quarenta anos — tínhamos quase a mesma idade, trinta e oito —, ele continuava sem um emprego estável, uma profissão definida, uma residência decente e outras coisas que costumam preocupar a maioria das pessoas. E o cara ainda tinha filha e mãe idosa para sustentar.

Bom, ele sempre fora assim e não iria mudar, pelo jeito. Era livre por completo. "Não sou eu quem me navega/ Quem me navega é o mar", costumava repetir Dimas, citando Paulinho da Viola.

De minha parte, no trajeto de ida, preparando-me mentalmente para o treino, eu repetia na cabeça a letra de um rap aprendido com Dimas, versos que se tornaram, ao longo dos anos, meu mantra antes dos treinos e, especialmente, das lutas.

Fé em Deus que ele é justo!
Ei, irmão, nunca se esqueça
Na guarda, guerreiro, levanta a cabeça
Truta, onde estiver, seja lá como for
Tenha fé, porque até no lixão nasce flor

Chegando à academia, despi minhas respeitáveis roupas de dentista e vesti meu *dogui* com alguma solenidade, amarrando cuidadosamente na cintura a faixa preta, terceiro *dan*, conquistada com tanto esforço.

Do vestiário, segui para o dojo, onde o *sensei* e os demais alunos já se aqueciam. Curvei-me em reverência ao dojo e ao *sensei*, limpei os pés no tapete e entrei descalço para cumprimentar com as duas mãos e uma reverência de cabeça cada um dos meus colegas de treino. Quando a aula começou, assumi meu lugar na primeira fila, entre os alunos mais graduados; esvaziei a mente de questões mundanas, passando as duas horas seguintes concentrado unicamente no *kihon geiko* (repetição de golpes), no *kata* (coreografia fixa com golpes predeterminados) e, especialmente, no *kumite* (combate), minha parte favorita.

O treino terminou às 22h30, com uma série de flexões e abdominais, seguidos de exercícios de calejamento (golpes sem proteção, especialmente no estômago e pernas, para treinar a resistência).

"Vida é luta. Mas você leva isso a sério demais", disse-me Laila certa vez ao final de minhas sessões de treino. "Salvo engano, é da Clarice Lispector", falou na ocasião.

Naturalmente, a citação era de um livro de Machado de Assis, mas não corrigi minha amiga. Ela estava satisfeita com a erudição das redes sociais, não seria eu a lhe fazer afrontas com coisas menores como pesquisa, estudo etc.

Ainda tomado pela adrenalina do treino, eu demoraria para dormir. Liguei mais uma vez para Dimas, porém novamente fiquei sem resposta. Mandei mensagem, mas também sem sucesso.

Durante um banho quente, flagrei-me pensando em Laila e sua misteriosa atitude de horas antes, no consultório. Por onde vagueavam seus pensamentos? Recordando bem, recentemente ela passara a se comportar de modo bem peculiar, ficando muitas vezes estática, como se em transe. Estaria ela realmente encontrando alguém, como eu gracejara para ver o que ela respondia? Haveria algo entre ela e Roger? Seria ela boa na cama?

Credo, melhor parar de pensar nisso. Laila era bem bonita, sem dúvida, mas minha amiga, nada mais. Tinha o rosto um pouquinho arredondado, como se fosse ainda menina, um nariz não muito fino, mas formoso. Os cabelos aloirados iam até pouco abaixo dos ombros, bem leves. O olhar era desconcertantemente expressivo, apesar do ar de fragilidade emanado dele. Além disso, parecia ter um corpo legal debaixo daqueles trajes de dentista, embora não fosse adepta de exercícios físicos.

Dava para notar pela roupa um par de seios de bom tamanho e uma bunda arredondada, sem exagero. Talvez fizesse umas coisas bacanas entre quatro paredes, afinal já fora casada...

Quando percebi, estava prestes a me masturbar pensando na minha amiga. Interrompi de súbito o ato e saí do banho, abandonado os pensamentos lascivos e inadequados.

Comi algo leve e fiquei à espera de um retorno de Dimas, genuinamente preocupado com o sumiço dele; tantos dias de desaparecimento não era algo comum nem mesmo para ele. Embora ele fosse alguns meses mais velho, eu cuidava dele como um irmão mais novo, conforme grave promessa por mim feita para dona Antônia, nossa mãe — biológica, no caso dele; de afeto, no meu.

Como não retornasse nenhum chamado meu, desisti e me encaminhei para a cama, mas não dormi. Liguei a TV à procura de algo incerto, mas nada digno de ser visto encontrei. Como ninguém é de ferro, não tardei a sintonizar num filme pornô, desses indistinguíveis uns dos outros, mas que atendem bem às necessidades de uma noite insone.

Com grande espanto, verifiquei a semelhança da atriz com Laila. Rapaz, que performance! Seria a Laila original capaz daquilo tudo? Quando me dei conta, já estava novamente excitado e segurando meu pênis. Parei tudo mais uma vez quando me dei conta do que fazia. Precisaria ser muito canalha para me masturbar pensando na minha melhor amiga.

Miseravelmente, eu sou.

Depois, lavei a mão e, mais relaxado, deixei-me cair de costas na cama, sentindo o toque gentil do lençol e curtindo a deliciosa aproximação da sonolência.

Mais uma vez, lembrei de Dimas. Aquela ausência de contato prolongado era completamente fora de propósito. Porém, eu já encerrara minhas possibilidades de procura, então só me deixei envolver pelo sono.

Ademais, conhecendo meu amigo, com certeza ele estaria por aí numa farra com a nova namorada, aproveitando a vida como só ele sabia fazer. Improvável que estivesse numa igreja ou hospital.

DIA 3 DE AGOSTO
TERÇA-FEIRA, POR VOLTA DAS 15H

No hospital, no fim de um longo, alvo e silencioso corredor — praticamente vazio, exceto por alguns poucos bancos de plástico —, a figura de Dimas, um homem negro, de pé, tenso, contrastava com o ambiente em tom e estado de espírito.

Ele já fora expulso do local algumas vezes; a princípio sutil, depois expressamente, mas em todas as ocasiões se fizera de surdo e permanecera ali, de onde só sairia com a filha, Bianca.

Esgotado, mais uma vez sentou-se numa das cadeiras, da qual se levantara pouco antes, repetindo sua fatigante rotina das últimas trinta horas, desde a manhã do dia anterior, quando deixara Maia em vexatória situação — largada num motel — e viera para o hospital. Estacionara meu carro na rua e não voltara para ver se ainda estava lá, nem voltaria; segundo me disse posteriormente, planejou me mandar uma mensagem explicando a situação, mas acabou protelando e protelando, sem nada fazer, incapaz de encontrar as melhores palavras para passar a notícia adiante.

Levantou-se de súbito e retomou seu eterno retorno particular, repetindo o penoso ciclo de caminhadas pelo corredor, observando a cada volta, por uma pequena janela de vidro, Bianca na UTI, mais morta do que viva. Tal qual haviam lhe dito diversos enfermeiros, médicos e seguranças, ele não ajudava em nada ficando, pois não podia fazer nada, exceto sofrer e maldizer a vida, então talvez fosse melhor ir para casa repousar e aguardar notícias. Não ouviu nenhum deles.

Cerca de duas horas antes, um destemido enfermeiro se aproximara dele pronto para lhe ordenar a imediata retirada daquele restrito corredor, mas mudou de ideia ao vislumbrar alguma coisa no semblante de Dimas; fez bem o cauteloso rapaz, posso afiançar. Desde então, foi deixado em paz.

Naquele meio de tarde, poucas pessoas entravam e saíam da UTI, e quem o fazia evitava olhar para Dimas, como se ele não existisse — não o vendo, não necessitavam tomar qualquer providência acerca de sua permanência irregular; hospitais públicos têm algumas vantagens, sem dúvida.

Subitamente, uma agitação atraiu outros funcionários ao local, entre os quais lamentavelmente não se incluía a médica plantonista; hospitais públicos têm desvantagens também, é certo.

Dimas, aproveitando o alvoroço, ingressou com os enfermeiros na UTI, indo todos até o leito de Bianca, junto ao qual diversos equipamentos emitiam sons ininteligíveis, piscavam luzes intermitentes e mostravam gráficos oscilantes.

"Filha?" Ignorando todos os presentes, Dimas se dirigiu a Bianca, que milagrosamente voltava à consciência.

"Você não pode ficar aqui, senhor", tentou mais uma vez alguém, mas Dimas o afastou com sua grande mão estendida no peito do interlocutor, dedicando toda a sua atenção para a filha. No total, havia quatro ou cinco pessoas ao redor do leito, cada um mais perdido do que o outro.

"Onde está a plantonista?", perguntavam uns.

"Deve estar no banheiro. Ou repousando para o plantão na rede particular", respondiam outros.

Bianca, insciente da gravidade de sua situação, fazia visível esforço para se manter desperta. Ela não tinha como falar (e não era por conta do tubo enfiado em sua garganta, e sim pela inexistência de língua), ainda assim continuava tentando uma comunicação, nitidamente apontando para o peito do pai.

Dimas levou a mão até o coração, como indicado por Bianca, sem entender a intenção da filha. Em um insight, deu-se conta de que ela apontava, na verdade, para o aparelho celular que ele mantinha no bolso da camisa. Sem nenhuma certeza sobre o que fazia, ele apanhou o aparelho, desbloqueou a tela e o levou até a mão de Bianca, como ela parecia desejar.

Com a mão trêmula, mas segurando com firmeza o objeto, Bianca abriu um aplicativo de troca de mensagens e, diante dos atônitos espectadores, digitou algumas poucas letras, devolvendo o celular ao pai.

Nesse preciso e indevido instante, porém, a médica plantonista finalmente surgiu sabe-se lá de onde e se pôs a observar os dúbios sinais vitais indicados nos diversos painéis. Sem entender direito o que se passava, abandonou a paciente e voltou sua atenção para aquele estranho homem, que visivelmente não poderia estar ali.

"Quem é esse aí?", quis saber ela, dirigindo-se para uma enfermeira conhecida. "E por que está aqui?"

"O pai da paciente", sussurrou a enfermeira, sabendo da insuficiência da informação.

"Ele não pode ficar aqui."

"Eu sei."

Vendo-se desatendida em seus reclamos, a médica foi até uma mesa próxima e apanhou um interfone. Apesar do caos nos diversos painéis aos quais Bianca estava ligada, a médica agia como se ela pudesse esperar.

"Seguranças, preciso de vocês na UTI agora. Há um homem desconhecido aqui."

Após cumprir suas estranhas prioridades, aparentemente a plantonista se deu conta da agudeza da situação e, por fim, passou a atentar de imediato a Bianca.

Assim que os agentes da equipe de segurança chegaram, Dimas, ainda com o celular na mão — ele tirara um *print* da incipiente mensagem da filha —, observando Bianca voltar à inconsciência, finalmente aceitou estar mais atrapalhando do que ajudando e concordou em deixar a UTI.

"Estou saindo. Calma aí. Estou saindo", falou ele num tom de voz claro, com as mãos para cima, desestimulando qualquer tentativa de toque por parte dos agentes.

"Prometo falar com o senhor tão logo seja possível." Cordata, a médica dirigiu-lhe as palavras, mas sem olhar para ele, debruçada sobre Bianca.

Dimas foi conduzido para fora daquela ala, nem mesmo no corredor pôde permanecer. No saguão lotado do hospital, deixou-se recostar numa coluna larga e gelada, revivendo lentamente a vertigem das últimas horas. Praticamente nada comera desde o desjejum no motel com Maia, tampouco dormira, só bebia água, e até aquele instante não havia obtido qualquer informação sobre o que poderia ter ocorrido com sua filha, tendo-lhe sido repetida tão somente a gravidade do quadro dela.

Para além da preocupação, o remorso o assolava. Tinha consciência de não ter sido um pai muito presente, para dizer o mínimo. A filha estava naquele leito de UTI por conta de sua omissão como pai, ele intuía. Pesaroso, tentava se reconfortar, as coisas tampouco tinham sido fáceis para ele, conjeturava. Sua ausência se justificava pela necessidade de trabalhar para dar a ela algumas condições materiais, ainda que mínimas. Fora isso, também precisava se divertir um pouco, não precisava? Bianca era bem cuidada por dona Antônia, sua mãe, pelo menos ela nunca reclamara. O que poderia ter dado errado?

"Pai?" A médica plantonista de fato procurou por Dimas, como não imaginava acontecer.

"Pois não?" Ele se empertigou, tentando parecer apresentável.

"A situação da sua filha é gravíssima. Sabe o que pode ter havido com ela?"

"Sei bem menos do que todos aqui, doutora. Só recebi um telefonema e vim para cá. Quando cheguei, ela já estava assim", queixou-se ele. "O que ela tem?"

"Ela foi socorrida pelo serviço de resgate. Foi encontrada pela polícia na frente de uma escola. Não sabemos o que houve. O certo é que ela foi severamente seviciada."

"Seviciada?"

"Espancada. Brutalmente espancada." A médica parecia constrangida, evitando aprofundar o detalhamento.

"Roubo?", divagava Dimas, questionando o motivo das lesões, assuntos que talvez interessassem à polícia, e não sobre diagnósticos e prognósticos, área da médica.

"Pouco provável. Além de ser espancada, ela teve a língua amputada e foi esfaqueada. Um dos pulmões foi perfurado, mas o coração não foi alcançado, felizmente. Porém perdeu muito sangue e só está viva por uma dessas circunstâncias sem nome popularmente chamadas de *milagres*, conceito no qual não acredito, mas reconheço quando ocorrem."

"Entendo", complementou ele, sem nada entender. "Quando haverá alta? Já é possível dizer?"

A médica olhou bem para ele, respirando com sofreguidão, gastando tempo em busca da melhor forma de explicar a Dimas o inexplicável.

"Pai...", iniciou ela, fazendo uma breve pausa. "Como eu disse há pouco, é um milagre ela ainda estar viva. Somente um segundo poderá mantê-la assim. Mas eles não acontecem com tanta frequência."

"Meu Deus", Dimas aos poucos se dava conta da real condição da filha.

"Estamos fazendo o possível para cuidar dela, pai." Ela hesitou um pouco, mas resolveu contar tudo. "Outra coisa, ela apresentava fissuras anais recentes. Presumimos estupro. A polícia já foi informada. Darei mais informações ao senhor assim que possível. Por enquanto, o senhor deveria ir para casa e descansar. Não vai adiantar ficar por aqui."

"Tem razão", concordou ele, calmo, para espanto da interlocutora. "Acho que vou tomar um banho, dormir e volto amanhã."

"Eu não estarei por aqui, mas haverá outro plantonista. Vou deixar um recado para ele atender o senhor."

"Obrigado, doutora."

"Não precisa agradecer."

Após a médica sair, Dimas permaneceu no local, jamais cogitara ir embora, é claro. Entretanto, não conseguiu retornar para a UTI.

"Seviciada", "esfaqueada", "pulmão perfurado", essas palavras rodopiavam por sua mente, intercaladas por outra pior — "estupro" —, fazendo sua respiração acelerar e seu coração gelar.

Ficou o restante da tarde caminhando a esmo entre a recepção e a calçada, vagando à espera de algo incerto. Quando procurou pela milésima vez a recepção, obteve uma lacônica informação.

"Ela está sedada e seu estado é estável", disse-lhe uma recepcionista após supostamente consultar pelo interfone o funcionário da UTI.

Enquanto Bianca travava uma batalha pela vida (não estava ganhando), do lado de fora Dimas, de vez em quando, conferia a lentidão das horas na tela do celular. Havia muitas mensagens e ligações não respondidas, especialmente minhas; nenhuma de Maia.

Só lhe restava mesmo aguardar.

Segurando firmemente o aparelho celular, para onde sua visão estava voltada, mais uma vez ele leu a palavra *Boy* digitada por Bianca na tela.

20H17

Na tela de uma obra de arte, é possível ver muitas coisas, dependendo menos da imagem em si e mais de quem a observa. Naquela obra, entretanto, Laila, apesar da máxima concentração e boa vontade, via apenas um grande painel repleto de longas linhas sobrepostas, grossas, médias e finas, de múltiplas cores, sobre uma paisagem bucólica disforme, na qual os rastros de um tanque de guerra sobressaíam com injustificado relevo. Ela fechou os olhos por uns segundos, apagou a imagem da mente e, ao reabri-los, mirou o amplo painel como se nunca o tivesse visto antes. Pois bem, lá estavam as mesmas longas linhas sobrepostas, grossas, médias e finas, de múltiplas cores, sobre uma paisagem bucólica disforme, na qual os rastros de um tanque de guerra sobressaíam com injustificado relevo.

Não obstante, os demais observadores expressavam enxergar conceitos imprecisos como "força", "paixão", "bravura" e, o mais espantoso, "um arrebatamento heroico típico de um militar", conforme ela ouvia de uns e de outros enquanto caminhava devagar diante do mural, simulando não estar atenta às observações dos presentes.

Definitivamente o problema estava nela, conformou-se.

"Está se entediando além da conta?", indagou-lhe Roger, surgindo de repente ao seu lado, com duas taças de espumante nas mãos.

"Não, estou me entediando na proporção esperada", riu ela, aceitando a bebida ofertada.

"Lamento fazer você passar por isto. A cerimônia oficial deve começar em instantes, depois será breve." Roger estava desconfortável por ter feito Laila esperar tanto. "Assim espero."

"Pare de se lamentar, Roger. Só estou implicando com você e sua formalidade excessiva. Nisso o Naka tem razão, sabia?"

"Rafa tem razão sobre mim? Misericórdia. Estou na pior mesmo", suspirou ele antes de mudar de assunto. "Obrigado por ter vindo. Todos os oficiais trazem suas exemplares esposas para eventos assim, fiquei sem jeito de aparecer sozinho."

"Imagino", acrescentou ela após um gole na bebida. "Alto, atlético e bonito assim, iriam considerar você um perigo para as consortes. Militares enxergam ameaça em tudo."

"Na verdade, iriam achar que sou gay", riu ele por fim.

"Você é?" Os olhos dela estavam fixos nos dele, à espera de uma resposta.

"Você me acha gay?" Roger ficou lívido por um instante, sério, sem saber como responder a Laila, desapontado por transparecer tal imagem para ela.

"Você é incorrigível, Roger." Ela terminou o conteúdo da taça dela e da dele. "Parece uma colegial sem graça após um comentário apimentado. Onde a gente consegue uns canapés por aqui? Estou quase bêbada."

Laila enlaçou-o pelo braço e seguiram juntos pelo saguão repleto de oficiais de variadas patentes. Era a noite de entrega das comendas aos militares que haviam se destacado no serviço à pátria e à sociedade, contribuindo para a boa imagem das Forças Armadas, conforme dizia o fôlder de divulgação da solenidade.

Nessa ocasião específica, o Coronel Fioravante havia designado o festejo para o salão de festas dos oficiais, não o anfiteatro do quartel, como costumava ser em anos anteriores. Justificou a mudança pela necessidade de um espaço mais amplo, porém todos desconfiavam de que o verdadeiro motivo seria a simples necessidade de expor o painel que pintara numa das paredes laterais do ambiente.

De fato, o coronel, perto do fim da carreira, gostava de exibir seus dotes artísticos, para ele elevadíssimos. E aquele painel permaneceria no local após a aposentadoria e engrandeceria sua biografia, segundo pensava.

Laila e Roger, dois brutos sem salvação, não sabendo, contudo, apreciar a sensibilidade ímpar do coronel, mantiveram-se afastados do famigerado painel pelo restante da noite. Apanharam novas taças cada um e quedaram próximo a uma janela, com vista para o bosque iluminado, ao lado da mesa de frios.

"Que lugar deslumbrante", admirou-se ela, com a boca cheia, mastigando um pedaço de queijo brie enquanto apontava para a escura floresta próxima e além dela. "Veja o contorno das montanhas. A imensidão da noite e da natureza me encanta."

"Lindo mesmo", concordou ele. No entanto, Roger, em vez de admirar a natureza, de soslaio observava a silhueta de Laila, esplêndida num vestido branco florido, destacando suas costas nuas — apesar da echarpe lilás, improviso de última hora para não causar escândalo junto aos recatados militares. Os cabelos dela, loiros e curtos, eram suavemente balançados pela brisa noturna.

"Rafa não veio mesmo", comentou ele vagamente, na vã tentativa de levantar o olhar do busto dela.

"Eu já imaginava. Deve estar lutando ou puxando ferro. Ou bebendo com o Dimas", aquiesceu Laila.

"Curioso isso. Ele trabalha muito no consultório. Para compensar, se exercita na academia e se prepara para as seguidas lutas dele. Depois, joga tudo fora bebendo feito um caminhoneiro com o Dimas." Sem aviso, Roger partiu para o ataque — covarde, deveria falar na minha cara! Aliás, lembro agora, ele sempre fala.

"Ele é assim desde a faculdade", concordou Laila.

Após alguns instantes de silêncio, Roger, lacônico como costuma ser, perguntou sem jeito:

"Vocês… Alguma vez?…"

"Para, Roger!", riu ela abertamente, fazendo-se de zangada. "Ele é meu amigo. Além disso, já fui casada uma vez. Basta de homens para mim."

"Uma pena. Você é jovem e sensível…" Roger silenciou, mas acrescentou por fim, num volume mais baixo: "E bonita".

"Só bonita?", provocou ela. "Eu fiz uma preparação imensa para hoje, arrumei o cabelo, fiz maquiagem, pus um vestido legal, tudo para te acompanhar nesse jantar empolado, para você dizer que sou *bonita*? Só isso, Capitão? Francamente, eu esperava mais de você!"

Ante a persistente mudez de Roger, Laila sorriu, apanhou a taça dele e a pousou com a sua na mesa. "Venha, chega de bebida por hoje. Você tem uma medalha para receber."

Pouco depois, as bandejas foram recolhidas, as pessoas se afastaram das mesas de comes e bebes e se dirigiram às cadeiras ordenadas em duas longas seções no centro do salão, com um corredor entre elas.

O Coronel Fioravante se dirigiu à mesa montada na extremidade do salão, ocupou seu lugar ao centro, apanhou o microfone e, após saudar todos os presentes, passou a chamar algumas autoridades para compor a mesa solene.

Quando a distribuição das comendas começou, Laila aplaudiu com entusiasmo o nome do Capitão Rogério da Matta, elogiado no discurso do coronel por ser um oficial rigoroso no cumprimento de seu excelso mister no quartel, além de, no tempo livre, realizar imprescindível serviço social atendendo praticamente de graça a população carente, a quem prestava "inexcedíveis" serviços de odontologia valendo-se de "pronunciada clínica odontológica" mantida com "amigos e sócios igualmente desprendidos", os quais também mereceriam medalhas, não fosse o rigor do regulamento da Aeronáutica.

Nesse momento, Laila, apontada pelo coronel, foi igualmente ovacionada.

Ao final da noite, voltando para casa, enquanto Roger dirigia absorto, Laila estava sonolenta por conta do espumante ingerido. De modo discreto, ela observava Roger de esguelha, o veículo seguia suave pela noite urbana.

Laila, então, aproveitando-se do pouco movimento nas ruas àquela hora, sem dizer palavra, levou a mão ao rosto de Roger e fez um carinho na face dele, fazendo-o sorrir, mas sem desviar a vista da avenida adiante. A seguir, a mão dela foi descendo lenta e decisivamente pelo uniforme de gala dele, com uma breve parada na medalha que ostentava no tronco musculoso. Depois, a mesma mão desceu até a coxa dele, onde permaneceu uns instantes. Roger, enquanto isso, não sem considerável força de vontade, preservava a postura militar, mesmo quando o cinto e o zíper da calça foram abertos. Laila, agora com as duas mãos trabalhando concomitantemente, fez um afago no órgão sexual de Roger, e por fim se abaixou e repousou no colo dele. Roger arfava enquanto guiava o carro com a mão esquerda, usando a direita para acariciar a nuca de Laila, seus dedos deslizando entre a suavidade dos cabelos dela.

Pouco adiante, Roger estacionou o veículo junto ao meio-fio, diante do condomínio onde ela morava.

"Chegamos, Bela Adormecida", Roger pressionava o ombro de Laila para tirá-la de seu cochilo.

Pois é, Laila tivera mais uma de suas "visões" enquanto era levada para casa por Roger. Ele nada percebeu, supondo ter ela simplesmente dormido.

"Nossa", falou ela ao despertar. "Até sonhei, sabia?"

"É mesmo? Com o quê?"

"Um dia eu te conto." Ela sorriu, mas mudou de assunto, soltando o cinto de segurança e se preparando para sair do carro. "Nossa, vou estar acabada amanhã cedo. Perdi o hábito de dormir tarde."

"Desculpe mais uma vez." Ele se culpava excessivamente por tê-la feito sair da rotina.

"Pare de se desculpar, Roger. Foi bacana." Ela sorriu seu melhor sorriso e se despediu dele com um cálido beijo no rosto. "Boa noite."

Laila não o convidou para subir até seu apartamento, como ambos gostariam, apenas deu as costas e entrou pela portaria.

Roger, por outro lado, agradeceu mais uma vez pela gentileza de tê-lo acompanhado num evento tão sem graça, mas ela, distante, já não ouvia. Quando ele partiu, quase esqueceu de acionar a seta do veículo, o que não é pouca coisa, considerada sua natureza metódica, sinal claro de que estava muito abalado.

Laila, após transpor o primeiro portão da recepção, ainda se demorou uns instantes segurando o segundo, observando o carro de Roger se afastar noite afora. Pela sua mente passavam cenas vívidas do passado e do presente, algumas que ocorreram, outras que poderiam ocorrer, principalmente as que nunca ocorreriam.

Laila e Roger, apesar da visível e mútua atração, como eu viria a compreender muito depois, não conseguiam avançar além de um ocasional e descompromissado flerte, porque Roger supunha absurdamente estarem me traindo se tivessem algo.

Por dever de consciência, devo reconhecer a nobreza de Roger. Não obstante a forma zombeteira com que eu o trate regularmente — *destrate* seria mais apropriado —, ele se manteve um amigo leal em toda e qualquer ocasião.

Retomando o curso daquela noite, Laila subiu para seu apartamento, onde se demorou antes do banho, entre voltas incertas entre a sala e a cozinha, sem se decidir sobre o próximo passo.

Por fim, resolveu conferir o aparelho celular, tinha deixado em casa carregando. *Uau, quanta coisa*. Deve ter se espantado ao notar o volume de notificações, involuntariamente fazendo aquela expressão de gata arisca tão característica sua, repuxando os lábios superiores e mostrando os dentes brancos.

Dentre as várias mensagens, ela se deteve numa em particular, a minha, a qual lhe tirou o sono por completo.

"Laila, Bianca, a filha do Dimas, morreu. Foi assassinada. Amanhã será o velório."

DIA 4 DE AGOSTO
QUARTA-FEIRA, AO LONGO DO DIA

"Velório bom é velório cheio. Este está um sucesso. Sinal de que a pessoa era querida por muitos."
A tirada pretensamente espirituosa lançada aos ventos por alguém cuja identidade não me ocorre agora não obteve qualquer efeito junto aos presentes.

De fato, há velórios assemelhados a uma festa, nos quais as passagens da vida do sepultando são lembradas e recontadas com divertidas variações, entre risos e lágrimas, sinal de que o morto, enquanto vivo, teve existência longa e plena. Contudo, quando se vela uma jovem de dezoito anos vítima de uma atroz violência, não há piada idônea a animar o ambiente.

Se bem recordo, há pessoas capazes de encher o peito e afirmar o quanto detestam velórios, como se os demais fossem deles entusiastas.

Eu não comparecia a um velório desde a morte dos meus pais, e o de Bianca estava sendo particularmente penoso. Sem embargo, sendo ela filha de Dimas, o sepultamento se tornou um acontecimento, como seria previsível. Além de os alunos da escola diante da qual seu corpo foi encontrado terem comparecido em massa, dispensados de suas aulas no dia, os incontáveis amigos de Dimas vieram se solidarizar com ele.

Reparei com algum desconforto haver muitas pessoas dos tempos de escola, eu seguia as cumprimentando à medida que reconhecia cada uma ou era por elas reconhecido, mas não estava de todo à vontade com isso; não fui um aluno popular e o tempo não aplacou esse sentimento em mim, embora eu fosse o melhor amigo de Dimas, o astro do colégio, razão pela qual eu era seguidamente apontado entre a multidão.

"Nakamura, é você mesmo?", perguntava-me de repente alguém cuja fisionomia eu mal reconhecia.

"Sim, eu mesmo. Embora com menos cabelo", dizia minha concisa resposta, acompanhada de uma precária simulação de entusiasmo. A conversa pouco evoluía depois disso, então a pessoa pedia licença e se afastava.

Eu reconheci ainda alguns amigos de Dimas dos seus tempos de astro do futebol, oriundos dos muitos times de várzea por onde ele brilhou, bem como o pessoal da música e boemia, mas não todos; eles eram em grande número.

Enfim, um pitoresco mosaico representativo de todas as fases da vida de Dimas estava por ali, para ser mais sucinto.

Ao longo do velório, fiquei ao lado de dona Antônia todo o tempo, tentando compensar a forçada distância de Dimas, sempre atendendo um e outro que fazia questão de abraçá-la.

Da mesma forma, Roger e Laila estiveram sempre comigo naquele dia.

"Dimas sempre foi tão popular assim?", espantava-se Laila.

"Sempre", respondi baixinho. "Ele foi uma figura de destaque no futebol, no samba, na jogatina, na boa vida e em tudo em que se envolvesse. Dança muito bem, caso eu tenha esquecido de algo."

A propósito, enquanto eu detalhava a agitada vida de Dimas, de súbito, para meu completo espanto, vislumbrei a outra grande estrela de nossa época. Sim, diante de mim, fulgurante em seu esplendor, surgiu Karl Bergman, o deus dourado dos nossos tempos de colégio. Ele estava elegante como sempre estivera e nenhum dia mais velho. Como se não bastasse, estava acompanhado de alguém que somente poderia ser sua esposa, a julgar pelo modo superior com que andavam entre a massa ordinária, de mãos dadas, enquanto seguiam abrindo espaço na multidão sem fazer esforço para tanto — o mar vermelho dos comuns se abria para eles como faria com Moisés, tivessem o profeta e sua consorte comparecido ao velório de Bianca.

Aliás, a esposa em questão merece ao menos um parágrafo em separado. Era uma mulher alta, atlética, de pele branca, mas bem bronzeada, longos cabelos pretos e olhar intenso; seu nome era Maia, já conhecida de Dimas, com quem tinha relações mais do que apenas sociais, como eu iria descobrir depois.

O célebre casal foi ciceroneado até a presença de Dimas pelo assistente do diretor da escola. Ao que parece, o diretor ficara "a-ba-la-dís-si-mo" com a morte da menina e não tivera condições de comparecer ao "fúnebre evento", como confidenciou o representante enviado.

"Entendo perfeitamente", aquiesceu Dimas ao ouvir a explicação. "Para mim é muito mais fácil, sem dúvida."

Eu teria assinado essa pesada tirada, com certeza.

O assistente do diretor, sem nenhuma disposição para defender seu chefe, fez sua melhor expressão de mestre de cerimônia e aproveitou o silêncio para introduzir o casal Karl e Maia ao pesaroso pai.

"Senhor Dimas, deixe-me lhe apresentar o senhor Karl Bergman, devotado à causa da educação pública, e sua encantadora esposa, senhora Maia Bergman."

Um relâmpago correu entre os três de imediato, mas nenhum deles denotou ter sentido a descarga. Pois bem, frente a frente e de forma tão abrupta quanto involuntária estavam Dimas, o pai da aluna assassinada, e Karl, o benfeitor da instituição onde a moça estudara, acompanhado de Maia, sua deslumbrante esposa. Na verdade, Dimas e Karl se conheciam havia muitos anos, tendo sido companheiros de time em tempos distantes, enquanto Maia, a esposa de Karl, era amante de Dimas — eu avisei linhas atrás: o velório de Bianca se tornou um acontecimento!

"Dimas?!" Karl quebrou completamente o protocolo ao reconhecer o antigo parceiro. "Eles me falaram dessa tragédia, mas eu jamais poderia imaginar que envolveria você."

Karl dispensou a mão automaticamente estendida por Dimas e o abraçou com força e afeto, como nunca fora hábito seu.

De minha parte, fiquei completamente chocado com aquela expansividade de um cara que, na época da escola, era uma verdadeira estátua do melhor mármore escandinavo, se é que há mármore por lá.

Ao fim do abraço, foi a vez de Karl fazer a apresentação.

"Dimas, esta é minha esposa, Maia." Ele a puxou de leve pelo braço, trazendo-a para junto de si. "Maia, esse é Dimas, um velho amigo."

"Encantado", respondeu debilmente Dimas, estendendo a mão gelada para Maia, de quem se despedira duas manhãs antes, num quarto de motel, e com quem não mais falara desde então.

"Meus sentimentos, senhor." Maia fez um aceno breve, depois manteve o olhar baixo, sem nada mais expressar.

Eu estava ao lado de dona Antônia, pouco atrás de Dimas, e até aquele momento não fora notado por Karl, o que me dava alguma vantagem do ponto de vista observacional. Perscrutando o deus dourado, verifiquei que sua presença continuava magnética como antes. Ele era vigoroso, alto, com músculos definidos debaixo da roupa elegante e justa. Tinha cabelos muito claros e curtos, deixando à mostra um rosto largo, de nariz quadrado e lábios finos, com um olhar duro e aquilino. Maia, ao lado dele, era sua contraparte ideal, uma deusa romana pintada por um artista renascentista.

"Nakamura?" Karl finalmente me percebeu ali.

"Salve, Karl", respondi um pouco mais seco do que pretendia. Sempre houvera uma certa animosidade entre nós, mas as razões para isso somente serão explicadas mais adiante.

Confesso, não sem alguma vergonha, que naquele instante fiquei de certa forma lisonjeado por ele ter lembrado de mim após tanto tempo, afinal mal nos falávamos nos três anos de colégio e isso havia ocorrido fazia muitos anos. Pelo jeito, a memória dele era prodigiosa como tudo mais naquele homem.

Eu o cumprimentei com um aperto de mão, assim como sua acompanhante, de quem desviei o olhar com algum esforço. Depois, eles voltaram a atenção para Dimas, com quem conversaram um pouco mais sobre a velha parceria e sobre o "preclaro trabalho" desenvolvido pela ONG presidida por Karl, nas palavras do assistente do diretor.

Durante o colóquio, Maia permaneceu muda e com a cabeça baixa; seu corpo estava ali (belo corpo, aliás), mas não sua atenção.

Pouco depois, o deus dourado e sua consorte pediram desculpas pela partida precoce, alegaram ter compromissos aos quais não poderiam deixar de atender, saindo subitamente. Foram acompanhados pelo assistente do diretor, ele ainda não encontrara uma posição confortável ao lado de tantas pessoas.

Típico de Karl, sussurrei para mim.

Laila e Roger quiseram saber quem seriam aquelas notáveis figuras — Laila quis. Prometi um detalhado relatório numa ocasião mais propícia.

No mais, o velório seguiu seu roteiro previsível de lágrimas fáceis e abundantes, pêsames protocolares, frases de efeito e abraços constantes.

Dona Antônia, alheia a tudo quanto se passava ao redor, mantinha-se próxima do esquife, mal levantando a cabeça para responder aos cumprimentos dos amigos de Dimas, com toda a atenção voltada para a neta falecida.

Na hora do sepultamento, Dimas deu o primeiro sinal de fraqueza, mas disfarçou bem. Tão logo eu o senti cambalear, abracei-o e o sustentei de pé, amparando seu corpo com o meu. Nesse instante, percebi que sua aparência tranquila não traduzia o torvelinho em seu interior; ele só não desmaiou porque precisava mostrar força para sua idosa mãe.

E não era apenas por Bianca, eu iria saber futuramente.

Quando o caixão com o corpo da filha estava sendo fechado, Dimas mirou pela última vez a face jovem dela, mas nada conseguiu dizer. A comoção dele e de dona Antônia, conquanto silenciosa, era sentida e partilhada por todos ao redor.

O rosto negro e angelical da menina fez o povo inteiro chorar.

DIA 5 DE AGOSTO
QUINTA-FEIRA, 22H47

E fez o povo inteiro chorar
E fez o povo inteiro chorar
E fez o povo inteiro chorar

Na solidão da noite quente, a contagiante canção de Wilson Simonal ecoava repetidamente na cabeça de Dimas. Deitado em sua cama, vestido com uma cueca samba-canção, sem camiseta, havia rolado de um lado para o outro mais vezes do que fizera os adversários se contorcer atrás de seus dribles na época de sua juventude, quando a tristeza parecia apenas um pretexto para compor um samba.

De que servia a música agora? Tinha o mesmo valor dos seus gols, de suas conquistas na várzea, de qualquer glória. Ou seja, nada. Se sua vida tivera algum sentido algum dia, ele fora para o túmulo com o corpo de Bianca, restando apenas o desespero e a escuridão opressiva do pequeno e abafado cômodo.

Dona Antônia, sua mãe, deitada no quarto ao lado, tampouco dormia, sabia ele. Contudo, não tinha coragem de ir até ela, ou desabaria num pranto sem fim e só pioraria as coisas. Para ambos.

Mas seria possível piorar?

Sem resposta para essa e outras perguntas, insone e impotente ante a desgraça consumada, Dimas se deixava embalar pela canção de Simonal, as lágrimas escorrendo fartamente por seu rosto enquanto recordava uma época em que costumava cantá-la para a filha ainda pequena, trocando "Marina" por "Bianca" para deleite dela. E dele, principalmente.

Descendo a rua da ladeira
Só quem viu que pode contar
Cheirando a flor de laranjeira
Sá Bianca vem pra dançar

Quando tudo se perdeu?
Não conseguia compreender. Porém, o choro abundante, por vezes convulsivo, prescindia de compreensão.
A imagem da pequena filha era nítida para ele, tanto que, num desatino, se levantou e a enlaçou, apenas para senti-la se dissipar entre seus braços, tal qual a própria vida parecia fazê-lo.
Após o enterro do dia anterior, Dimas dormira quase vinte horas seguidas, esgotado após a longa vigília no hospital e os subsequentes velório e sepultamento. Quando acordou, no meio da tarde de quinta-feira, estava consumido por uma fome absurda, saciada após uma devassa na geladeira — feijão frio com macarrão e maionese compuseram a refeição ingerida às pressas.
Tratado o corpo pelo alimento e o cérebro pelo sono, o espírito finalmente pôde sentir em sua plenitude a dor pela perda da filha.
Eu estava com ele quando acordou, naturalmente.
Cheguei à residência dele na manhã de quinta e passei as horas seguintes com dona Antônia, aguardando Dimas acordar. Quando o fez, e após ele se satisfazer com sua peculiar refeição, passamos a tarde os três juntos, fazendo companhia um ao outro e falando de Bianca, de quem recordávamos os primeiros passos, a inteligência demonstrada nos primeiros anos escolares, a adolescência geniosa, mas nunca menos do que adorável e carinhosa.

No início da noite, enquanto devolvia a chave do meu carro, não sem alguma dificuldade, Dimas me confidenciou preferir ficar um pouco a sós com a mãe. A contragosto, aceitei e me despedi, colocando-me à disposição para tudo quanto fosse necessário, como ele sabia.

Depois da minha saída, Dimas e dona Antônia trancaram-se na casa pelas próximas e angustiantes horas da noite. Deitaram cedo, mas não conseguiram dormir, tampouco eu conseguia longe dali.

Aliás, enquanto recordo essa ocasião, não consigo afastar uma desagradável sensação de vergonhosa fraqueza de minha parte. Eu deveria ter ignorado o pedido dele e ter permanecido lá com os dois. Não importa se não estava ajudando, não haveria mesmo como ajudar numa tal situação. Mas deveria ter permanecido lá, como um verdadeiro amigo faria.

Lamentavelmente, porém, algumas coisas são fáceis de sugerir, mas difíceis de executar.

Prossigamos com a narrativa de Dimas.

De súbito, pouco antes da meia-noite, dona Antônia entrou no quarto do filho e o encontrou desperto. E chorando. A pobre senhora, inconsolável, expôs para Dimas sua dor e remorso, mais para tentar extrair esses terríveis sentimentos do filho.

"Eu criei a Bianca com tanto amor. Onde errei para que ela se envolvesse com gente que não presta e tivesse esse fim horrível?"

Dimas não encontrou palavras para aplacar o sofrimento da mãe, apenas se levantou e a abraçou.

"Mãe, não fique assim..."

Ele tentava, mas não conseguia encontrar um meio de reconfortar a mãe. Nem poderia, afinal todas as palavras buscadas se dirigiam não para ela, mas para ele mesmo.

Com efeito, meu amigo se sentia além de qualquer conforto, menos ainda de perdão, então não oferecia a mãe o que não tinha sequer para si.

"Eu deveria saber por onde ela andava", prosseguia dona Antônia. "Com quem ela estava e o que fazia. Se eu tivesse sido mais rígida, talvez…"

"Nada disso, mãe." Ele finalmente se deu conta de uma simples e inafastável verdade. "*Eu* deveria ter feito mais. *Eu* era o pai."

Pai, conceito tão abstrato para ele quanto o de uma supernova — os físicos e astrônomos descrevem suas incríveis propriedades, assim como mostram imagens ilustrativas criadas em avançadíssimos computadores, mas nunca alguém encontrará uma de verdade. Da mesma forma, ele não tivera um pai, talvez por isso não soubera sê-lo quando a vida lhe propiciou a chance para tanto.

"Você estava ocupado, filho, buscando nosso sustento." A generosidade da mãe atribuía a ele uma abnegação inexistente, como ele mais uma vez se deu conta ao contemplar o exíguo espaço ocupado por eles, com móveis velhos e cortinas puídas. A mãe o criara sozinha e com grande dificuldade, mas permitira a ele se desenvolver como jogador e estudar numa boa escola, no entanto ele nada oferecera em retribuição, nem para ela, nem para a filha.

"Mãe, vá se deitar", pediu ele, constrangido, sentindo-se irremediavelmente medíocre, tacanho e egoísta — medíocre por não ter aproveitado as oportunidades ofertadas pela vida; tacanho por não ter percebido a importância da mãe e da filha em sua vida; e egoísta por ter, ao longo de trinta e oito anos, alimentado apenas seus ridículos e mesquinhos sonhos, dedicando pouca atenção a quem realmente importava.

Quando dona Antônia foi vencida pelas insistências dele e especialmente pelo cansaço, Dimas se deitou e voltou a rolar pela cama, sem dormir; não merecia mesmo o alívio do sono e do esquecimento.

Ao longo daquela tenebrosa noite, aos poucos e de forma sub-reptícia, o pensamento esboçado para a mãe foi ganhando nitidez em seu inconsciente. Ele não conseguiu expressar a sensação claramente em palavras, mas mantinha uma sensação difusa de que a mãe não poderia se culpar por nada, afinal fora avó e mãe para Bianca, tendo feito mais do que lhe cabia. O exclusivo responsável pela morte de Bianca era ele, o pai ausente, o qual jamais estivera à altura da sagrada missão da paternidade.

Por isso, se não preservara a vida da filha, deveria ao menos vingar sua morte.

Esse agudo pensamento repentinamente clareou sua mente, como uma epifania, e, reconfortado e com um novo propósito na vida, conseguiu dormir. A partir daquela resolução, sem ele saber (eu menos ainda), uma nova tragédia passou a arder em fogo baixo, ganharia forma nos dias seguintes e mudaria a vida de muitas pessoas.

Assim como encerraria a sua própria.

23H32

A própria Laila se espantou ao mirar com melancolia o mostrador do relógio no painel de seu automóvel. *Tarde demais para uma moça estar sozinha guiando um veículo pelas ruas da cidade*, pensou ela com alguma autoironia, recordando sua saudosa mãe.

Mesmo assim, resistia a voltar para casa, temendo o que encontraria lá. Uma sala vazia. Um quarto silencioso. Uma cama aflitiva. Lençóis limpos e perfumados à espera de alguém que nunca chegaria para desalinhá-los. Enfim, um apartamento arrumado em perfeito contraste com uma vida destroçada.

Como era esperado, Laila ficou muito abalada por conta da morte de Bianca. Mal conhecia a garota, a qual encontrara três ou quatro vezes — se muito — nas raras ocasiões em que a jovem acompanhara o pai em algum evento nosso. Ainda assim, ela sentiu o passamento da jovem.

A morte sempre a afetava gravemente.

Viver é perder amigos.

Ela lera esse verso numa agenda escolar, numa época em que as moças tinham uma agenda escolar e zelavam muito por ela. Os anos seguintes iriam se ocupar de dar a ela motivos concretos para rememorar amiúde o singelo verso.

No final da adolescência, Laila perdeu uma amiga querida da maneira mais absurda possível — suicídio!

Tivesse a amiga em questão sido vítima de um acidente de trânsito, coisa possível de acontecer com qualquer um, Laila e quantos tivessem conhecido a moça e com ela convivido carregariam orgulhosos aquela marca e aquela saudade vida afora, ocasionalmente suspirando e dissertando sobre a fugacidade da existência humana. Da mesma forma, tivesse a amiga sido assassinada por um bandido tresloucado sem paciência para aguardar o relógio ser retirado do pulso ou o celular da bolsa, Laila e toda a sua geração teriam estampado camisetas com a face da falecida e com elas iniciado uma campanha exigindo mais segurança, inclusive realizando passeatas nas manhãs de domingo, de modo a permitir a presença de todos os baladeiros com algum senso cívico. Ainda houvesse tal pessoa sido morta por um ensandecido namorado ciumento, o qual, após interpretar mal as ingênuas mensagens trocadas via aplicativo pela moça e um inofensivo colega de faculdade, Laila e muitas como ela empreenderiam uma longa e elogiável batalha por justiça, e terminariam entre abraços e lágrimas ao ouvir a sentença condenatória proferida pela boca emoldurada por um cavanhaque grisalho de um juiz presidente de tribunal do júri.

Porém, como aceitar o fim de alguém que simplesmente decidiu deixar de viver? Como uma pessoa de dezenove anos chega um dia à conclusão de que não vale a pena passar mais uma noite na escuridão deste mundo e encerra todas as pequenas melancolias de uma vida ordinária ingerindo um frasco inteiro de comprimidos para úlcera gástrica?

O afável grupo de amigas do qual Laila e a garota suicida eram integrantes de destaque ficou marcado por aquela buscada e incompreensível morte. A própria Laila comentou algumas vezes sobre a vida não ser muito diferente de um evento social sem muita graça, cuja soma de expectativas raramente compensa a produção com cabelo, roupa e sonhos, mais valendo a pena abandonar o salão nobre e buscar o repouso do sono, como fizera a desesperançada amiga de sua juventude. Entretanto, ela não fazia o mesmo por uma simples razão: e se a festa melhorasse? Taí, essa infundada esperança de uma improvável melhora mantém todos no lugar durante a festa insossa, cada qual buscando um drinque aqui ou ali, flertando com um rapaz charmoso ou uma moça interessante acolá, contando algumas piadas e muitas maledicências por todos os cantos do recinto, sabedores de quão ruim está a festa, mas sem nenhuma coragem de abandoná-la enquanto os demais nela permanecem.

A dor daquela primeira morte, contudo, não preparou Laila para o destroçamento representado pela segunda perda vivenciada por ela, a de seu marido, Cristiano.

Pois é, Laila casou cedo. E justamente com Cristiano. Bah! Deixo claro que nunca conheci o falecido marido da minha amiga, mas não lamento em nada esse desencontro. Tivéssemos nos encontrado em pessoa, provavelmente ele teria morrido com alguns dentes a menos, e não estou me referindo ao meu ofício de dentista.

Segundo ouvi de quem o conheceu, Cristiano era um indivíduo que, sozinho, poderia lotar um centro de convenções, tamanho era o ego do sujeito. Tivesse nascido nos Estados Unidos, um cara com aquela personalidade e aquela ambição chegaria facilmente à presidência da República, apesar de sua limitada cultura — ou por causa dela, vai saber, haja vista as eleições (e reeleições!) de Ronald Reagan, George W. Bush e Donald Trump, para ficar só nos eleitos desde meu nascimento. Aliás, eu iria incluir o Bill Clinton na lista só para não ser chamado de "democrata" e "antirrepublicano", mas ele tocava (sofrivelmente) saxofone, e a arte produz um efeito mágico sobre as pessoas, abrandando em muito suas imperfeições pessoais; Chico Buarque está aí para confirmar minhas palavras.

No Brasil, Cristiano chegou ao posto de gerente regional do banco onde trabalhava. Nada mau para quem mora num país subdesenvolvido, devemos reconhecer.

Ele e Laila tinham tantas coisas em comum quanto têm um cavalo-marinho e um baobá na savana africana, o que tornou a união entre eles ainda mais improvável para quem os conhecia, conforme as conversas regularmente mantidas por todos os amigos do infausto casal — vamos, não sejamos puritanos, as pessoas comentam sobre todo e qualquer assunto, especialmente sobre a vida alheia, não se faça você de vestal. Inclusive, uma tia de Dimas, muito citada por ele em conversas de botequim, garantia que "o povo malda", ou só você não sabia?

Pois bem, de uma forma ou de outra, contrariamente às previsões generalizadas, Laila e o tal Cristiano se encantaram um pelo outro, namoraram por pouco tempo, noivaram às pressas e, por fim, casaram-se numa sucessão de datas tão surpreendentes por sua ocorrência quanto por sua vertiginosa velocidade.

Foi um espanto para todos. Porém, a tristeza e o desencanto posteriores seriam só para Laila.

De fato, somente após o casamento Laila veio a conhecer o homem a quem inadvertidamente prometera amor eterno.

Não é que o tal Cristiano fosse um crápula completo, não quero insinuar tal coisa, afinal não o conheci, como já deixei registrado. Ele simplesmente não era o homem idealizado por Laila, como ela descobriu aos poucos durante os dias, semanas e meses seguintes. Ele zelava demais pela própria vida, cuidava excessivamente de suas roupas estilosas, era atento demais ao seu círculo social, à sua imagem, ao seu trabalho, às suas finanças, aos seus desejos e até ao seu carro; Laila, lamentavelmente, ficava relegada ao papel de claque das piadas dele, de ouvinte das palestras dele, de cozinheira e garçonete das refeições dele, de governanta da casa dele, de agente das viagens dele. E de depósito do esperma dele.

Em pouco tempo, a infelicidade dela se tornou patente para amigos e parentes, mas ela jamais protestava; não falaria mal do marido para ninguém, como não permitiria falarem dele. O infortúnio era dela e somente dela, aceitado, enfrentado e vivido com intensidade e abnegação.

Por óbvio, uma tal situação não pode durar por todo o tempo, nem o final seria tranquilo.

Numa data imprecisa, cansada de servir e não ser servida, de amparar e não ser amparada, de cuidar e não ser cuidada, de dar muito prazer e não receber nenhum, Laila explodiu. Não foi bonito de se ver.

O rapagão, apanhado de surpresa pela inesperada rebelião perpetrada pela até então devotada esposa, teve com ela uma noite acalorada de debates, troca de ofensas e argumentações, muitos xingamentos, alguns momentos de silêncio e desprezo, além de todas as comuns e repetidas formas de um casal resolver suas desinteligências conjugais.

E ainda tem gente que me pergunta por que não caso. É cada uma!

Continuando, após atravessar a longa noite em infindável discussão com Laila, insone e muito nervoso, Cristiano saiu para trabalhar. Considerando o relevo de seu cargo, ele até poderia ter faltado, ou apenas atrasado um pouco, porém um homem daquela envergadura não iria se deixar abalar por conta de uma "DR" comezinha, coisa de mulher histérica. Então, após um banho ligeiro, lá foi ele, todo formidável, encontrar a

Indesejada das gentes (Manuel Bandeira, meu povo. Sou lutador, mas concluí o ensino básico regularmente e com excelentes notas. Eu era o japonês CDF, lembram?).

Assim, num cruzamento alguns quarteirões antes de chegar ao banco onde trabalhava, Cristiano provavelmente dormiu no volante ou se esqueceu de frear ante um sinal semafórico a ele desfavorável, deixando o automóvel seguir alguns metros adiante até parar no centro do cruzamento, onde permaneceu breves instantes até ser atingido em cheio por um coletivo que fazia o percurso periferia-centro.

Cristiano morreu abraçado ao retorcido metal de seu precioso veículo.

Disseram as pessoas presentes que, ante a força da colisão, a morte foi imediata e Cristiano não deve ter sofrido nada. Melhor assim. Não precisou ficar sabendo que o ônibus vinha de regiões não frequentadas por ele, atulhado de pessoas com as quais ele nenhuma relação tinha, todas irremediavelmente pobres, suadas e tristonhas.

Laila, como boa moça de rígida formação judaico-cristã, passou a considerar ser sua a culpa pela colisão. A ocorrência de um casual acidente estava fora de sua visão de mundo, no qual tudo estava interligado e uma monstruosidade daquelas não ocorreria de forma aleatória. "Não há coincidências, há sincronismo", era um de seus aforismos mais repetidos.

A partir daí, sentindo-se responsável pela morte do marido, ela com ele se enterrou. Cristiano, de forma concreta no cemitério municipal; Laila, metaforicamente no padecimento e na automutilação.

Anos depois, com o choque causado pela morte de Bianca, ela mais uma vez se perguntava a razão de tudo, da vida e da morte. Entendia os fenômenos físicos, é claro, mas não suas essências, menos ainda suas razões.

Ao longo da vida, refletia ela, encontramos muitas e variadas pessoas, permanecem por aí um longo período, caminham entre nós, conversam com a gente ou nos ignoram, fazem planos e... morrem!

Como podem simplesmente morrer?

Quando alguém se muda para outro domicílio, pouco importa o motivo, sabe-se perfeitamente que a pessoa ainda existe e caminha sob o mesmo sol, embora muitas vezes num solo distante. Como alguém, contudo, pode simplesmente deixar de existir, ainda mais deixando recordações tão vívidas? Se a pessoa estava aqui, para onde foi? E de onde veio antes de surgir aqui? Teria voltado para o mesmo lugar de onde dantes viera? E que local seria esse?

Dizer que alguém morreu não explica nada, não diz por que alguém tão cheio de energia é subitamente desligado e enterrado. Para onde vão os mortos?

Na vívida mente de Laila, as recordações dos eventos passados, dos vivos e dos mortos, materializavam-se com tal concretude que ela precisava se conter para não erguer a mão e buscar tocar uma recordação, um pensamento, uma ideia...

As muitas crenças existentes no mundo desde que nossos antepassados desceram das árvores há muito tentam apresentar uma explicação para essas questões, mas nenhuma delas tem resposta concreta a oferecer.

Tampouco a filosofia as tem.

Religião e filosofia, ambas unidas pela mesma miséria, oferecem vagas elucubrações, menos ou mais rebuscadas de acordo com o padrão de exigência da época e da sociedade em que gestada, mas, em última instância, não diferem essencialmente uma da outra, assim como não se distingue por completo uma ingênua fábula moral infantil da intrincada mitologia egípcia; as diferenças são de grau apenas.

O desespero só não galopa livre sobre seu sanguíneo cavalo pelas pradarias deste nosso deplorável mundo porque prudentemente evitamos mergulhar nesses questionamentos e preferimos nos manter entretidos com outras ilusões, ocupações igualmente fúteis como trabalho, vida social, lazer, acúmulo de bens materiais, além de times e artistas de devoção. Ou, pior, defendendo política e políticos.

Quando nos damos conta do vazio de tudo, já é tarde demais, conforme verificou Laila no relógio do carro.

Percebendo já ter rodado demais pela cidade, sem ter chegado a lugar algum, com o peito oprimido por esses complexos pensamentos, e aceitando finalmente não ter nada para si na rua, completou uma última volta pela região central da cidade.

Retornando para o apartamento, parou uns instantes diante da porta. Resignou-se. Apanhou na bolsa a chave e um punhado de coragem, abriu a porta e, com muito esforço, cruzou a soleira para entrar. Não precisou olhar outra vez para o relógio, tinha convicção de ser tarde demais.

DIA 6 DE AGOSTO
SEXTA-FEIRA, INÍCIO DA NOITE

"Tarde demais", rejeitei a proposta de Roger de aguardarmos por ele para nosso sagrado happy hour de toda sexta-feira. "Você se atrasou porque tinha coisa melhor para fazer, presumo. Agora quer que fiquemos aqui esperando você realizar sua tão alardeada obra social para sair com a gente. Acha que não temos amor-próprio?"

"Rafa, só tenho uma paciente hoje, coisa rápida. Depois a gente sai junto. O que acha, Laila?" Desesperado, Roger buscava apoio na nossa terceira sócia, supondo ter ela um coração mais ameno. Eu não deixei passar, é claro.

"Vai apelar para o sentimentalismo da Laila, Capitão? Enfrente sua batalha, soldado!"

"Vocês dois não têm jeito. Deus me livre. Vou para meu consultório. Nós aguardamos você, Roger." Laila seguiu pelo corredor e saiu de nosso campo de visão, deixando-nos na recepção, empenhados no infindável duelo verbal de sempre. Renata, nossa empertigada recepcionista, já tinha partido e, àquela hora, Roger deveria ser o único na clínica para cumprir seu trabalho social, mas nós não o deixaríamos sozinho, é claro, afinal iríamos farrear depois, sem prejuízo de jogar isso na cara dele. É para isso que servem os amigos, não?

"Você venceu desta vez, Capitão Roger. Vamos aguardá-lo. Enquanto sua paciente não chega, Laila vai atualizar as redes sociais, eu vou meditar no meu consultório. Receba sua paciente, mas não demore, não sou de esperar homem", concedi enquanto rumava para o final do corredor.

"Quanto você cobra para parar de me chamar de Capitão Roger?", perguntou ele, renovando a pauta das discussões vazias e infindáveis — e deliciosas.

"Até onde eu sei, você é capitão da força aérea — demérito das Forças Armadas, não mérito seu — e seu nome é Rogério. Não percebo o incômodo", respondi, seguindo pelo corredor com passos lentos, de modo a lhe permitir a continuidade da altercação verbal.

"Não são as palavras, é o escárnio em sua voz. Você me chama de *Capitão Roger* supostamente me elevando, mas está na verdade zombando da combinação sonora. Acha que não percebo?"

"Ui, quanta perspicácia do nosso capitão! Finalmente percebeu. Por pouco eu o teria na conta de estúpido por não ter reclamado antes." Como é conhecimento notório, *Steve Rogers* é o nome civil do grande e chato escoteiro americano, o puritano Capitão América, coincidência que me permitia todo tipo de piada infame com meu amigo militar.

"Taí a comprovação!", suspirou ele.

"Meu caro Capitão Roger, desista. Não abdicarei do prazer de atormentá-lo por nenhum valor do mundo. Divirto-me com almas impressionáveis. Deve ser algo atávico no meu caráter."

Roger não mais me respondeu. Eu sabia, porém, que ele não esqueceria de mim facilmente, deveria estar no seu consultório separando as ferramentas e, ao mesmo tempo, remoendo as respostas cujas palavras não encontrara no momento oportuno, como costuma acontecer com quase todo mundo numa discussão. Eu, de minha parte, apenas aguardava uma brecha para voltar ao ataque.

A oportunidade surgiu quando ele, inadvertidamente, deixou cair de suas mãos um objeto metálico qualquer, nem sei qual, mas idôneo para (1) gerar muito barulho e (2) ensejar uma retomada de minha parte. Eu só esperava aquela gota para fazer uma tempestade no nosso copo d'água.

"Jesus amado!", vociferei do meu consultório. "Quase derrubei o pote de resina que eu segurava. Não se tem sossego neste lugar? Quem está tentando derrubar a clínica?" Fingi não ter notado a origem da estridência.

"Foi um acidente, desculpem", respondeu Roger, todo sem jeito.

"Ê, mas tinha que ser o Chaves!", escarneci de onde eu estava, sem vê-lo, mas com tom de voz francamente reprovador.

"Foi um acidente", insistiu nas desculpas. Meticuloso e correto como era, tinha horror a erros, mais ainda que os apontassem, exatamente o que eu fazia pelo simples e sádico prazer de torturar um amigo.

"Você é um acidente ambulante, Capitão."

"E você faria muito melhor se parasse de implicar e me ajudasse por aqui."

"E na bunada, não vai dinha?", prossegui, já pressentindo o instante em que ele perderia as estribeiras — caro leitor, se você nunca foi moleque e, por isso, nada entendeu, leia invertendo os finais das palavras.

"Cala a boca, Nakamura!" Finalmente Roger elevou a voz, como eu ansiava havia tempo. Dali por diante, nossa contenda verbal só melhoraria.

"Cala a boca já morreu, quem manda na minha boca sou eu", retorqui de plano, preparado que estava para a continuidade do combate.

"Essa eu te ensinei, sete filhos te arranquei", emendou Roger. Havia algum talento ali, embora embotado pela timidez; reconheci em silêncio, enquanto tomava ar para a retomada do ataque.

"Filho você não arranca, senta aqui na minha alavanca", repliquei, afundando de vez na baixaria, enquanto levava a mão aberta à virilha, malgrado ele não pudesse ver meu gesto.

"Minha alavanca é de aço, senta aqui que eu te arregaço", ponderou Roger por seu turno, igualmente com a mão no órgão sexual, embora ele não estivesse no meu campo de visão.

"Sabia que eu escuto vocês do outro lado desse biombo?" Nosso elevado duelo verbal teria se prolongado indefinidamente não fosse a lamentável interrupção provocada por Laila. Não havia realmente uma pergunta na intromissão dela, apenas repreensão. "Não vão crescer nunca?"

"É deselegante ouvir a conversa alheia, ninguém nunca lhe disse?", protestei, abrindo mais uma frente de batalha naquela guerra vespertina.

Roger nada respondeu. Comigo ele até conseguia se soltar um pouco, mas diante de Laila voltava a ser um garoto de dez anos vestindo calça curta, meia cano alto, sapato, suspensório e cabelo repartido no meio da cabeça.

"Acreditem, por mim eu não ouviria nenhuma dessas tolices de vocês, mas não tenho como evitar se falam tão alto", encerrou ela, declinando o convite para a contenda. "Roger, sua paciente está ali na recepção, você não ouviu a campainha porque perde tempo com o Naka. Faça seu trabalho de uma vez, depois vamos sair."

Laila, apesar da aparência frágil, era uma tigresa. De maneira bem natural, ela assumiu o controle da situação e encerrou nossas infantilidades. Ela fazia o mesmo na administração do consultório, mas de modo tão fluido e eficiente que nenhum de nós tinha qualquer reparo a fazer.

Destarte, com a chegada da paciente de Roger, Laila e eu aguardamos sem outras altercações. Quando Roger encerrou a tarefa, estávamos prontos para sair. Contudo, um novo incidente sobreveio.

"Só um instante, estou pagando a última conta. Só preciso digitar este maldito código de barras." Laila, de pé na saída, fechando nossa passagem, o aparelho celular nas mãos, nem percebeu quando Roger saiu rapidamente, se espremendo entre ela e o batente da porta. Em pouco tempo, ele retornou e ficou aguardando atrás dela a nossa saída.

Distraída, Laila parecia não perceber o retorno de Roger, mas, eu viria a saber muito depois, ela o notara e estancou ali na porta no exato instante em que sentiu o hálito quente dele em sua nuca. Ela se arrepiou, mas não se moveu, nem mesmo quando outra parte dele, ainda mais quente e sólida, foi encostada nela por trás, em suas nádegas, fazendo-a curvar levemente a coluna por conta de um movimento involuntário e incontrolável, empinando sua bela *derrière*. Nesse instante, a mão esquerda dele segurou com firmeza a cintura dela, enquanto a direita alcançou sua barriga, subiu pelo torso e agarrou seu seio esquerdo. Com a respiração ofegante, ela me viu rumar até ela, temendo e desejando minha aproximação. Ato contínuo, sem dizer uma única palavra, beijei-a, concomitantemente levando a mão até o seio direito, não tocado por Roger, ainda atrás dela.

"Pronto, podemos sair?", convidou Roger, interrompendo bruscamente mais uma das visões de Laila, não percebida por mim ou por ele.

"Sim", confirmou ela, secretamente lamentando o despertar de mais um dos seus frequentes devaneios.

Trancamos a porta, acionamos o alarme e saímos.

"Vamos em um carro só? Vim de táxi nesta manhã e estou a pé. Assim posso beber mais hoje", perguntei.

"Perfeito", concordou Laila. "Estou de carro, Roger também, mas podemos usar só um."

"Como faremos, então?", quis saber Roger, sem ter entendido qual dos carros usaríamos, nem como iríamos embora depois.

"Roger vai na frente, o Naka vai atrás, eu no meio", esclareceu Laila, corando imperceptivelmente para nós, enquanto prosseguia na sua fantasia de instantes antes. "Isto é, vamos no carro do Roger. Ele bebe menos do que a gente, então nos traz de volta até a clínica, pego meu carro e ele leva Naka para casa", corrigiu ela enquanto se encaminhava para a saída do prédio.

Fomos até um bar conhecido com a intenção de nos embriagarmos por completo, mas não ficaríamos até muito tarde, nem beberíamos tanto quanto supúnhamos, o que impediu Laila de levar a bom termo uma possível proposta de uma noite de farra, bebida, luxúria e perdição.

Perto das vinte e duas horas, eu, estando incomumente silencioso, despertei a curiosidade de Laila.

"O que houve, samurai?", quis saber ela, colocando sua cálida mão sobre a minha.

"Nada. Só estava pensando no Dimas. Não falo com ele desde ontem, quando ele me pediu para deixá-lo sozinho."

"Dê um tempo para ele", interveio Roger. "Deve te procurar assim que se sentir capaz. Situação difícil a dele."

"Não tenho tido outra opção", concordei, pesaroso. "Ele não responde minhas mensagens, nem atende minhas ligações."

Meu trabalho ao lado de Laila e Roger era sumamente satisfatório. Tínhamos razoável renda e fazíamos o que gostávamos. Ainda assim, nossa vida parecia estagnada. Isto é, trabalhávamos, nos divertíamos e bebíamos juntos, como já vinha ocorrendo havia alguns anos. Quando estávamos sós, eu lutava, Roger se exercitava e dormia cedo; Laila divagava. A vida real parecia escapar entre nossos dedos.

Dimas, ao contrário, estava tendo uma fase bem mais drástica, a nos mostrar o lado real da existência para além da nossa forma de passar os anos, repetindo-os ad nauseam.

Nisso, enquanto eu pensava em Dimas, por uma incrível coincidência, ele surgiu diante de nós e foi saudado por mim com grande reverência.

"Acadêmicos do Espírito Nobre, nota dez!", falei a título de recepção, feliz por revê-lo.

"Minha nobreza é ser plebeu", respondeu ele.

"Como sabia onde estávamos, Dimas?", perguntei, com a maior naturalidade, notando o semblante carregado dele.

"Não foi difícil, Naka", riu Dimas, usando a mão esquerda para fazer um semicírculo em direção ao bar regularmente frequentado por nós.

"Senta aí, grandão, e converse um pouco com a gente", convidou Laila, mas ele recusou gentilmente. Ao revés, permaneceu ali, de pé, talvez para encurtar a conversa, a qual fluía de forma truncada como nunca antes. Havia algo em sua face, um desespero, uma coisa informe e muito assustadora.

"Como você está, Dimas?", perguntou Roger, entre solícito e acabrunhado.

"Nada mau para quem acaba de perder a filha." A sombra de Dimas recaía sobre nossa mesa, absurdamente gelada e silenciosa. "Mas obrigado por perguntar."

"Sinto muito", tentou remediar Roger.

"Eu também", suspirou Dimas.

Em seguida, eu o questionei sobre onde estivera o dia todo, afinal não respondera minhas mensagens e ligações. Eu agia feito uma mãe paranoica excessivamente preocupada com uma criança tola, mas não conseguia conter meus estúpidos questionamentos, embora fosse óbvio que Dimas não estava interessado em manter uma conversa frívola, menos ainda em responder minha inquirição.

"Estive por aí", respondeu ele, lacônico. "Aproveitei a folga no trabalho para caminhar e pensar na minha vida."

"Por que você não vem trabalhar com a gente, Dimas?", convidou Laila de súbito, proposta pela qual serei eternamente grato a ela.

Meu amigo estava empregado numa atividade muito abaixo de sua capacidade. Aliás, eu tinha certeza de que ele muito em breve mudaria de ocupação, como vinha fazendo por toda a sua vida. Se aceitasse trabalhar com a gente, eu o teria mais perto de mim, o que seria bom para ele e para mim.

"No consultório?" Dimas parecia não ter entendido.

"Claro, no consultório. Estamos precisando de um faz-tudo simpático e competente feito você. Naka não lhe disse?" O sorriso dela era encantador e em nada denunciava o improviso.

Roger também sorria e aquiescia generosamente com a cabeça.

Dimas respirou fundo, mas recusou o convite.

"Entendo que queiram me ajudar, e fico agradecido por isso, mas não seria bom para mim ou para vocês."

"Deixe de ser teimoso", disse Roger, vindo em nosso auxílio. Eu não insistia porque não queria que ele achasse ser "coisa de amigo", mas minha vontade era de que ele aceitasse, sentia a necessidade de tê-lo por perto.

"Fazendo o quê exatamente?" Dimas pareceu se interessar.

"Um pouco de tudo, como falei. Sempre há reparos, trabalhos externos, segurança..." Laila perseverava com algum custo, improvisando tarefas na hora.

"Um muito de nada, você quer dizer", riu Dimas, percebendo a situação e olhando diretamente para mim. Por fim, recusou de vez.

"Obrigado, Laila. Obrigado, Roger e Naka. Agradeço de coração. Mas eu me odiaria se aceitasse. Em pouco tempo vocês também me odiariam", riu ele por fim, embora sem alegria.

Ficamos em silêncio, derrotados.

"Naka, preciso conversar com você. Posso passar no consultório amanhã, se ainda faz hora extra?", indagou Dimas direto para mim.

"Claro", concordei de imediato. "Aliás, podemos conversar hoje, se preferir", voluntariei-me, já me levantando.

"Se você não se importa, prefiro deixar para amanhã mesmo. E no consultório, onde é mais reservado."

"Claro. Temos expediente até as dezesseis horas. Depois estarei livre."

"Passo lá, então. Providencie uma cerveja, por favor." Ele riu sem muito ânimo mais uma vez e partiu, despedindo-se com seu famoso bordão: "Se perguntarem por mim, digam que sou feliz".

A frase soou sem força e morreu no ar após saltar de seus lábios.

Quando ele se afastou, parecia carregar um indizível peso nas costas. Após alguns passos, porém, parou, voltou até nós e antecipou o assunto, como se necessitasse tirar parte daquela carga sobre seus ombros.

"Preciso lhe falar sobre Bianca. E sobre Maia."

DIA 7 DE AGOSTO
SÁBADO, 17H48

"Maia surgiu na minha vida por acaso."
Dimas resumiu sua história com a amante mantendo os olhos baixos, postura absolutamente destoante de seu regular e majestoso porte. "Ela era casada e eu sabia, mas não imaginava com quem, nem me importava, se quer saber. Eu estava sozinho fazia um tempo e ela me dizia que o marido não lhe dava atenção, estava pensando em divórcio, o blá-blá-blá corriqueiro. Eu aceitei tudo por ser conveniente para mim e para ela."

Eu o ouvia em silêncio, tentando imaginar o choque sentido por ele ao descobrir no velório da filha a identidade do marido de sua amante, o qual, para completar a surpresa, havia sido nosso "colega" de escola (todas as aspas do mundo nesse termo, como entenderão no devido tempo) e seu antigo parceiro de time, com quem formara uma dupla imbatível.

Dimas chegara à clínica pouco antes das dezessete horas, bem atrasado, é claro, mas não pareceu se importar por ter me deixado esperando quase uma hora. Após entrar, demorou a sentar. Estava agitado e passeou seguidamente por todos os consultórios, mexeu numas ferramentas da Laila (ela odiava isso), chegou a apanhar um punhal japonês que ficava na minha mesa, fitou-o por uns instantes antes de devolvê-lo ao local. Eu o conhecia bem e sabia estar diante de uma usina nuclear prestes a explodir. *Quando* ocorreria era a pergunta pairando no ar, não *se*.

"Fique à vontade para falar no seu tempo, Dimas", acrescentei calmamente, sem reconhecer o terreno onde eu pisava. Apesar de nossa amizade de décadas, eu jamais o vira tão acabrunhado, nem tão tenso. "Sei que você deve estar com muita coisa presa."

Eu tentava deixar Dimas livre para desabafar, para falar sobre a filha morta e o sentimento de perda, sobre a saúde de dona Antônia, sobre a paternidade em si etc. Entretanto, nada disso ocorreu, ele se manteve monotemático durante a primeira hora de nossa conversa; Maia era seu único assunto.

"No princípio, para mim era só mais uma aventura, tive muitas assim, você sabe." Eu sabia mesmo. "Porém, as coisas foram ficando sérias e, quando me dei conta, já estávamos profundamente envolvidos. Eu estava, quero dizer. Ainda estou."

Ele repisava e persistia no assunto havia quase uma hora, já tinha repetido não sei quantas vezes a gênese de seu relacionamento com Maia e sua dúvida sobre o que fazer a seguir. Nenhuma palavra sobre a filha dissera ainda.

"E a Bianca?", interpelei-o de súbito, cansado daquela ladainha.

"O que tem a Bianca?" Ele parecia exaltado. Levantou finalmente os olhos e os fixou em mim, duros como nunca antes. "Está insinuando que eu deveria estar enlutado por ela e não sofrendo por conta de uma mulher casada com outro cara?"

"Sim, Dimas, é exatamente esse o meu ponto." Nossa amizade não me permitia ser menos franco com ele, apesar do momento de dor.

"Vim procurar um amigo, não um censor."

"Eu sou seu amigo, Dimas, exatamente por isso falo da Bianca. Conheço você e suas paixões passageiras há muito tempo. Vamos focar na sua filha."

Dimas se levantou a seguir. Cheguei a pensar que ele saltaria sobre mim, mas ele apenas passou ao meu lado enquanto caminhava lentamente até a geladeira, de onde apanhou uma cerveja, sua quinta ou a sexta, e ingeriu o conteúdo de uma vez, embora com vagar. Ao final, rumou para a janela, de onde ficou observando o movimento na rua.

A tarde se encaminhava para o final e muitas pessoas transitavam pelas ruas tanto por conta do calor daquele mês quanto por estar a clínica próxima da região boêmia da cidade. Dimas soltou a garrafa vazia sobre o batente da janela, onde começou a batucar um antigo samba, casualmente composto por Martinho da Vila, mas bem atribuível ao meu amigo. Sua voz limpa ganhava os ares, atraindo a atenção dos transeuntes lá embaixo.

> *Já tive mulheres de todas as cores*
> *De várias idades, de muitos amores*
> *Com umas até certo tempo fiquei*
> *Pra outras apenas um pouco me dei*
> *Já tive mulheres do tipo atrevida*
> *Do tipo acanhada, do tipo vivida*
> *Casada carente, solteira feliz*
> *Já tive donzela e até meretriz*

Excepcional cantor era meu amigo, pena não ter persistido nessa área. Nem em nenhuma outra.

Não o interrompi, apreciando aquela versão à capela. Contudo, Dimas logo interrompeu a cantoria, fechou parcialmente a janela e voltou para uma poltrona na recepção, cada passo executado com uma calma enervante, mas não o questionei ou interrompi. Após mais um longo suspiro dele, o reator da usina nuclear humana finalmente eclodiu.

"Você tem razão, Naka, estou evitando tocar no assunto Bianca."

Seu semblante parecia envelhecer a cada nova frase. Dali a pouco, não havia mais sinal do meu amigo, substituído por um homem destroçado, cujas palavras eram repletas de desprezo por si e tinham um peso tão grande que ele apoiava a cabeça com as mãos, enquanto mantinha os cotovelos nos joelhos, sob o risco de desabar.

"Eu sou um lixo. Fui um lixo como estudante, como cantor, como atleta e por fim como pai. Até como amante sou um lixo e sempre serei. Independente do que eu faça, sou um grande e fedido lixão."

Eu nada respondi naquele instante, nem adiantaria. Dimas parecia estar falando para si e não seria bom interrompê-lo durante seu repentino acerto de contas consigo. E ele ainda tinha coisas para dizer.

"Como você lembra, eu era ótimo nos esportes, especialmente no futebol, e achava que meu futuro estava garantido por conta disso. Todos achavam. Foi apenas mais uma das minhas fantasias. Na verdade, por volta dos dezenove anos, idade que Bianca nunca terá, eu percebi não haver futuro para mim no futebol. Eu era muito bom para jogar no time da escola, ainda mais ao lado do Karl, ou numa várzea qualquer, mas não para ser um atleta profissional. Eu não tinha disciplina alguma e a vida de jogador profissional é muito exigente. Eu me comportava muito mais como um veterano em fim de carreira, saltando de uma balada para a outra após os jogos, sem me preocupar com nada."

Eu já conhecia aquela história, ouvira em outras ocasiões e rira muito dela, afinal Dimas era soberbo ao zombar da vida e de si. Contudo, naquela ocasião, o tom lamuriento me chocou.

Fiquei me perguntando se ele iria também recontar como Bianca, a filha até então desconhecida, lhe fora entregue ainda bebê... a resposta veio de imediato.

"Quando a mãe da Bianca deixou um cesto pequeno na porta da casa da dona Antônia (ele sempre se referira à mãe pelo nome), com algumas roupas e uma carta repleta de desculpas, eu usei o fato como justificativa para abandonar de vez o futebol, cansado de tentar a sorte num time grande. Lembra disso? Você estava lá."

De fato, eu lembrava bem. Na época, invejei a aparente maturidade de Dimas, a qual me parecera verdadeira, mas ela não durou muito. Logo ele voltou para a vida de seguidas farras.

"Uma filha para criar me obrigaria a deixar meu sonho de lado e cuidar da menina, mas a verdade é que eu não estava indo a lugar algum. Eu não recebi uma filha, não no meu coração, mas sim um pretexto para encerrar uma coisa para a qual eu não tinha disciplina, menos ainda paciência para continuar tentando. No começo foi legal ter uma bebê, mas só no começo. Depois, voltei a cuidar da minha vida, deixando a Bianca com dona Antônia. Ela foi pai e mãe para a menina, como antes tinha sido para mim." Ele se calou, juntou suas forças e concluiu o raciocínio: "Bianca agora está morta!".

Havia muita raiva na voz de Dimas, autocomiseração também, mas reconhecimento e gratidão da mesma forma. A seguir, ele se levantou outra vez, cruzou de forma trôpega a recepção e veio até mim, a quem abraçou, entregando-se a um choro convulsivo.

Eu, sem muito jeito, abracei-o de volta, mas não soube como consolá-lo. Após alguns instantes, Dimas se controlou e voltou para a poltrona, para alívio de nós dois.

"Muito constrangedor um marmanjo como eu chorando e agarrado a você, especialmente enquanto estamos a sós", brincou ele, para aliviar o clima.

"Eu estava até gostando", gracejei de volta, mas nossas piadas não surtiam grande efeito, então mudei de assunto. "Descobriram algo sobre o assassino dela?"

"Nada ainda. Devo depor na próxima semana. Mas nada sei para indicar um caminho para a polícia. Já disse que sou um lixo?"

"Algumas vezes. Está me convencendo."

"Você também não é grande coisa, sabia? Conheço seu passado." Ele respondeu bem à minha provocação. Zangado, talvez se afastasse daquela angústia tão destoante de sua personalidade.

"Deve ser a companhia com que cresci", prossegui, mas ele não continuou. Ao contrário, olhou para o teto da clínica procurando algo inexistente lá.

"O que posso dizer a eles para ajudar a descobrirem algo?"

"Conte sobre o dia a dia dela, os amigos, a escola. Eles são experientes e talvez encontrem algo a partir das suas informações." Minhas palavras não convenciam nenhum de nós dois.

Dimas ficou calado mais uns instantes, depois apanhou o celular do bolso e desbloqueou a tela, mostrando-a para mim.

"Só tenho isto." Ele mostrou o aparelho para mim. "Veja."

"Boy", li em voz alta a palavra escrita na tela, sem nada entender. "Quem é?"

"Nem imagino." Dimas voltou a apresentar o ar pesaroso de antes. "Ela digitou isso instantes antes de morrer. Deve ter algum significado importante, mas não entendo qual possa ser."

Para mim, *Boy* era apenas parte do nome de uma revista masculina cujos exemplares eu surrupiava do meu pai na juventude para animar minhas solitárias noites. Inclusive, ainda lembro com muito carinho de duas edições bastante especiais, uma da Kelly Key e outra da Scheila Carvalho, duas moças famosas no passado, uma loira e a outra morena, as quais marcaram profundamente meu coração, assim como eu marquei as páginas das revistas em que elas apareciam, mas achei prudente não comentar nada sobre isso naquele instante (a propósito, por onde andam essas duas? Fiz uma anotação mental para procurá-las no Instagram).

"E a Maia? Ela nunca disse o nome do marido para você?" Minha vez de fugir do tema Bianca, o que só parecia piorar o ânimo do meu amigo.

"Nunca. Se tivesse mencionado, eu teria adivinhado quem era. Não há muitos *Karls* por aí. Quase enfartei quando, no velório, fui apresentado ao esplendoroso casal."

"Ele está mais expansivo do que no tempo de escola. Você era colega de time dele, por isso entendi a animação dele quanto reviu você. Quanto a mim, achei que ele nem lembrasse, a gente mal tinha contato na escola. Mas ele me chamou pelo nome e me deu um abraço efusivo. Nem parecia o Karl de antes."

"Dá para imaginar isso?" Agora havia fúria na voz de Dimas, não mais autocomiseração. "Eu já tive tantas mulheres na vida e nunca liguei para nenhuma. Nem para milha filha! A única mulher com quem me envolvi de verdade é a esposa de um antigo parceiro de escola e de time."

"Uma verdadeira bola dividida, meu caro", fiz um trocadilho com o passado de jogador deles dois, mas Dimas não viu muita graça e não sorriu de volta, apenas respondeu secamente.

"Eu nunca fujo de uma dividida, você sabe."

"Tem certeza? Vai mesmo se arriscar mantendo esse caso com a esposa do Karl? Além de grande, ele é treinado. Já vimos do que ele é capaz. Lembra do episódio com o capoeirista na Bahia?"

Eu verdadeiramente desejava que ele encerrasse aquele caso de uma vez por todas. Namorar uma mulher casada sempre envolve algum risco, e, no caso específico, Karl poderia ser muito perigoso se necessário, razão pela qual fiz referência ao grande acontecimento da nossa época de formatura do ensino médio (entenderão no momento adequado, aguardem e confiem). Ele não pareceu impressionado pela recordação.

"Mano, não devo, não temo. Dá meu copo e já era", foi a resposta dele, mais uma vez citando uma de nossas músicas preferidas (Racionais novamente), enquanto caminhava para a pequena geladeira do meu consultório e apanhava mais uma garrafa de cerveja. Ele não parecia mesmo temer Karl, o que era elogiável. Insensato, é claro, mas elogiável.

"Continuarão se encontrando agora que você conhece o marido dela?"

"Depende mais dela do que de mim", resignou-se ele. "Depois de segunda passada, não nos falamos mais, só no velório e apenas o superficial, como você deve imaginar. Eu nunca ligo para ela, nem mando mensagem. Ela me liga quando tem tempo livre. Até há pouco, tinha muito, mas não tem mais, pelo jeito. Não sei o que fazer."

"Ela é bem bonita", acrescentei, testando a temperatura da água e já contendo o riso. "Se for preciso, para não estragar sua amizade com Karl, posso assumir o papel de amante dela."

"Não será possível, infelizmente." O semblante de Dimas pareceu se aliviar um pouco. "Ela se envolveu com o negão aqui, não vai aceitar um japonês no lugar. Incompatibilidade, sabe? Suponho que você entenda meu ponto de vista." Quase era o Dimas de antes, autoconfiante e vivaz.

"Posso lhe mostrar o tamanho do meu ponto de vista, caso queira comparar", fingi me zangar.

"Naka, você tem sido um bom amigo durante anos, não pretendo humilhá-lo. África e Japão são regiões de *tamanhos* bem diferentes, se me faço claro." Dimas agora ria de modo solto, para espanto de nós dois.

"Estou sem nada para hoje à noite", acrescentei. "Está a fim de sair e continuarmos a tomar umas cervejas num lugar mais adequado? Um com muitas garotas e pouca roupa, se também me faço claro."

"Seria bom, Naka, mas não estou em condições. Vou para casa lamber as feridas. Dona Antônia está me esperando. Deu minha hora."

Apesar de minha insistência para ele ficar, Dimas partiu. Educadamente recusou a carona oferecida dizendo preferir caminhar. Tinha vindo a pé e assim voltaria para casa, necessitava clarear os pensamentos.

Fiquei na janela, observando-o partir. Desejava acompanhá-lo, como um bom amigo deveria fazer, mas não conseguia; estava sem saber se ajudaria ou pioraria as coisas. Então fiquei. Talvez ele só precisasse de um tempo, como Roger tinha sugerido (Deus do céu, eu já estava ouvindo conselhos do Roger? Mais um pouco e compraria livros sobre relacionamento interpessoal escritos por monges e assistiria a séries da moda. A decadência batendo à porta, sem dúvida).

Agora, infelizmente, e somente agora, compreendo que aquele poderia ter sido um momento decisivo em nossas vidas, mas minha estupidez não me deixou enxergar as coisas com clareza na ocasião. De certa forma, eu estava indignado com o pouco-caso que Dimas fazia do assassinato de Bianca, aparentemente dando mais atenção ao fim do relacionamento espúrio com Maia, e minha obtusidade iria se mostrar fatal em alguns dias. Na data, porém, não tinha como ter agido diferente sabendo tão pouco quanto sabia. Além do mais, eu conhecia Bianca desde bebezinha, também estava arrasado com a morte dela, sem condições de agir com lucidez.

O certo é que, lamentavelmente, em vez de me preocupar com Dimas, eu me revoltei com ele. Como um pai podia se preocupar com uma mulher casada (espetacular, reconheço, mas não é esse o ponto principal), tendo ele recém-enterrado a filha única? Além do mais, ele já tivera muitas mulheres antes e teria muitas outras depois, com certeza. Sua vida afetiva era inconstante como as ondas do mar; em breve, Maia seria tão somente mais um rosto entre tantos na fragmentada memória de Dimas.

Ou estaria ele fisgado exatamente por ser ela indomável? Levar foras de mulheres era fato raro no currículo de conquistas do meu amigo desde que eu o conhecera, ainda na escola.

Aliás, Dimas e eu tínhamos estudado juntos na época do ensino médio, numa instituição particular de boa reputação na cidade, dotada de excelente estrutura que incluía até mesmo um campo de futebol com medidas oficiais, ladeado por uma arquibancada para cerca de oitocentas pessoas, uma excentricidade para os padrões atuais, sem dúvida.

Um colégio assim era caro, óbvio. Eu nunca fui propriamente rico, mas vivia em condições bastante confortáveis, ao contrário do meu amigo Dimas, pobre feito Jó. Ele, porém, inteligente, carismático e excepcional atleta, encontrava portas abertas por onde andasse, e não foi surpresa quando ganhou uma bolsa de estudos para frequentar nosso colégio, onde eu o conheci e, sem qualquer esforço de parte a parte — apesar de eu ser um aluno reservado, se me permitem o uso de um eufemismo, enquanto ele era a popularidade em pessoa —, nos tornamos amigos inseparáveis. Nós nos identificamos sem qualquer razão aparente e ultimamos por formar uma dupla bem pouco convencional na época, um extrovertido atleta negro e um contido japonês CDF, segundo a ótica limitante de quem nos via juntos.

Confesso que, com a chegada dele, temi por Dimas naquele ambiente inamistoso de escola "classemedista". Visivelmente pobre e um dos pouquíssimos negros no corpo discente, ele poderia ser alvo de provocações, para dizer o mínimo. No entanto, ele superou todas as vicissitudes e se tornou um dos alunos mais populares da escola, além de o melhor jogador do time — pelo menos até a chegada de Karl, mas não é hora de falar dele ainda. Além disso, Dimas era o primeiro a fazer chacota a respeito de sua pobreza, minando por completo a possibilidade de piadas sem graça por parte dos alunos mais afoitos. Como se não bastasse, ele era muito bonito e sua precária condição financeira lhe dava ares românticos, a julgar pela quantidade de meninas com quem saiu, superando em muito os alunos brancos e bem-nascidos.

De acordo com a visão ousadíssima de Violet (pronuncia-se "Vaiolet", com "t apenas insinuado, quase mudo", conforme ela própria ensinava), nossa jovem professora de inglês e francês da época, Dimas definitivamente tinha um "*je ne sais quoi*", expressão não conhecida por nós na época, mas muito bem aplicável ao meu charmoso amigo.

E aqui está o cerne da minha estultice.

Conhecendo-o como eu o conhecia, deveria ter compreendido a verdade não contada por ele. Dimas não desdenhava da morte da filha, simplesmente não conseguia lidar com ela. Dessa forma, dedicava sua atenção à dor suportável (fim do caso com Maia) para escapar da perda intolerável (morte de Bianca).

Como não intuí isso?

Tivesse eu percebido a extensão do padecimento do meu amigo, teria corrido atrás dele, permanecido ao seu lado vinte e quatro horas e o teria auxiliado a superar a pior fase de sua vida. Entretanto, não fiz nada disso, apenas o censurei (ele acertou na escolha da palavra) e lhe dei umas cervejas, remorso que carregarei para meu túmulo.

Pelo visto, tanto quanto Dimas, ou até mais do que ele, posso repetir a frase usada por meu amigo: sou um lixo!

Infelizmente, minha tardia autocrítica não mudou nada na tragédia que começava a se desenhar.

Por falar em Dimas, enquanto eu permaneci na clínica pensando em nossa conversa, ele, na volta para casa, evitando pensar em Bianca, refletia sobre os tortuosos caminhos que tinham conduzido Maia até sua vida. Com tantas mulheres no mundo, como ele fora se envolver justamente com a esposa de um parceiro de time, com quem formara uma dupla formidável em tempos distantes? Sem resposta, seguiu recordando a antiga carreira futebolística ao lado de Karl e, ao mesmo tempo, cantando o samba de Luiz Ayrão, aparentemente feito para ele.

Será que essa gente percebeu
Que essa morena desse amigo meu
Tá me dando bola tão descontraída
Só que eu não vou em bola dividida
Pois se eu ganho a moça eu tenho meu castigo
Se ela faz com ele, vai fazer comigo

De minha parte, depois da saída de Dimas, permaneci mais um pouco na poltrona da recepção, mais por não saber para onde ir do que propriamente por vontade de ficar.

Pensei em fazer contato com meus amigos Laila e Roger, mas desisti, não os queria incomodar. Além do mais, Laila deveria estar relaxando após ter participado de um dos seus muitos seminários sobre bem-estar, filosofia zen, física quântica para néscios (não é realmente física quântica, apenas uma apropriação do termo por charlatões), *radouki* (seria *reiki*? sempre confundo) ou qualquer coisa do gênero. Já o intrépido Capitão Roger não seria jamais localizado, pois não tinha celular e à noite tirava o telefone fixo do gancho — um homem anacrônico além de qualquer ajuda.

Voltei para casa por volta das vinte e uma horas, sem ânimo para mais um encontro vazio com companhias de aplicativo para solteiros desesperados, como indicava o site aberto no notebook diante de mim (o perfil de uma ruiva chamou minha atenção, mas não avancei até o *match*).

Ao revés, sem nenhuma razão aparente, apanhei uma folha de papel e escrevi os nomes Karl e Maia dentro de um círculo, o qual se conectava com outro círculo, este apenas com o nome Dimas, que, por sua vez, formava nova intersecção com um terceiro círculo, onde estavam os nomes de Laila, Roger e o meu.

Fui puxando algumas setas, fazendo anotações, rabiscos laterais, sem raciocinar no que fazia, apenas deixando o lápis correr sobre a folha...

Quando minhas garatujas ficaram, mesmo para mim, ininteligíveis, apanhei o notebook e comecei a digitar notas sobre essas pessoas. Em pouco tempo, percebendo ter algo grande diante de mim, resolvi detalhar tudo quanto havia ocorrido desde a morte de Bianca. E assim surgiu o primeiro capítulo deste livro, conquanto eu não o tenha divisado de imediato.

Obcecado e sem sono, perdi a noção do tempo e atravessei a madrugada escrevendo, recapitulando fatos, acrescentando detalhes, reais ou imaginários, tentando juntar as peças de um insano quebra-cabeças.

Surgiu, assim, este atabalhoado livro, do qual um dos capítulos mais insólitos é a peculiar história de Karl Bergman, o deus dourado.

DIA 8 DE AGOSTO
DOMINGO, AMANHECER

A peculiar história de Karl Bergman, o deus dourado, e o impacto por ele provocado em toda a nossa geração escolar não me deixaram dormir antes do raiar do sol na manhã de domingo.

Como mencionei antes, Dimas e eu estudamos juntos numa boa escola, onde ele era o bolsista e astro do futebol, enquanto eu representava involuntariamente o papel do japonês intelectual e reservado. Havia bons professores (poucos) e outros apenas esforçados, levemente desiludidos (a maioria), mas o ensino era bom. Eu não dedicava qualquer atenção aos meus colegas de estudos, sendo suficiente para mim a amizade com Dimas. Além dele, havia garotas por quem eu me interessava, sem nenhuma reciprocidade, reconheço; elas estavam interessadas em Dimas, mas isso jamais abalou nossa amizade. Enfim, nada de novo, apenas a vida de adolescentes.

Entretanto, nossa modorrenta vida escolar foi chacoalhada quando, no início do segundo ano do ensino médio, Karl Bergman chegou ao colégio, alterando por completo toda a hierarquia social na escola, embora não tenhamos percebido de imediato.

Se a memória não me trai, a apresentação dele para a turma foi feita pela coordenadora; ela nos informou o nome dele (não o entendemos na primeira audição) e acrescentou que vinha de alguma parte de Santa Catarina. Conquanto ela falasse dele,

Karl permanecia num silêncio cerimonioso ao lado dela, quase alheio, com um estranho olhar magnético, fixo em toda a sala ao mesmo tempo e indo além dela — uma incomum visão panorâmica.

Embora ele nada tenha feito para causar impacto na chegada, sua simples presença eletrificou o ambiente, gerando uma estática incompreensível para mim na época e mesmo hoje, mas perceptível por todos. As meninas da sala sentiram a mesma energia, tanto que, se fizéssemos silêncio, ouviríamos o ciciar dos bicos dos seios delas raspando os uniformes. Na professora e na coordenadora, mulheres mais vividas, o úmido efeito se manifestava dois palmos abaixo.

Karl era mesmo uma impressionante figura. Entre os dezesseis e os dezessete anos, era mais alto do que o restante de nós, além de ter uma constituição física muito definida, como não se via nem mesmo entre os atletas do colégio (exceto, talvez, por Dimas e, em menor proporção, em mim mesmo, mas eu conseguira meu condicionamento com muito esforço, enquanto o *shape* deles era natural). Sua pele era muito branca e seu cabelo tinha um loiro agressivo, realçado por seu semblante rijo, como se estivesse o tempo todo cogitando intrincadas soluções para os problemas mais graves da humanidade. Entretanto, ele não era só uma (bela) imagem, como viríamos a descobrir ao longo daquele ano e no seguinte; ao contrário, Karl era excepcionalmente culto e de fato inteligente. E tinha senso crítico! Não raro deixava os professores embaraçados com suas observações agudas e profundas; não havia, porém, indisciplina em seu comportamento, e sim cordial questionamento sobre as verdades estabelecidas e pregadas pelo corpo docente.

Detesto admitir, mas ele também era bom nos esportes.

Enfim, o cara era incrível em tudo. Pode isso, Arnaldo?

E não era só talento natural, o sujeito era dedicado, mantendo-se sempre concentrado em toda atividade desempenhada, por mais rasteira à primeira vista. Ou seja, ele se aplicava com igual intensidade a uma juvenil peça teatral, uma exposição sobre Heidegger, uma disputa interclasses ou uma simples pintura de mãos nas paredes da escola; todos o louvavam por seus admiráveis resultados em toda e qualquer atividade.

Karl, contudo, ao contrário do que se poderia supor, não se deixava seduzir pela adulação das garotas, dos garotos e dos professores. Conforme hoje percebo, ele recebia toda aquela adoração da maneira mais natural (para ele), quando não com desdém. Era um deus caminhando entre os mortais.

No aspecto esportivo, com ele atuando pelo time ao lado de Dimas, nossa escola passou a dominar os jogos e ganhar as competições municipais e regionais. Quanto às atividades estritamente educacionais, não raras vezes ele superava minhas ótimas notas.

Apesar de todo esse êxito dentro e fora da sala de aula, ele continuou a ser um enigma durante todo o ensino médio. Efetivamente, ao final das atividades coletivas, ele desaparecia por completo, não frequentava nossas festas, não fazia trabalhos em grupo na casa dos colegas, nem mesmo realizava simples passeios nas tardes de sexta-feira com a turma, quando saíamos para comer uns lanches e trocar uns beijos no estacionamento da lanchonete do palhaço americano (não farei propaganda gratuita dele, mas vocês sabem de quem falo). Karl simplesmente surgia, encantava e depois sumia, como se sua divindade tivesse sido requisitada de volta ao Olimpo.

Aquele mistério todo sem dúvida só aumentava a veneração por ele.

Quanto a mim, não tinha qualquer relação com ele. Na verdade, eu tinha a impressão de que ele nem mesmo sabia da minha existência, mas poderia eu sobreviver com isso. Na época eu tinha meus problemas existenciais para lidar, então ele não me chamava a atenção. Porém, ao contrário do que eu pensava, ele me conhecia e observava meus passos, como descobri numa específica ocasião.

Antes de avançar no relato sobre Karl e sobre como ele e eu tivemos nosso primeiro encontro direto, preciso esclarecer algo sobre mim.

Meu pai era de ascendência italiana e a família da minha mãe era do Japão, como indiquei no prelúdio destas anotações, daí a razão do meu nome: Rafaelle Nakamura Marchi. Inclusive, cheguei a morar tanto na Itália quanto no Japão, mas não me adaptei a nenhum dos dois países; para os italianos eu era japonês, e para os japoneses eu era brasileiro. Dessa forma, após breve périplo pelos países ancestrais do meu pai e da minha mãe, eles optaram por fincar raízes no Brasil, onde haviam nascido e eu também. Não foi exatamente uma escolha, antes uma desistência, já que nos solos ancestrais éramos tratados com discreta desconfiança, quando não com afrontosa xenofobia.

Aqui, entretanto, tampouco fui aceito por completo, tornando-me apenas o "Japa", como também já mencionei.

Enfim, fiquei sem identidade por um tempo, rejeitado por todos e sem saber quem eu era — não que me importasse com o que os outros pensavam; mesmo hoje não me importo muito.

Posteriormente, descobri uma razão para minha existência durante uma noite particular, inesquecível após tantas décadas. Na ocasião, meu pai chegou em casa embriagado e, por isso, feroz. Eu fiquei assombrado, afinal meu pai era um portento, mas minha mãe não demonstrou qualquer receio. Eu a conhecia bem e enxergava sua contida fúria, embora sem imaginar quão forte ela era.

Ao longo daquela noite, minha mãe, solícita, fingiu nada notar no comportamento do meu pai, nem mesmo seu hálito etílico. Ela seguiu preparando nossa ceia sem responder às grosserias e provocações dele, o que lhe insuflou uma confiança temerária.

"Meu jantar!", gritou ele, num arroubo até então desconhecido.

Eu estava colérico com meu pai, mas, aos dez ou onze anos, não tinha condições de fazer frente ao garanhão italiano. Foi melhor assim, a lição ulterior me serviu melhor e perdura até hoje.

Minha mãe, como mencionado, continuava a dissimular sua indignação e servi-lo com uma subserviência que me constrangia. O que já estava ruim piorou quando meu pai, num momento de selvageria incontida, derrubou o prato no chão e ordenou a ela que o apanhasse. Enquanto minha mãe se curvava para limpar o chão, ele prosseguia com suas imprecações, dizendo que ela estava fazendo pouco-caso dele, mas nem assim ela respondeu. Ele foi se alvoroçando mais e mais, e por fim, num gesto até então impensável, ele a estapeou.

Aquele único tapa doeu mais em mim do que nela, haja vista a tranquilidade da minha mãe. Eu sentia meu coração querer arrebentar para fora do peito, enquanto ela continuava a silenciosamente servi-lo. Meu pai também pareceu constrangido com seu excesso, não se desculpou, mas aplacou um pouco seu ânimo. O comportamento de minha mãe em nada se alterou, como se não tivesse sido ela a agredida.

Por fim, a tenebrosa refeição daquela noite terminou sem outros incidentes, para saúde do meu jovem coração e manutenção do nosso lar. Minha suposição, entretanto, estava equivocada, o clímax daquela noite ainda estava por vir.

Eu não conseguia dormir por dois motivos bastante vívidos na minha memória. Primeiro, estava inconformado com a submissão da minha mãe e, segundo, para agravar tudo, eu ouvia nitidamente o barulho que meus pais faziam na cama no quarto deles, indicativo claro do prolongamento do padecimento da minha mãe. Impudicamente, naquela noite eu cometi a maior das indiscrições que uma criança pode perpetrar: levantei-me no meio da noite e fui observar meus pais.

Eu saí da casa e fui para o quintal, andei por um corredor lateral e cheguei próximo da janela do quarto deles, através da qual eu podia vê-los com alguma nitidez, apesar da espessa cortina. Pelo observado, o martírio da minha mãe estava longe de ter fim, ela continuava a servi-lo de uma maneira que nenhum filho deveria ver sua mãe fazê-lo — o final pedagógico da história há de compensar minha bisbilhotice, como verão.

Pelo que vislumbrei através da cortina, minha mãe se excedia em carícias, dando vazão à gueixa que ela nunca fora, mas com a qual meu pai julgava estar casado. Não sei quanto tempo aquilo durou, mas foi até que meu pai, totalmente subjugado, quedou-se inerte na cama, curtindo a suposta merecida glória europeia decorrente da dominação imposta àquela asiática exótica. Eu já estava para me recolher quando notei uma pequena redução nos suaves movimentos dela, enquanto ele continuava de olhos fechados e, a rigor, só os abriu quando ela cessou por completo os movimentos sensuais que o mantinham embalado.

Para espanto dele — e meu mais ainda —, ela estava com o rosto bem próximo do dele e, na mão direita, segurava uma *tanto*, o ritualístico punhal japonês, firmemente encostado na garganta do meu pai, quase cortando a pele. Minha mãe, no seu costumeiro tom baixo de voz, disse ao meu pai de maneira bastante clara até para mim do lado de fora do quarto as palavras que mudariam a vida dele e a minha:

"Uma filha do Império do Sol Nascente jamais será humilhada por um *gaijin* bêbado *e* vagabundo como você, seu porco italiano!" As palavras dela eram ainda mais afiadas do que a lâmina encostada na garganta dele. "Só não o mato agora porque não quero ver meu filho crescendo órfão. Porém, nunca mais levante a mão para mim, ou a decepo. E, se levantar a voz, corto sua garganta."

Ela não perguntou se ele entendeu, não exigiu nenhuma concordância dele, nadinha, simplesmente ficou ali mirando o rosto atônito dele; meu pai, não sem alguma dificuldade, conseguiu engolir a saliva e, por fim, aquiescer. Ela se levantou e disse-lhe para terminar o serviço sujo por si só, caso quisesse ter algum prazer naquela noite. Saiu do quarto e dormiu na sala.

Até onde recordo, não houve mais brigas em nosso lar.

Inclusive, mantenho aquele punhal na minha clínica, como um amuleto, o qual foi manuseado por Dimas em sua recente visita — esse instrumento voltará a aparecer neste relato bem adiante.

Se meu pai mudou de verdade ou apenas se resignou, não consigo dizer com certeza, mas é certo que *eu* me transformei ao descobrir que a força aparente (meu pai) não é nada se não for gerada por outra maior, interna (minha mãe). Naquela noite, de volta ao meu quarto, fiz um juramento tão solene quanto a ameaça da minha mãe ao meu pai: prometi a mim mesmo me tornar tão forte e impassível quanto ela.

De fato, a partir daquele dia eu deixei de rejeitar meus antepassados, abraçando-os por completo pelos anos vindouros. Passei a aceitar a cultura das minhas duas ascendências para, com elas, moldar minha própria personalidade. Eu passei a me dedicar à musculação e à luta greco-romana, tornando-me um gladiador como os antepassados do meu pai, de quem tinha herdado a robusta constituição física. Da mesma forma, mergulhei na prática do caratê, do *kenjutsu* e do jiu-jítsu até me fazer um samurai completo como os ancestrais maternos.

Entretanto, meu rigoroso treinamento era feito em segredo, sem chamar a atenção de ninguém, bem ao estilo de minha mãe.

Os anos de treino passaram lenta e silenciosamente, mas aos dezessete anos incompletos (volto finalmente à época em que Karl chegou à escola) eu já era faixa preta em mais de uma arte marcial, além de ter um condicionamento físico incomum, o qual escondia debaixo de roupas folgadas. Eu era um colosso, mas nada se via em minha aparência que eu não desejasse mostrar. E eu não queria exibir nada.

Entretanto, mesmo intimamente forte e com o físico bem treinado, eu ainda era um adolescente e poderia cair nas ciladas urdidas pela vaidade, como quase ocorreu na época.

Foi assim.

Estávamos concluindo o ensino médio e eu não queria que a única recordação sobre mim fosse a do japonês nerd amigo do Dimas Maravilha, o herói da escola. Assim, decidi que chegara a hora de mostrar do que eu era capaz.

Minha estreia no mundo violento dos adolescentes fúteis e voluntariosos, contudo, foi completamente obscurecida por Karl, o deus dourado, como não poderia deixar de ser.

Eis os detalhes.

Os caras do time de futebol, os antigos donos da escola, eclipsados por Karl e Dimas — que monopolizavam todas as atenções da escola (e das garotas) — e revoltados com o ostracismo a que estavam relegados, resolveram passar para o contra-ataque, o que fizeram procurando vítimas frágeis para atormentar, visto não haver como competir com os craques do time. Então, como é comum nessas situações, eles elaboraram um plano singelo: buscar alguma atenção, ainda que negativa, na prática do bom e velho bullying sobre os colegas menos autoconfiantes (o termo não era comum ainda, mas a prática é atemporal). No entanto, uma das vítimas escolhidas por eles (eu) não seria uma presa tão fácil, como eu estava disposto a lhes mostrar.

"Ei, japa, abre o olho e pega aquela bola para mim", provocou-me um dos jogadores do time quando passei pelo pátio rumo à cantina. Era hora do intervalo e a bola em questão tinha sido arremessada por ele diante de mim quando me viu chegar. Algumas pessoas riram da tirada, mas não tanto quanto os colegas do engraçadinho.

"Pegue você; isso se conseguir dominá-la com a mão, já que com os pés não tem nenhuma habilidade", respondi tranquilamente, tentando não denotar a excitação experimentada no momento. Minha resposta provocou mais risos entre os alunos do que os gracejos dele, irritando-o.

"O que você quer dizer com isso, japa?" Ele perdeu o controle muito rápido. Decepcionante. Eu estava pronto para um acirrado duelo verbal antes de uma luta franca, mas os valentões geralmente não resistem à mínima pressão. Para mim, não havia problemas. Só iria esperar ele começar o ataque para me defender da maneira mais agressiva possível; seria bem mais engraçado.

Ato contínuo, ele se levantou e veio em minha direção, bufando feito um touro bravo. Eu permaneci parado, olhando para a cantina à frente, mas bem consciente da aproximação dele pela lateral direita, bem como do fato de os colegas de time dele também terem se levantado — perfeito, seria minha melhor hora.

"O que você quer dizer, japa folgado?", repetiu ele.

"Não *quero* dizer nada, estou *afirmando* que você só está no time por uma questão numérica. Dimas e Karl são as estrelas, não você. E, como você não consegue sequer segurar a bola durante o intervalo, não é de espantar", provoquei ainda mais, jogando combustível na chama nascente.

Ele, transparente como a janela de vidro por onde eu tinha avistado minha mãe dar uma lição em meu pai anos antes, deixando à mostra todas as emoções que inundavam seu limitado cérebro naquele minuto, perdeu por completo o controle de si.

Coitado, talvez provocasse pena em outros, mas não em mim e não naquele dia, pronto que eu estava para surrá-lo diante dos amigos, e eles também receberiam uns sopapos se interferissem.

"Você vai engolir essas palavras, olho puxado do caralho!", gritou ele, bem ao meu lado, ao mesmo tempo que outros três caras do time caminhavam em nossa direção.

Em seguida, os demais alunos do pátio formaram um círculo para assistir ao espancamento iminente.

Exultante, eu sabia que o tinha derrotado com as palavras, e, tomado pela autoconfiança gerada por meus anos de treinamento, aguardava sua tentativa de me acertar com um soco mal articulado para eu mostrar para ele e para todos ali do que eu era realmente capaz.

Não foi necessário, porém.

De súbito, um relâmpago loiro surgiu sabe-se lá de onde e pôs fim em tudo — Karl, sem dúvida. Com uma velocidade impressionante, ele apareceu de lugar nenhum e logo pôs no chão o cara que rumava para cima de mim e os colegas dele que se aproximaram na sequência. Foi tudo tão rápido que nem tive tempo de observar as técnicas por ele utilizadas, vi apenas quão rápido e forte ele era, sabia usar a força e a velocidade, além de dominar diferentes formas de combate.

Com todos caídos, ele falou num tom de voz enérgico e, segundo me pareceu, bem próximo àquele usado nas escrituras sagradas para acalmar as tempestades:

"Não vou admitir agressões injustas diante de mim nesta escola, contra Naka e contra ninguém. Estejam avisados."

Após a pomposa declaração, ele simplesmente seguiu seu caminho para a biblioteca, sem olhar para mim ou para seus decaídos colegas de time. Estes permaneceram no chão por um tempo, tão entontecidos quanto todos ali. Conquanto ignorassem, tinham tido muita sorte: eu pretendia machucá-los bem mais severamente naquele dia do que o fizera o deus dourado.

Encerrada a querela, também segui meu caminho original, sem me deter mais, lamentando ter sido "salvo" por Karl. Deveria ter agido antes, bem sei, mas assim foi minha vida juvenil, uma sucessão de "deverias".

Bem, sem outra coisa a fazer, comprei uma coxinha, cujo sabor não senti, e voltei para a classe sozinho, impactado que estava por tudo que tinha acontecido.

Curiosamente, no dia seguinte Karl compareceu normalmente para jogar com o time, e inclusive fez os grandes lances de sempre, com excelentes passes para os caras marcarem gols, os mesmos rapazes que ele, um dia antes, havia facilmente derrubado.

Como era de esperar, ninguém mais tocou no assunto. Tampouco mexeram comigo, é claro.

Com Dimas, contudo, a coisa foi diferente.

Quando ele soube do ocorrido, veio até mim e me pediu detalhes, pronto para enfrentar todo o time, se fosse necessário. Eu o acalmei, dizendo que estava tudo resolvido. Ainda que Karl não tivesse intercedido, eu poderia muito bem me defender, mas nem fora preciso. Embora ele soubesse dos exigentes treinamentos a que eu me submetia, o sorriso dele não parecia à altura da minha autoconfiança.

"Está duvidando de mim, Dimas?", revoltei-me.

"Calma aí, Naka." Ele ria abertamente. "Não precisa se zangar. Nem me bater."

"Você acha que eu tenho medo daqueles otários?", prossegui, todo belicoso.

"Não. Só acho que você é melhor do que eles", encerrou ele, parando de rir.

Por essa eu não esperava. Fiquei sem reação na hora, mas ele soube exatamente o que me dizer.

"Esses caras não são uns zés-ninguém. Nunca serão nada. Você poderia dar uma surra em cada um deles, ou em todos ao mesmo tempo, e nada mudaria para eles, só para você. Quer mesmo ser visto como mais um deles? Batendo nos mais fracos até encontrar alguém mais forte que lhe bata também? Você é melhor do que isso, Naka. Por isso é meu amigo mais próximo. Eu me inspiro em você."

Fui a nocaute, sem dúvida. Quem diria, Dimas me dando lição de moral?

Ele estava certo, eu não precisava provar nada para aqueles imbecis. Foi por essas e outras que abandonei o mundo da violência gratuita antes mesmo de adentrar seus deploráveis portões.

Depois daquele dia, deixado em paz pelo time de futebol, continuei minha vida insossa na escola, enquanto, fora dela, ainda treinava com afinco musculação, caratê, jiu-jítsu e *wresling*, inclusive competindo em eventos amadores e ganhando muitos torneios, mas sem buscar qualquer reconhecimento além do âmbito do esporte. Dimas sabia da minha dedicação às lutas e até treinava comigo esporadicamente, mas nunca gostou de artes marciais. Ele era um poeta físico, não um lutador.

Quanto a mim, não era apenas um atleta, também estudava com uma dedicação exasperante, mas isso não espantava ninguém; eu ainda era o "Japa", ótimo em ciências exatas e péssimo em relacionamento social.

Nos finais de semana, eu saía com Dimas e me divertia com sua companhia e com as companhias que ele conseguia. Ele sempre arrumava uma namorada nova, e ela costumava ter uma amiga legal que não se importava em ficar com o amigo japonês dele. Em retorno, eu pagava o consumo da noite nos lugares que frequentávamos, mas não me sentia explorado, bem pelo contrário.

Karl, por outro lado, continuava sua vida misteriosa. Surgia, brilhava em qualquer atividade em que se envolvesse, depois desaparecia; era como se ele só existisse no horário da escola e para as atividades regulares. Foi por essa época que ele começou a modelar (previsível), além de se envolver no movimento estudantil, a ponto de fundar uma ONG voltada para a preservação do meio ambiente (admirável), a qual alcançou algum destaque nas proximidades na cidade.

Quanto ao time, com Karl e Dimas juntos, nossa sala foi campeã no interclasses. E nosso colégio foi campeão municipal e estadual nos dois últimos anos no ensino médio.

Inclusive, no final desse período, um novo fato iria me dar mais uma amostra do particular caráter daquele sujeito em tudo excepcional. Nossa escola organizou uma viagem de formatura para a Bahia para celebrarmos o final do ensino médio (houve uma vaquinha organizada por não sei quem para pagar a passagem e a estadia do Dimas. A adesão foi tão grande que ele viajou com mais dinheiro do que o restante de nós).

Ah, tempo bom foi aquele. Passamos cinco dias de muita farra, zoeira e pegação na Boa Terra.

Para espanto geral, Karl tomou parte na excursão e até se envolveu em algumas atividades do grupo de alunos, especialmente no futebol na praia, além de umas rodas de violão, com todos cantando músicas da Legião Urbana e se abraçando. Aliás, numa das noites rolou um boato de que ele dormiu com uma das meninas, mas não houve confirmação, restando a suspeita da garota estar mentindo para se engrandecer perante as demais.

Não foi, contudo, só alegria a viagem.

O fato marcante mencionado por mim linhas atrás (e mencionado numa conversa com Dimas há muitas páginas) se deu na nossa última noite na Bahia, e, garanto, ainda hoje todos daquela viagem devem lembrar dele.

Estávamos andando pela cidade, curtindo o ar quente do verão no Nordeste e rindo de tudo, como acontece com toda turma de adolescentes fúteis e felizes. Ora, o ensino médio tinha acabado e a vida adulta somente começaria no ano seguinte; éramos jovens e estávamos na Bahia! Por que não riríamos até dos modestos perrengues, como uma freada na cueca ou uma indiscrição após um porre de caipirinha de cacau?

Em dado momento, paramos para assistir a uma roda de capoeira em plena atividade numa praça cujo nome não memorizei. Para nós, era quase uma experiência antropológica assistir aos nativos dar saltos e girar suas pernas naquela ágil dança.

Além da noite aprazível, as meninas ficavam embasbacadas com os corpos suados dos lutadores, enquanto os garotos ensaiavam precários chutes entre si, imitando os verdadeiros capoeiristas. Era uma inofensiva algazarra, mas bastante barulhenta.

Quanto a mim, apenas observava a roda. Respeitava e respeito a capoeira como manifestação cultural, mas não a tenho em grande conta como forma de luta; os chutes são rápidos e potentes, mas não entendo a razão de se usar somente as pernas, afora umas ocasionais cabeçadas e cotoveladas, abdicando de socos, agarradas ou torções. De qualquer forma, eu assistia embevecido às sucessivas lutas se formando e se desfazendo diante de mim. Até Karl parecia apreciar a apresentação.

Entretanto, nossa balbúrdia era tamanha que acabou por provocar a irritação do mestre ali presente, insatisfeito por ter a atenção dos generosos turistas desviada da roda, reduzindo em muito as chances dos aplausos.

"A praça está cheia de atletas, mas alguns jovens ficam fazendo gracinhas. Por favor, vamos mostrar algum respeito, ou vamos deixar a praça para quem está jogando. Capoeira é capoeira."

Quando ele, cheio de si, fez essa breve pregação, deveríamos ter partido, é claro, já tínhamos sido avisados de que nossa presença não agradava. Porém, a juventude, como se sabe, não prima pela prudência, então permanecemos.

"A praça é de todos como o céu é do condor!", gritou alguém da turma, provocando risos generalizados a partir da citação de Castro Alves, famoso poeta baiano que havíamos recentemente estudado. Até mesmo alguns integrantes da roda riram.

Eu acreditei haver cessado o mal-estar, porém o mestre voltou a falar mirando toda a praça, embora nitidamente se dirigindo a nós.

"Vocês têm razão. A praça é de todos e vocês são bem-vindos." Ele sorriu. "Alguém quer jogar com a gente? Todos podem participar", formulou um convite e voltou a rir. Era uma evidente armadilha na qual não cairíamos voluntariamente.

"Vai lá, Dimas. Mostra o que você sabe!", gritou alguém, arrancando mais risos da turma.

"Só por que sou preto?", pareceu se indignar ele, mas estava rindo também.

"Você é o nosso craque com as pernas. Vai lá!" As gargalhadas aumentavam.

"Sou federado, sabe? Não posso lutar na rua", respondeu ele, rindo cada vez mais alto e repetindo o mantra dos integrantes do time, que se recusavam a jogar futebol nos intervalos das aulas supostamente porque a "federação" não lhes permitia atuar entre pessoas menos qualificadas.

"Ninguém, certo?", retomou o mestre. "Então não vão se importar de deixar esta parte da praça para os capoeiristas, certo?" O mestre supunha ter vencido o embate. E tinha mesmo. Já estávamos para sair dali quando alguém respondeu ao desafio anterior.

"Eu quero jogar com vocês."

A voz surgiu de trás da gente, mas não era de um dos nossos. Olhamos procurando o incauto que aceitava passar um vexame diante de tantas pessoas e identificamos um turista que não estava conosco, embora estivesse ali no nosso meio por mera afinidade etária e, dessa forma, pudesse ser conosco confundido. Ligeiramente alcoolizado, ele não percebeu que o convite era retórico e, principalmente, arriscado. Eles queriam que saíssemos dali o quanto antes, não que entrássemos na roda de verdade.

"Eu quero jogar", insistiu o rapaz. "Já treinei capoeira antes."

"Pode vir, pai." O mestre abriu a roda com os braços. "Quem pode jogar com o nosso convidado?"

Quando o turista ingressou na roda, um dos capoeiristas, um homem forte, apesar de ostentar uma barriguinha algo proeminente, se dispôs a brincar com o aventureiro. Os berimbaus e os pandeiros voltaram a tocar e os dois contendores realizaram a tradicional estrelinha para o centro, então passaram a trocar chutes alternados, atraindo as palmas dos presentes, seguindo o ritmo dos instrumentos. O capoeirista local, entretanto, de maneira inesperada, deu uma rasteira no turista, que foi ao solo de imediato.

O rapaz caiu de bunda do chão, mas não se machucou com a queda, apenas com os risos generalizados. Ele, porém, aparentemente não entendeu a mensagem — haviam deixado ele entrar na roda e jogar capoeira, mas a rasteira deixava claro quem eram os verdadeiros capoeiristas ali, de modo que ele faria melhor em agradecer a oportunidade e ir embora. O rapaz, no entanto, cujo bom senso fora desfeito pelo álcool ingerido, insistiu em continuar na roda para mais uma luta, dizendo ter sido pego de surpresa, mas iria descontar. Uma afronta, sem dúvida.

O mesmo lutador de antes aceitou novamente o desafio e a coreografia inicial se repetiu. Ambos se abaixaram, deram as mãos, executaram a estrelinha e foram para o centro da roda. Desta vez, porém, o capoeirista não esperou muito, menos ainda disfarçou suas intenções. Deu uma tesoura (golpe com as duas pernas se fechando sobre as do oponente), levando o turista ao solo mais uma vez.

Infelizmente para o rapaz, por conta da força e da velocidade do golpe, ele acabou batendo com a cabeça contra o chão de paralelepípedo, gerando um som oco, como uma melancia caindo. Ele até desmaiou por instantes.

A confusão aumentou nessa hora, já que os parentes do rapaz surgiram de súbito e passaram a esbravejar contra aquela violência.

"Isso não é capoeira. É agressão! Vou chamar a polícia", gritava uma senhora, possivelmente mãe do rapaz ferido. Ao lado dela, outras pessoas com celulares filmavam a cena. O turista despertou, mas ainda parecia grogue enquanto era retirado da praça por outras pessoas, até um dos capoeiristas da roda ajudou.

Após uns instantes de falatório geral, o mestre retomou o comando da situação.

"O que vocês estão vendo aqui é a capoeira real. Capoeira exige estudo e dedicação. Foi uma questão de técnica. A tesoura foi bem aplicada, o outro lutador não tinha o mesmo conhecimento, não soube cair, bateu a cabeça, mas já passou. O que acontece na roda fica na roda."

Suas palavras davam a entender que o assunto estava encerrado, e nós, mais uma vez, estávamos prontos para sair dali, afinal a coisa tinha perdido a graça. Nesse momento, porém, Karl se adiantou em direção à roda.

"Eu também quero participar", falou ele, apontando para o lutador que havia derrubado o outro turista momentos antes. "E com ele."

A natureza do desafio lançado ficou clara para todos. Os demais integrantes do grupo se aquietaram, antevendo um conflito aberto, as meninas fizeram cara de choro, temendo o que poderia ocorrer. Eu, contudo, me aproximei mais.

Lembrava bem das habilidades de Karl e queria saber até onde ele pretendia ir.

O capoeirista examinou Karl detidamente e, apesar da estrutura física do oponente, deve ter julgado poder se impor sobre aquele branquelo.

"Entre lá, pai", respondeu ele, com um sorriso na boca.

A roda foi montada mais uma vez, Karl se abaixou e cumprimentou o lutador, mas não realizou o salto da estrela. Apenas se pôs de pé diante do oponente, com os braços caídos ao longo do corpo, numa postura flagrantemente provocativa e mesmo suicida naquelas condições.

O capoeirista realizou um gingado para trás, seguido de um elevado salto, e desferiu um chute que passou diante da face de Karl numa velocidade incrível, não atingindo o alvo por alguns poucos centímetros. Karl, entretanto, nem piscou, tinha percebido o blefe antes de sua execução e não se atemorizara, nem se movera.

O capoeirista, vendo que o truque anterior não provocara qualquer reação no oponente, preparou-se mais uma vez para nova acrobacia. Karl, todavia, não esperaria mais. Com uma velocidade inesperada para o outro contendor (mas não para mim), saltou para a frente e acertou um violento chute no peito do capoeirista, com a sola do pé (um *mae geri* perfeito), jogando o oponente para fora da roda.

Todos os demais capoeiristas se levantaram de imediato e estavam prontos para saltar sobre Karl, só se contendo por um impreciso instinto de justiça; não queriam todos ir contra ele. Nessa hora, Karl calmamente falou, olhando direto para o mestre:

"Isto é capoeira real. Exige estudo e dedicação. Foi uma questão de técnica. E o que acontece na roda fica na roda. Ou isso só vale quando um de vocês está batendo?"

O mestre abriu os braços, comandando os outros a não entrarem na briga generalizada prestes a surgir. Ele sabia estar diante de um lutador formidável e não iria permitir que sua arte fosse confundida com briga de rua. Mas haveria retaliação, sem dúvida.

Ao mesmo tempo, eu me aproximei ainda mais enquanto os outros alunos se afastavam. Dimas se juntou a mim de imediato — não iríamos deixar um dos nossos sozinho.

"Acalmem-se todos. Ele está certo." O mestre, magnânimo, conteve seus discípulos, impedindo uma batalha campal, mas disposto a aplicar uma lição naquele loiro atrevido. "Formem a roda, a capoeira vai seguir. E eu vou entrar."

Um círculo de aproximadamente vinte pessoas começou a bater palmas de maneira ritmada, conquanto bem mais agressiva do que antes. Enquanto nossa turma, mais numerosa, ficou ao redor, incentivando Karl, mas guardando prudente distância; Dimas e eu permanecemos ao lado, prontos para ajudá-lo se fosse preciso, mas sem nenhuma vontade de que isso ocorresse.

No interior da roda, os dois lutadores tinham no olhar a ciência de que a exibição tinha se encerrado. Dali por diante, seria uma luta franca e direta.

De um lado da roda, o mestre impressionava. Deveria ter por volta dos trinta anos, era bastante atlético, com músculos bem definidos, e sua pele brilhava por conta do suor. Do outro lado, um pouco mais alto, porém menos musculoso, Karl parecia a estátua de um guerreiro viking pronto para a batalha. A luta em si foi rápida e decepcionante. O mestre aplicou um chute giratório, na altura da cabeça, rápido e potente, idôneo para derrubar qualquer um, mas facilmente evitado por Karl com uma esquiva; seguiu-se um segundo chute, bloqueado por Karl pelo braço esquerdo dobrado na altura da orelha, enquanto com a perna também esquerda ele deu um violento chute na coxa direita do mestre, tirando-o do solo e fazendo-o perder o apoio. Num átimo, Karl estava sobre o mestre, dobrando seu braço nas costas e o imobilizando num golpe de *jiu-jítsu* tão perfeito quanto os golpes anteriores.

"Eu não quero lutar com você, mestre. Desista ou vou quebrar seu braço." Visivelmente não era uma frase de efeito.

Antes de o mestre responder, a polícia chegou ao local, chamada pela família do primeiro turista agredido.

"Agora chega", ordenou o policial para Karl, que soltou o mestre.

A praça virou um caos completo, contida a muito custo pelos policiais. Por fim, tanto o mestre quanto Karl, em viaturas distintas, foram levados para a delegacia, e todos os outros foram mandados embora.

Nós voltamos para o hotel reservado para todo o colégio às pressas e avisamos o pessoal da diretoria da escola — eles não tinham saído com a gente. Todos falavam ao mesmo tempo e ninguém se fazia entender, por isso eles simplesmente nos deixaram e rumaram para a delegacia, proibindo-nos de voltar a sair. Nem precisava, é óbvio, nenhum de nós iria se aventurar a sair e encontrar os capoeiristas que zanzavam pelas cercanias.

Ao que parecia, nossa viagem de formatura terminaria de maneira trágica.

Permanecemos no saguão do hotel discutindo o que poderia ter ocorrido com Karl, se ele ficaria preso, se estaria apanhando na cela, se estava batendo em alguém...

Cerca de duas horas depois, ele voltou ao hotel, acompanhado dos representantes da escola. Estava tão sereno e autossuficiente como sempre. Como todos os observavam, ele se viu obrigado a fazer uma pequena declaração.

"Os policiais baianos são gentis. Serviram vatapá para a gente e nos liberaram. Além disso, o que acontece na roda de capoeira fica na roda de capoeira."

Gargalhadas universais.

Hora de retomar a farra.

O bota-fora da viagem ocorreu no hotel mesmo.

Quando os professores se deram conta, já havíamos organizado um baile completo na beira da piscina. Dimas, como era de esperar, era o mestre de cerimônias e também a atração principal. De sunga branca, com a bunda arrebitada, entrançando as pernas e com os braços abertos, posição característica com que ele comemorava seus gols antológicos, dançava e cantava para os céus, sendo seguido por todos num coral desafinado, mas sumamente alegre. Até eu entrei na farra.

A semana inteira fiquei esperando
Pra te ver sorrindo, pra te ver cantando.
Quando a gente ama, não pensa em dinheiro
Só se quer amar, se quer amar, se quer amar

A diversão foi boa. Os tempos eram bons.

Madrugada adentro, embriagado e abraçado aos caras do time que haviam tentado me espancar cerca de um ano antes, segui com eles pelos corredores do hotel à procura de Dimas, que havia sumido. Avançamos muito pela área restrita do hotel e, no final de um corredor, numa pequena sala lateral, vimos as costas largas de Dimas movendo-se como poucas vezes antes. Desnudo, ele estava junto a uma bancada, onde, deitada, estava alguém não identificável à primeira vista, mas cuja silhueta era conhecida: professora Violet, sem dúvida, conforme bem exposto por um dos caras, a qual foi homenageada com a recordação de suas aulas pretéritas: "*The teacher is on the table*".

Depois do ensino médio, pouco vi meus colegas de escola. Dimas, contudo, continuou meu amigo mais próximo, mesmo quando ingressei na faculdade de odontologia e conheci Laila e Roger, com quem viria a montar uma clínica dentária.

Dimas não ingressou no ensino superior, passando a viver de improvisos na vida adulta, tal qual fizera quando jovem. Ocasionalmente saíamos juntos os quatro, eu pagando as despesas dele.

Quanto a Karl, após a escola ele se tornou ainda mais conhecido, inicialmente como modelo fotográfico, depois como presidente de uma ONG voltada para a recuperação de escolas degradadas pelo tráfico de drogas. Eu não fiz questão de saber da vida dele, mas as notícias eram fartas e inevitáveis, em especial nas revistas de celebridades. Dona Renata, a recepcionista, as levava para a clínica, onde eram deixadas à disposição dos pacientes, apesar dos meus protestos (li uma ou outra por amor à leitura, não por apreciar o estilo — não entendo essa cara de desdém de vocês!).

"Ninguém quer ler um tratado de sociologia enquanto espera uma sessão de tortura numa cadeira de dentista", insistiam Renata e Laila.

Inclusive, foi por meio de uma dessas publicações que fiquei sabendo do casamento de Karl com uma bela morena (Maia) poucos anos antes. De acordo com o texto (repleto de lugares-comuns estilísticos e erros de concordância), ambos eram destaques em tudo desde a infância e evidentemente haviam nascido um para o outro.

Por um bom tempo, nada mais soube dele.

Quando Karl ressurgiu no velório de Bianca, era o mesmo deus dourado de nossa adolescência, embora vestido com mais esmero. E muito bem acompanhado. Ele chegou com a esposa e rapidamente dominou o ambiente com sua instigante presença.

Era como se não tivesse envelhecido um único dia.

ANOITECER

Um único dia, eis o singelo desejo de Maia, passar um único dia ao lado do marido.

Se isso lhe fosse concedido, não acordariam cedo, tampouco tarde, o raiar do sol invadindo o quarto decidiria. Despertando juntos, sorririam com a coincidência, trocariam um beijo rápido e iriam preparar (juntos) o desjejum, o qual seria consumido na cama, para onde voltariam entre mais sorrisos e afagos. Depois, talvez ficassem conversando e, com o roçar das pernas, se o desejo surgisse, fariam amor, mas não haveria problema se não acontecesse. As horas transcorreriam lenta e deliciosamente. Para o almoço, teriam de improvisar; por conta de uma deliciosa lassidão, não sairiam, apenas fariam o pedido de algo leve, talvez uma massa. O espumante, porém, não poderia faltar, forte e elegante na medida certa. Durante a tarde, poderiam ver o início de um filme, podendo até ser uma reprise, no meio da qual adormeceriam, sob o efeito do espumante, ou seriam arrebatados por uma cena específica, então finalmente fariam amor, se não o tivessem feito de manhã, ou mesmo que o tivessem feito, ainda sob o efeito da bebida e da paixão. Se adormecessem, quando acordassem tomariam um bom banho (juntos, é claro). Depois, uma pizza ou uma boa comida japonesa, afinal saco vazio não para em pé. Quando notassem, já estariam de pijama e recolhidos novamente, cientes de que haveria uma segunda-feira à espera, mas ainda teriam algumas prazerosas horas juntos antes de, na manhã seguinte, acordarem cedo e iniciarem a nova semana, com os corpos satisfeitos e as almas repletas de boas memórias do final de semana juntos.

Uma boa vida não se configura sem um tal domingo.

Nada disso jamais ocorreria, contudo.

Karl Bergman era um homem de muitos compromissos e pouca propensão para uma vida prosaica, como o nome indicava;

já era noite e ele ainda não voltara de seus muitos e variados compromissos. Aliás, ela nem o vira sair logo cedo.

Sozinha na ampla sala de seu apartamento, Maia se deixou cair sobre o confortável sofá, vencida. Olhou para cada lado do cômodo e viu apenas solidão. E enfado.

Até quando?, era a pergunta evitada a qualquer custo, por medo da resposta.

Pôs para tocar uma de suas recentes *playlists* favoritas e parou de pensar e sofrer, deixando-se embalar pela música — aprendera com Dimas a curtir o melhor da *black music*. Por falar nele, por onde andaria e como estaria?

Salvo engano, recordava-se, a missa de sétimo dia da filha dele ocorreria na segunda-feira, mas ela não se animava a ir. Apesar de desejar expressar sua solidariedade a ele, Dimas fora seu amante, então ela não tinha estômago para encontrá-lo estando de mãos dadas com o marido. Ainda não superara o desagradável encontro no velório da menina, após o qual se sentira a pior das putas do mundo.

Karl estaria lá, com certeza, nem poderia ser diferente. Apesar da extensa jornada cumprida por ele em todos os dias da semana, inclusive sábados e domingos, além das incontáveis visitas a empresários e políticos, reuniões de toda ordem, almoços e cafés, Karl sempre comparecia a eventos sociais e convescotes de todos os matizes. Não era simplesmente networking, como ele dizia, e sim uma necessidade patológica de ver e ser visto. Ver o quê? Ser visto por quem? Maia, já semidesnuda, contemplava-se a partir de suas pernas e se perguntava se sua visão não compensaria um dia em casa.

Desligou a maldita música, levantou-se e se recompôs.

Espantada, verificou no relógio da cozinha já serem quase vinte e duas horas. De um domingo passado inteiramente sozinha! No celular, nenhuma mensagem dele. Ah, Karl, que previsível.

Em circunstâncias tais, até alguns dias antes, ela enlouqueceria de raiva e despeito, ligando imediatamente para Dimas. Teriam uma conversa tórrida pelo celular, caso não fosse possível um encontro imediato, e combinariam um encontro para o dia seguinte; na hora mesmo, se fosse possível. Da aventura ela voltaria com mais angústia do que satisfação, porém vingada!

Todavia, até mesmo desse artifício Karl involuntariamente a privara quando lhe contou sobre sua amizade antiga com Dimas. Ela até conseguiria manter um caso extraconjugal por algum tempo, sem qualquer envolvimento emocional (ela ainda acreditava ser possível!), mas jamais perseveraria num relacionamento com alguém tão próximo de seu marido; era abjeto demais.

O que faria, então?

Estava casada com Karl havia cerca de cinco anos e tinha uma vida bastante satisfatória com ele, pelo menos era a imagem passada para todos com quem conviviam. Além do conforto material, o marido era admirado nas diversas áreas em que atuava (e eram muitas), sobretudo porque a ONG por ele criada e presidida era muito respeitada por prestar valiosos serviços à sociedade recuperando escolas públicas e encaminhando jovens para trabalho e, consequentemente, uma vida longe do vício e do tráfico. Ela também tinha um bom emprego, cujos razoáveis rendimentos mantinha só para si. Como se não bastasse, ainda tinha liberdade para cuidar de seus interesses pessoais, além de ser jovem, saudável e bonita.

Que ódio!

Mas quem queria liberdade? Para quê beleza e juventude?

Ela queria um companheiro de vida, não apenas de fotografias em colunas e redes sociais.

Maia reconhecia que, ao longo de sua vida, fora destaque em tudo: na família, na escola, no trabalho, entre os amigos, além de ser muito disputada pelos homens. Ela nunca precisou correr atrás de ninguém, tão somente escolher dentre os muitos pretendentes.

Quando conheceu Karl, viu-se diante do par ideal, um homem à sua altura, o qual se sentiu atraído por ela na mesma proporção. O relacionamento entre eles, portanto, se desenvolveu fácil e rapidamente, sendo eles vistos por todos como o casal perfeito. O trabalho de benemerência realizado por Karl, e apoiado por ela, somente acrescentou mais uma camada de verniz ao quadro lustroso composto por eles.

E ambos se davam muito bem na cama — quando Maia conseguia arrastá-lo para ela, é claro.

No entanto, as incontáveis e incessantes atividades de Karl como modelo, empresário, filantropo, esportista e *líder social*, seja lá o que isso significasse, exigiam dele um tempo considerável, o qual não era extraído do convívio com a esposa.

Se o glamour inicial a atraíra, a reiteração das ausências dele a entediava.

No princípio ela foi compreensiva e até apreciou seu tempo livre para treinar (vício de uma vida toda), ler (outro vício), sair com as amigas (hábito) e o que mais quisesse fazer. À medida que a situação foi se alongando — e a atenção de Karl encurtando — porém, Maia foi se sentindo cada vez mais deixada de lado, sentimento bastante doloroso para alguém acostumado a estar sob os holofotes.

Pouco disposta a se perpetuar no estreito papel da esposa carente, ela tentou levar a vida do próprio jeito, fazendo pouco-caso para a incúria dele, mas evidentemente não funcionou; ninguém competia com Karl no quesito menoscabo. Depois, abertamente passou a reivindicar mais atenção, estratégia ainda pior para si e para o casal, afinal ele passou a tratá-la com certa parcimônia e mesmo piedade. Por fim, num ato de total destempero, ela arrumou um amante (Dimas), solução tampouco satisfatória, já que o marido não ficou sabendo (nem poderia), menos ainda ela obteve o prazer e excitação esperados, não por muito tempo, ao menos.

Para piorar, o amante era um quebrado, um faz-tudo que nada tinha de concreto na vida, apenas um homem com rosto e corpo bonitos (sabia usá-los, sem dúvida), o que a fazia se sentir sustentando um gigolô a cada vez que precisava pagar um jantar ou, o pior, a conta do motel. A propósito, sentiu uma pontada no coração ao lembrar da última e deplorável vez que estivera com Dimas, quando, após uma noite maravilhosa, foi deixada num quarto de motel, de onde teve que sair a pé após pagar a conta!

Que ódio! Que ódio!! Que ódio!!!

Por fim, como prova cabal de que o Sol girava mesmo ao redor de Karl, não dela, no dia em que acompanhara o marido num evento social (velório de Bianca, promissora jovem estudante de uma das escolas amparadas pela ONG do marido, segundo as palavras dele), ela veio a ser "apresentada" ao pai da moça, ocasião em que descobriu que seu amante era um velho amigo de seu marido, parceiro em muitas conquistas esportivas nos tempos de escola — nossa, quanta importância tem isso! Ela chegava a retorcer os lábios ao lembrar das palavras dele.

De uma forma ou de outra, não poderia manter sua relação com Dimas, menos ainda conseguia encerrar o caso, pelo simples fato de não vê-lo havia quase uma semana.

Tampouco via o marido.

Bem, Maia jamais fora dada ao papel de melancólica e dramática mocinha de romance oitocentista, nem o seria agora.

Vestiu uma roupa de exercícios e desceu para a academia, onde malhou pesadamente por quase uma hora. Quando subiu para o apartamento, cansada e coberta de suor, mas em suma feliz, ouviu Karl tomando banho, para onde seguiu.

Aproximando-se devagar, Maia pôs-se a contemplar maravilhada aquele fantástico homem debaixo do chuveiro, cujos contornos não eram inteiramente nítidos através do vidro fosco do box de vidro, o que nada lhe reduzia o esplendor, antes o ampliava.

Com a acuidade gerada pelo fascínio e pela paixão, seus olhos foram fazendo o trajeto contrário ao da água, subindo a partir dos pés firmemente plantados no solo, passando pelas pernas musculosas e com pelos claros, pousando temporariamente no farto órgão sexual, subindo pela barriga bem definida e passeando pelo amplo tórax, até alcançar as mãos sobre o rosto, ensaboando-se; ao redor da face dele, ao longo dos cabelos curtos e claros, escorria a água.

De súbito, ele abaixou os braços musculosos e deixou à mostra o rosto másculo, de queixo e nariz largos, lábios finos e um intenso olhar, fixo sobre os olhos dela.

"Vem?", foi tudo o que ele precisou dizer.

Ela entrou debaixo do chuveiro de roupa e tudo, deslize corrigido por ele com uma variação de delicadeza e força, de acordo com a peça retirada.

O resto ela não me contou, nem precisava. Salvo engano, vocês já entenderam também, não?

Um adendo: preciso destacar a delicadeza utilizada por mim na retomada da "terrível" noite de Maia. Espero que também tenham notado. Minha mãe me advertia sobre a impropriedade do autoelogio, mas não posso deixar passar em branco; sou um lutador, mas não um bruto desprovido de coração, como se pode ler nessa específica parte.

Rude mesmo foi Karl.

Após toda a ternura durante o banho comum, jantaram e foram dormir de imediato. A conversa foi ainda mais breve do que a refeição. A angústia e a solidão restaram maiores.

Mais uma vez cogitou mandar uma mensagem fugaz para Dimas, mas não o fez, nem o faria. Aquele relacionamento adulterino havia ido além do limite do bom senso e ela não iria se rebaixar mais continuando a sair com um antigo parceiro de seu marido, nem mesmo por um único dia.

DIA 9 DE AGOSTO
SEGUNDA-FEIRA, MEIO DA TARDE

"Um único dia."
Entre lágrimas, os braços caídos pesadamente sobre a mesa da delegacia, para onde fora apenas por ter sido intimado a fazê-lo, mas sabendo não ter nada relevante para contar, Dimas falava sobre o quanto desejava ter a filha consigo por apenas um dia a mais.

"Daria minha vida inteira por isso", insistia ele.

Quem visse meu amigo nessa condição não o reconheceria. Dimas tinha o espírito inquebrável, ou assim supunha eu, mas aquele homem diante do delegado me contrariava por completo.

"Calma, meu amigo. Sua situação não é fácil. Sou pai também e posso imaginar o que se passa com você. Só imaginar, veja bem, não digo que sinto o que você sente, porque não tenho como sentir sua dor."

O delegado, inteiramente sem jeito, tentava encontrar palavras para confortá-lo, sem conseguir nada palpável. Era um sujeito alto, esbelto, com fartos cabelos grisalhos e com um nome bastante incomum, como notara Dimas na chegada.

Inclusive, o tal delegado John Wolf — pois é, eis o peculiar nome da autoridade —, a quem também eu viria a conhecer em breve, me confidenciou que essas reações são comuns entre parentes de vítimas. As pessoas simplesmente agem como se seus entes queridos fossem imortais, tratando-os com distante amor, supondo poder mudar a abordagem a seu bel-prazer quando tiverem mais tempo ou interesse em fazê-lo. No entanto, quando o curso da vida mostra a fragilidade de nossa existência, essas mesmas descuidadas pessoas se desesperam e imploram por um dia a mais ao lado de quem se foi.

De acordo com o relato do meu amigo Dimas, apresentado para mim numa outra ocasião, o policial aparentava ter sensibilidade incomum. Infelizmente, porém, Dimas tinha pouca coisa para auxiliar a polícia na identificação do assassino de Bianca.

Mais de uma vez o delegado pacientemente explicou a Dimas a necessidade de rememorar com o máximo de detalhes possível o dia a dia de Bianca, os lugares por ela frequentados e as pessoas com quem tinha relações. Um crime horrendo como aquele não teria sido praticado por um desconhecido, mas sim por alguém com muito rancor. Portanto, os pequenos detalhes poderiam revelar algo, daí a necessidade de uma recapitulação minuciosa da rotina da vítima.

"Minha filha não tinha muitos amigos, só a Vanessa, uma garota da escola, com quem ela conversava." Dimas finalmente aliviou o semblante ao recordar pequenos e tocantes detalhes sobre a filha.

"Namorados?" O delegado teve tato ao introduzir o assunto espinhoso.

Sobre isso, Dimas sabia menos ainda. Sua filha não se abria muito com ele.

"Ela teve um namoradinho, nada sério. É tudo que sei."

"Ele era policial?"

"Por quê?" Dimas levantou os olhos de imediato, assumindo que o mal disfarçado interesse do delegado poderia denotar haver algo ali.

"Nada, só curiosidade mesmo", disfarçou a autoridade.

Sem acreditar no seu interlocutor, Dimas compartilhou seu parco conhecimento.

"Sim, policial. Ela namorou um investigador de polícia lá do bairro, um rapaz de vinte e poucos anos, mas terminou logo. Ela me disse que queria estudar."

Não era exatamente isso. Pelo que me lembro, Bianca se sentia muito mais atraída por quem estava do outro lado da lei. Ela e muitas amigas suas tinham fascínio pelos sujeitos com cara e jeito de bandido muito mais do que por um jovem correto e sem graça, ainda mais investigador de polícia.

O delegado manteve a entrevista com Dimas ainda por mais algum tempo, sem ir direto a algum ponto específico, jogando diversas iscas aqui e ali à espera de que algum peixe grande, por puro acaso, abocanhasse o anzol, mas a pescaria nada rendia, e não poderia ser diferente; nem o delegado sabia em que águas pescava, nem o peixe (Dimas) sabia como morder o anzol, apesar de sua boa vontade.

Dimas, na verdade, nada escondia, simplesmente não tinha algo relevante para contar, só seu desespero para tentar aplacar.

Percebendo a inutilidade daquela longa conversa, o delegado optou por um encerramento franco.

"Escute, senhor Dimas, eu vou fazer algo do que talvez me arrependa, mas vou lhe contar algo *extra-autos*." Nesse ponto, o delegado suspirou, mas seguia adiante, não havia como recuar. "Conhece a gíria 'ganso', muito comum nos meios policiais?"

"Sim, os informantes." Dimas arregalou os olhos.

"Exato. Logo após a morte da sua filha, durante investigações iniciais, os gansos ouviram algumas vezes a expressão 'cagueta e peixe morrem pela boca'. Isso diz algo ao senhor?"

"Não." Claro que Dimas conhecia a expressão, mas não entendia de qual forma ela poderia estar relacionada com a morte de Bianca.

"Sua filha era ganso, senhor Dimas?", questionou o delegado.

"Nunca", protestou Dimas, levantando-se.

"Calma aí, amigão."

O delegado parou, recostou-se em sua ampla cadeira e ficou olhando para o teto, no qual as manchas de infiltração só aumentavam. Precisava dar um jeito naquilo antes das chuvas de primavera; o ano anterior tinha sido um caos com tanta umidade e sujeira. Voltando a olhar Dimas, e sem ter certeza sobre a conveniência do que estava para relatar, continuou.

"Temos uma suspeita. O tráfico naquela região é comandado por um rapaz de alcunha *Boy*, mais um filho da classe média a enveredar pela vida no crime. O apelido se justifica. Ele é jovem, gosta de andar bem-vestido, também costuma dar umas festas bem barulhentas, nas quais aparece ao lado de garotas bonitas, como sua filha. Segundo ouvi dizer, ele nem sempre era gentil com elas. Sabe se sua filha o conheceu?"

"Minha filha com traficante? Nunca!" Dimas estava verdadeiramente ofendido com as insinuações do delegado. Sua filha não saía com polícia ou com bandido, apegava-se ele a uma convicção duplamente equivocada. "E o que isso tem a ver com o policial que ela namorou?"

"Nenhuma relação, senhor Dimas. Mas talvez eles não saibam disso..."

Dimas tinha nascido e crescido na periferia, convivendo com gente de todas as classes sociais e hábitos. Ao longo da vida, tivera amigos na polícia e na criminalidade, sem se envolver diretamente com nenhum deles, sem embargo da cordialidade típica da quebrada, na qual todos falam com todos. Entretanto, conhecia bem a hostilidade latente mantida entre uns e outros, policiais e criminosos, bem como a trégua precariamente existente entre eles se acaso morassem na mesma região.

"O senhor pode ser mais claro, por favor?" Dimas mirava o delegado, suplicante e incisivo em doses desiguais.

O desespero de Dimas motivou o delegado a quebrar seu silêncio profissional. Como ele mesmo dissera, era pai e entendia a situação.

"Os informantes dos meus investigadores mencionaram algo sobre Bianca ter vida dupla, mantendo relacionamento com o policial e alguém no tráfico."

Dimas arregalou os olhos, estava prestes a gritar em defesa da honra da filha, mas se aquietou. Fazia sentido. Suspeita é prova no mundo do crime, sabia ele.

"E daí? Mataram minha filha por conta de um suposto namoro dela com policiais?"

"Não coloque palavras na minha boca, senhor Dimas." O delegado assumiu um ar sisudo, nem um pouco satisfeito ao ver hipóteses de investigação serem tomadas por verdades incontestes. "Ainda há muito para apurar. Eu apenas informei ao senhor que esse é um dos caminhos das investigações, mas não o único."

Pouco depois, sem qualquer progresso digno de nota, Dimas deixou a delegacia, com a segura convicção de que não voltaria ali, já sabia o que precisava saber.

Quem encontrasse Dimas naquele dia, naquelas condições, assumiria ter encontrado um sósia dele, não o próprio. Provavelmente nem eu o reconheceria. Estava abatido, com olheiras profundas e a barba por fazer, na qual se sobressaíam fios brancos. Usava roupas amarfanhadas, como se houvesse dormido com elas; o perfume exagerado indicava não ter tomado banho recentemente. Sua deplorável figura em tudo contrastava com o rapaz estiloso, carismático, vaidoso e atlético que fora o Dimas da juventude, meu irmão de alma, senão de sangue, com quem dividi os melhores anos de minha vida.

Por oportuno, peço vênia para realizar mais uma recapitulação do passado, um evento marcante em nosso tempo de escola, algo que foi singularmente expressivo da personalidade de Dimas, bem como de toda uma época.

Com Karl e Dimas, o time do nosso colégio se tornou uma máquina de fazer gols e ganhar jogos. Porém, ainda faltava um título expressivo, e a chance para conquistá-lo surgiu no campeonato estadual colegial no último ano do ensino médio, quando nossa escola chegou à final.

De fato, era uma chance inigualável de encerrar a fase escolar com toda a pompa e circunstância da qual nos julgávamos merecedores.

Se os outros jogadores do time eram bons, todos reconheciam e aplaudiam a força motriz daquela infantaria. Karl atuava mais atrás, no meio de campo, de onde enxergava todo o jogo, desmontando as pueris tentativas de jogada do time adversário, como se soubesse por antecipação cada estratégia dos oponentes. De posse da bola, ele sempre sabia onde estaria Dimas, para quem lançava bolas improváveis, muito bem aproveitadas por meu amigo, um finalizador rápido e certeiro. Se o goleiro do nosso time não tomasse muitos frangos, nem os outros dois jogadores fizessem muita besteira, a vitória sempre terminava do nosso lado. E por goleada.

Mesmo eu, avesso a esportes coletivos, senti-me tomado pela empolgação generalizada, além de estar eufórico pela consagração de meu amigo Dimas.

Entretanto, a glória final, com vitória e título, não viria tão facilmente. A última partida foi disputada na nossa escola por conta de melhor campanha ao longo do torneio, segundo nos disseram, mas a verdade é que apenas nosso colégio tinha um campo de futebol com medidas oficiais, além de uma arquibancada adequada para o espetáculo. Mas essa vantagem não estava gerando os frutos esperados, pois nossa ruidosa torcida, ao longo do jogo, foi perdendo a empolgação, minada pela aplicação tática do outro time, uma escola do interior formada por caipiras fortes e rápidos, os quais não eram ingênuos para tentar o desarme direto de nossos jogadores, optando por fazer uma tomada de espaço baseada na velocidade e na força física.

Ante tal estratégia, Karl não rendia tanto quanto de costume, enquanto Dimas mal tocava na bola, interceptada pelos zagueiros antes de chegar a ele.

O vigor físico e a velocidade na ocupação de espaços haviam chegado ao futebol juvenil e pareciam ser formidável páreo ao talento puro e inebriante do futebol praticado pelo nosso time.

A partida já estava avançada no segundo tempo, mas o placar permanecia inalterado, certamente rumando para uma nervosa disputa por pênaltis, como desejado pelo outro time. Tinham abdicado de tentar alguma jogada mais incisiva e optado pelo simples desarme, seguindo a máxima de que, se ninguém joga, ninguém ganha ou perde.

Interrompo a narração dessa épica data para fazer uma breve digressão histórica (uma digressão dentro de outra digressão, mas não se arrependerão, garanto).

Quando, no século XV, Leonardo da Vinci projetou uma máquina voadora a partir de hélices girando no topo de uma pequena cápsula para poucos passageiros, foi tido como visionário, quiçá lunático; atualmente, qualquer executivo digno do Rolex no pulso tem seu próprio helicóptero. Isso acontece porque a vida imita a arte, como todos suspeitam e como se comprovou mais uma vez naquele dia.

Pois bem, o jogo prosseguia e nenhum dos times conseguia se impor, a não ser por um lance isolado aqui ou acolá. Nossa torcida estava anestesiada.

Então, o milagre ocorreu.

Por volta dos trinta e três minutos do segundo tempo, Dimas, emulando Jorge Ben Jor, resolveu a partida de forma inesperada e imprevisível para todos, conquanto natural para ele. Tomado de súbita inspiração, sacudiu a torcida e alterou a dinâmica de uma disputa até então realizada de acordo com as regras mais ortodoxas da tática moderna — marcação, força física e antecipação —, realizando uma jogada celestial que culminou num gol antológico. Após ter sido marcado por todo o jogo, Dimas recuou sua posição e empreendeu um súbito ataque ao adversário do meio de campo; tomou a bola e partiu feito um raio para o ataque, tabelando com Karl. Quando recebeu a bola de volta, driblou dois jogadores de uma vez só e deu um toque adiantando a bola, aparentemente alongada demais, mas tudo fora precisamente calculado (ou apenas intuído) por ele. O goleiro se antecipou e saiu do gol em sua direção, mas Dimas chegou na bola antes dele e, com um gingado rápido para a esquerda, driblou o goleiro, ficando livre para entrar no gol com bola e tudo. Ele, porém, optou pelo gesto humilde de apenas empurrar a bola para o fundo da rede adversária. Foi um gol de classe, típico da malícia e da raça de Dimas, um gol de anjo, um verdadeiro gol de placa.

A arquibancada reverberava e tremia com a força dos gritos da torcida, renovada em energia e agradecida, cantando em uníssono uma versão de "Fio Maravilha" popularizada na escola.

Dimas Maravilha, nós gostamos de você
Dimas Maravilha, faz mais um pra gente ver

Dimas, no centro do campo, observado pelos embasbacados jogadores do outro time e aplaudido pelos companheiros, repetia mais uma vez sua comemoração tradicional, com as pernas bem juntas, entrançadas uma diante da outra, como um bailarino embriagado, a bunda arrebitada e os braços abertos, a cabeça suingando de um lado ao outro sobre os ombros, o olhar no horizonte e o sorriso franco e contagiante, dançando ao som dos gritos da galera.

Dimas Maravilha, nós gostamos de você
Dimas Maravilha, faz mais um pra gente ver

Ele fez mesmo.

Antes, porém, Karl também marcou o seu. Logo após a obra-prima individual de Dimas, Karl aproveitou um instante de desorganização da defesa adversária e realizou mais um dos seus lançamentos milimétricos, deixando Dimas sozinho diante do gol, pronto para marcar o segundo, não tivesse sido derrubado dentro da área por um desesperado zagueiro. Pênalti. Dimas se levantou calmamente, apanhou a bola e se encaminhou para a marca de cal, onde a ajeitou com todo o carinho e até certo preciosismo. A seguir, se levantou, apontou para Karl e se afastou, deixando para o parceiro o dever da cobrança. Karl estava ciente de sua responsabilidade e da chance de abrir uma vantagem expressiva, se convertida a cobrança. Tendo observado a elasticidade do goleiro do outro time, que já havia buscado três ou quatro bolas nos cantos em defesas impossíveis, Karl resolveu chutar bem no meio, com toda a força de suas musculosas pernas, estratégia simples e acertada. O goleiro realizou um lindo salto no vazio canto direito, com tempo de abaixar a cabeça e observar a bola passar perto de seus pés. Relembrando aquela cobrança de pênalti, hoje entendo ter tido sorte o arqueiro; tivesse ele permanecido no lugar, teria sido empurrado para dentro do gol pelo impacto daquele cometa.

Com a vantagem de dois gols, nosso time passou a administrar o resultado nos momentos finais, mas ainda houve tempo para Dimas marcar um gol oportunista após mais um lançamento perfeito de Karl.

Fomos campeões estaduais com o expressivo e inapelável placar de três a zero!

Ao final da partida, todos correram para Dimas, e ele, por sua vez, fez questão de caminhar em direção a Karl, a quem abraçou em reconhecimento por tudo quanto o outro fizera.

"Alemão, não sei se a torcida viu tudo o que você fez neste jogo e neste campeonato. Mas eu vi. Você é um monstro!"

As palavras de Dimas foram recebidas por Karl com um meio sorriso, conforme relato apresentado direto a mim por meu amigo alguns dias após as celebrações. Dimas ainda acrescentou que Karl o olhou longamente e deu-lhe as costas a seguir, seguindo seu solitário caminho. O deus dourado retornava para seus desconhecidos domínios.

Dimas, sem saber, havia vislumbrado a verdade, sem dela se dar conta. Anos depois todos iríamos conhecê-la — Karl é um monstro.

Voltando aos tempos atuais, era evidente que o Dimas do passado não existia mais no homem aquebrantado saindo da delegacia, esfacelado pela desgraça da filha, rumando para casa com passos hesitantes, onde tomaria um breve banho antes da missa de sétimo dia.

POR VOLTAS DAS 19H

Missa de sétimo dia, para quem nunca esteve numa, é apenas uma missa, nada além. Não há rito particular, seção específica para o finado, exceto uma menção inicial ao sétimo dia de falecimento de alguém.

(Quem não gostar da minha definição, reclame com o bispo, não comigo.)

Cheguei à igreja acompanhado de Roger e Laila e me encaminhei até dona Antônia, a quem abracei ternamente. Dimas, ao lado dela, também me abraçou, mas nada disse.

Aliás, a missa de sétimo dia de Bianca aconteceu apenas por exigência de dona Antônia, arraigada devota; Dimas não estava se importando com mais nada.

Muitas pessoas compareceram à missa, mas em número bem menor em relação ao velório.

Karl Bergman esteve presente, é claro, mas desacompanhado de sua bela esposa, para alívio do espírito de Dimas e tristeza dos meus olhos. Ele também parecia levemente abatido, quase constrangido, mas não atinei com a razão no momento, pois não tinha informações suficientes para tanto.

De qualquer forma, após cumprimentar e abraçar Dimas, Karl se encaminhou para um dos primeiros bancos de madeira, tomando um lugar entre as pessoas que abriram espaço para ele.

Se não estou completamente louco, tive a impressão de que o deus dourado, num dado momento, olhou para o Cristo crucificado como se olhasse para um confrade.

Ao final da missa, durante os cumprimentos de despedida, Dimas me pediu um favor.

"Naka, você pode levar dona Antônia para casa?"

"Claro", respondi, silenciando minha dúvida sobre aonde ele pretendia ir.

"Obrigado. Amanhã estarei no dojo", acrescentou ele, referindo-se ao meu treino de lutas do dia seguinte e se afastando a seguir sem maiores detalhes.

Roger comprometeu-se a levar Laila para casa, então parti conduzindo dona Antônia até meu carro. Quando passei de volta em frente à igreja, ainda divisei Dimas se afastando, mas não entendi para onde ele caminhava.

Hoje sei que, após deixar a igreja, ele passou um tempo pelas ruas próximas, evitando seu carro; não queria voltar para casa, onde Bianca não o esperava. Por sua mente ainda ecoava a conversa tida com o delegado naquela tarde sobre as suspeitas relacionadas à morte da filha.

Sozinho, subitamente ele parou no passeio público, provocando alguns esbarrões e reclamações dos transeuntes. Pegou o celular e se deixou uns instantes mirando a palavra *Boy* digitada por Bianca; a imagem da tela ardia em suas retinas. Guardou o aparelho e retomou o passo.

Não havia mais qualquer dúvida em sua cabeça, sabia quem matara sua filha. O tal Boy fora o responsável pela morte de Bianca, isso era evidente. Porém, com certeza não agira sozinho.

Vermes assim pululam nos lixões e nunca fazem suas imundícies sem companhia. Ele descobriria quem mais estava envolvido. E não demonstraria clemência.

Além disso, era igualmente evidente, havia mais uma pessoa implicada, um assassino indireto de Bianca, um que não a agredira ou esfaqueara, mas tão responsável quanto os demais pela morte dela. O assassino derradeiro era o homem que a gerara e a abandonara no mundo, sem preparo ou condições de se defender. Dimas era o nome do assassino. Ele matara a filha quando deixou de exercer seu papel de pai. Ele era o maior culpado.

DIA 10 DE AGOSTO
TERÇA-FEIRA, POUCO ANTES DAS 7H

"O maior culpado sou eu", conscientizou-se Roger. Capitulou fácil demais meu amigo. Dizem ser típico dos militares lutar até o fim, mesmo se perdida a batalha; Roger, no entanto, sucumbiu bem rápido.

Apesar de minhas fraternas implicâncias com ele, devo reconhecer que a autocondescendência jamais seria um defeito apontável em Roger; a ácida e quiçá excessiva autocrítica, sim.

Aquela terça-feira amanheceu bela e cálida, característica de final de inverno nos trópicos. As alamedas arborizadas da base aérea desdenhavam do calendário e vicejavam muito antes da chegada da primavera. Não obstante, à exceção de Roger, ninguém parava para apreciar a natureza. Ao contrário, muitos veículos saíam em fila da vila privada para levar crianças para as escolas particulares das redondezas, após o quê as recatadas esposas dos militares teriam academia, unha, massagem etc., enquanto os viris e valorosos varões permaneceriam em seus postos, todos vestidinhos com as impecáveis fardas azuis à espera de uma guerra que nunca viria — sejamos francos, o Brasil não participou de nenhuma peleja de médio porte em mais de um século, e não faltaram oportunidades. Quando alguém replica esse meu ponto de vista apontando os "heroicos brasinhas" da Segunda Guerra Mundial, apenas me calo. Não dá para levar isso a sério.

Por sua vez, o brioso Capitão Roger, oficial de muitos e variados méritos, caminhava resoluto sob a fresca copa das árvores a caminho de suas duas graves missões para aquela manhã: participaria de uma ação com os recrutas e depois teria um frugal colóquio com o Coronel Fioravante, aquele mesmo ilustrado pintor de murais da cerimônia a que Laila e Roger compareceram, como narrado no início deste texto — não decepcionem o ponderoso militar, finjam ao menos dele recordar.

Enfim, Roger saiu da área de mata fechada e chegou ao local onde ficava a pista de corrida, na qual os recrutas se aqueciam e se preparavam para um específico e importantíssimo desafio, conforme lhes havia sido dito na tarde anterior.

Só não sabiam qual seria.

Roger chegou pouco depois do Sargento Carvalho, que se apresentava todo pomposo com seu short curto, tão justo que mal cabia a camiseta branca, apertada o suficiente para destacar sua respeitável barriguinha de chope; as meias altas, o tênis desgastado e o bigodão rematavam o risível e estudado visual do sargento.

Assim que o oficial do dia chegou e saudou todos com sua retumbante voz de tenor, expôs os detalhes do "específico e importantíssimo desafio" aos recrutas, que faziam força para conter o riso ante as palavras desafiadoras do chefe. Com efeito, o oficial apresentou aos soldados uma escolha aparentemente óbvia: correr liderados por um militar em plena forma (Roger) ou seguir um homem de meia-idade, baixinho, calvo e com uma barriguinha saliente (o Sargento Carvalho). Havia, porém, uma condição extra, qual seja, a escolha do grupo afetaria todos, assim como o resultado da prova. Isto é, se pelo menos um deles aguentasse ir até o fim da corrida com o líder, seria entendido que os recrutas venceram e todos ganhariam folga após os exercícios; porém, se nem um único soldado conseguisse acompanhar até o fim, os veteranos seriam os vencedores e os novatos iriam todos para uma guarda ininterrupta de vinte e quatro horas. Mais simples impossível, bastava um jovem soldado terminar a prova ao lado do militar escolhido (Roger ou o Sargento Carvalho) para todos terem folga.

Após algumas trocas de sorrisos velados, a escolha dos incautos recaiu sobre o sargento, dispensando o atlético concorrente, como não poderia deixar de ser. Os recrutas riam por antecipação. Eram dezenas de jovens cheios de energia e não seriam derrotados por aquele baixote roliço.

Foi a pior escolha possível a dos noviços, caíram na velha e boa pegadinha aplicada anualmente naquela base aérea. Na verdade, o Sargento Marcos Carvalho era um corredor experimentado, com uma resistência animalesca, um homem acostumado a grandes distâncias, não à velocidade.

A corrida começou.

Ali por volta dos cinco ou seis quilômetros iniciais, observando a tranquila respiração do sargento — ainda nem começara a suar —, os jovens recrutas começariam a desconfiar do desacerto de sua opção; pouco adiante, lá pelos dez quilômetros, alguns jovens dariam sinais de que se entregariam, o que começaria a ocorrer com doze ou treze quilômetros. Na altura do quilômetro quinze, restaria menos da metade na prova, sendo que os mais resistentes até chegariam aos vinte quilômetros, mas nunca os superariam; numa safra excepcional de recrutas, talvez alguém se destacasse e chegasse ao quilômetro vinte e três ou vinte e quatro, quando finalmente sucumbiria. No fim da brincadeira, enquanto os calouros seguiriam cabisbaixos e humilhados (e doloridos) para uma infindável jornada ao longo do dia e da noite, o Sargento Carvalho, imperturbável e bem pouco ofegante, prosseguiria sozinho até completar vinte e cinco quilômetros de corrida, como fazia três vezes por semana.

Roger, após ser dispensado pela tropa, trocara um sorriso cúmplice com o sargento e deixara o local, não acompanhando o conhecido desenrolar dos fatos.

Retomando de onde ele partira, seguindo pelo caminho da sala do coronel, Roger era assolado pelo mesmo pensamento.

"Eu sou o maior culpado."

Agosto pesava incomumente sobre meu amigo, em especial naquela manhã — quando ele me contou os detalhes daquela data, raciocinava e não atinava com o motivo para estar tão melancólico, mas começo a compreender melhor os fatos agora, expondo-os ao gentil leitor.

"Eu trouxe minha vida para esta estrada sem fim ou propósito e agora não sei como sair dela", atormentava-se ele, reduzindo o passo para não alcançar o destino final, preferindo permanecer a céu aberto e buscando evitar o que o coronel lhe diria (de novo).

Perto dos quarenta anos, Roger vinha se sentindo vazio ultimamente, sentimento de todo incompatível com sua condição. Era saudável, ostentava boa patente na Aeronáutica, vivia com conforto na vila dos oficiais e ainda lhe sobrava tempo para realizar obras sociais, atendendo à população de baixa renda da cidade. Além dos companheiros de farda, tinha os bons amigos de ofício civil fora da base (Laila e eu, vejam só), pessoas que alegravam seu trabalho e sua vida (peço vênia pelo autoelogio, mas preciso deixar registrado meu sentimento nunca expressado a Roger, o austero cavalheiro do século XIX, paradoxalmente vivendo no início do XXI).

Prosseguindo no relato e na caminhada de Roger, em pouco tempo as salas dos oficiais de alta patente foram alcançadas. No entanto, ele não bateu à porta de seu superior, ficou na soleira antecipando um desagradável encontro.

"Você é um tipo, Capitão. Um pração, como diziam na minha época. Está bem encaminhado e já é oficial há algum tempo. Se casar bem e se dedicar à carreira, pode chegar a coronel ao final dela. Talvez até a brigadeiro", seriam as reiteradas palavras do Coronel Fioravante.

Pois é, como as Forças Armadas brasileiras não têm sido exigidas nos conflitos armados mundiais, os militares podem se dar ao luxo de exercer diversas e atípicas funções, inclusive a de alcoviteiros, cumprindo-as com denodo igual ao destinado ao resguardo da grandeza da pátria.

Se a vida pessoal de Roger era serena (um contido eufemismo pode salvar nossa amizade), a carreira profissional transcorria da mesma forma.

Tendo ingressado cedo na Aeronáutica, não por vocação, antes por falta dela, passou a aceitar quaisquer transferências que surgissem, nem tanto pelas promoções que angariava, e sim pela busca de algo indefinível para ele, mas isso não o impedia de seguir adiante. Esses périplos constantes e sua falta de ambição não foram tolerados por muito tempo por Beatriz, sua esposa.

Cessou as recordações ao aceitar não ter saída. Bateu à porta, a qual se abriu.

Aproximou-se resoluto e a passo concomitante, pouco antes de entrar na sala do coronel. Deveria entrar de uma vez, mas sua perna não avançava. Na sua mente, Beatriz mais uma vez esvaziava o closet para abandonar de forma definitiva a vila dos oficiais e a vida conjugal.

Casado com Beatriz, acreditava que a simples inércia iria manter a união conjugal para sempre. Ela recebera risos, mas preferia diamantes, como ele repetia para seus interlocutores nas raríssimas ocasiões em que conseguia falar de si e de seu passado.

A bem da verdade, Beatriz não era interesseira, como me confidenciou Roger. Ela simplesmente não escondia seu desejo de uma vida mais vibrante e charmosa, com jantares pomposos e festas animadas, como imaginara ser a vida dos jovens e garbosos oficiais da Aeronáutica. Não era uma mulher mesquinha, apenas difícil de agradar.

Mesmo assim, Roger nunca pensou em abandoná-la, foi ela quem o fez. E nem precisou pensar muito no assunto. Beatriz, ao sair de casa, olhou para Roger uma última vez e lhe disse para levar a vida com mais leveza, conselho pouco útil para ele, que não sabia viver de outra forma além da própria.

Após o divórcio, residindo de modo fixo na base aérea, e com tempo de sobra, Roger resolveu cursar alguma coisa apenas para se ocupar, tendo optado pela odontologia à noite, um antigo sonho de sua finada mãe. Na faculdade, conheceu Laila e eu, as maravilhosas pessoas de quem se tornou amigo próximo (desculpem mais uma vez, tentarei me conter daqui por diante, mas não prometo nada). Depois de formado, montou conosco a clínica odontológica que tem sido nossa fonte de sustento, embora as atividades de Roger nela se limitem aos trabalhos sociais, já que vive bem com o soldo militar.

Voltando ainda àquela manhã, lá estava o Capitão Roger, parado diante da sala onde o coronel o aguardava, após ter repassado seu brevíssimo currículo — a nostalgia era parte indissociável de seu caráter.

"Você é romântico demais, Capitão Roger, no mau sentido da palavra", dizia-lhe eu quando ele recusava sair comigo para encontros passageiros com moças que eu conhecia através de aplicativos, como ele recordou naquele instante.

"Eu sou romântico demais, Rafa, no bom sentido da palavra", respondia ele invariavelmente, rindo de si e para si ante sua incapacidade de ter qualquer aproximação física com alguém sem um vínculo afetivo anterior.

Por falar em vínculo, ele pensava cada vez mais em Laila, de uma maneira talvez inadequada entre amigos. No entanto, não avançava na análise desse seu sentimento, tampouco o alimentava. Embora ele nada mencionasse, tinha sérias dúvidas se ela não estaria envolvida de alguma maneira comigo (comigo?!, vejam só), e esse angustiante pensamento era suficiente para mantê-la longe de suas românticas pretensões.

Por fim, respirou fundo e entrou.

"Capitão!" A voz do superior era forte e segura. "Estava te esperando."

"Bom dia, Coronel."

"Bom dia, Capitão. Sente-se, por favor."

"Obrigado, senhor."

A partir daí, o Coronel Fioravante tomou a iniciativa na conversa. A propensão ao ataque era sua marcante característica, a mesma que o alçara a tão elevada patente.

"Capitão Rogério, preciso conversar uma coisa séria com você. Espero que não se incomode por eu me intrometer em questões pessoais, mas o bem-estar da tropa, em todos os aspectos, inclusive da vida pessoal, é um dever do qual não me furto."

Rimos desse preâmbulo quando, dias depois, ele me contou os detalhes da reunião. Embora eu o chamasse de hipócrita na ocasião, reconheço haver limitadas opções de resposta para ele, o qual não iria censurar seu graduado interlocutor. O assunto, de fato, era exatamente o imaginado por Roger. Ao longo de interminável meia hora, o superior teceu alongadas e ponderadas observações sobre uma vida reta, abnegada no cumprimento de seus deveres militares, tarefa assaz facilitada pela tranquila companhia de uma cândida esposa, privilégio do qual o jovem capitão não deveria ou poderia prescindir.

Roger ouviu tudo com atenção e concordância.

Quando finalmente foi dispensado, voltou aos seus afazeres e o restante do dia transcorreu sem sobressaltos.

Ao final do dia, ao voltar para sua residência, despido de seu glorioso uniforme, pôs-se a se contemplar no grande espelho de seu quarto. Era ainda jovem e estava em ótima forma, resultado de uma vida disciplinada e abstêmia, reservada a… a quê mesmo?

Roger ingressara na Aeronáutica, casou-se, divorciou-se (foi abandonado, na verdade, mas fui magnânimo e não o corrigi), cursou odontologia e passou a prestar serviços sociais três vezes por semana, à noite, de modo a não atrapalhar sua rotina de militar, sem nenhuma razão especial para realizar quaisquer dessas tarefas.

Enquanto vestia roupas civis para um compromisso com os amigos (Laila e eu, de novo), olhava-se no espelho, refletia sua imagem com precisão, porém infelizmente não respondia à essencial pergunta que se fazia:

"Quem eu sou?"

PRÓXIMO DAS 19H

"Eu sou", respondeu Dimas para Roger quando indagado por este sobre ter sido o craque de bola sempre mencionado por mim. "Não notou meus carrões e minhas roupas de luxo? Me aposentei do futebol após uma vida de glória, agora é só curtir minha luxuosa aposentadoria. Ando com roupa modesta porque não gosto de ostentar, sabe?"

Logo depois, Dimas deu aquele seu sorriso aberto, deixando Roger desconcertado, sem compreender por completo a ironia da resposta.

Era a noite da segunda terça-feira do mês, data muito celebrada no dojo onde eu treinava porque era reservada exclusivamente para o *kumite* (combate). Lutadores de diversas academias, mesmo de outras artes marciais, apareciam para se testar no nosso dojo sagrado. Nessas esplendorosas noites, ocorriam ferozes, conquanto amigáveis, lutas entre todos que tivessem coragem para tanto, independentemente da faixa usada, do peso ou do estilo. Pancadaria franca, bruta e maravilhosa, enfim.

Conhecedores da minha paixão pelas contendas físicas, meus amigos Dimas, Laila e Roger haviam me acompanhado até a academia por diferentes razões: o primeiro me apoiava em tudo, a segunda apreciava ver homens suados semidesnudos, enquanto o terceiro torcia para eu tomar uma surra; somente Roger sairia decepcionado do dojo naquela noite.

"Você é um sádico", censurou-me certa vez Laila, quando lhe respondi não me importar com a dor sentida, interessando-me apenas pela dor provocada.

Entretanto, apesar da alegada ojeriza, Laila aparecia regularmente para assistir àquele "bárbaro e deprimente espetáculo", com direito a brilho nos olhos e tremedeira nas mãos; aparentemente, o bico dos seus seios partilhava da mesma empolgação.

Quando as lutas estavam prestes a se iniciar, afastei-me para concluir meu alongamento e, principalmente, meu aquecimento. No fone de ouvido, tocava meu repetido mantra.

Fé em Deus que ele é justo!
Ei, irmão, nunca se esqueça
Na guarda, guerreiro, levanta a cabeça
Truta, onde estiver, seja lá como for
Tenha fé, porque até no lixão nasce flor

Quando os combates finalmente cessaram, após quase duas horas e meia de escaramuças (não sejam sensíveis, caratê é assim mesmo; a vida real é mais perigosa, imprevisível e desleal), meu *dogui* estava em ruína, mas não tanto quanto os corpos de todos que tinham se atrevido a ingressar no dojo comigo. Satisfeito e com o ego inflado, não hesitei em ficar apenas com a calça, despindo-me da parte de cima por conta do abundante suor. Laila olhava para mim com um misto de admiração e timidez (e secreto desejo, um dia me confessaria ela). Roger, por sua vez, estava perplexo com a manutenção de minha integridade física e nem fazia força para esconder seu inconformismo, enquanto Dimas sorria satisfeito, como se os chutes e socos responsáveis pela derrubada de tantos oponentes tivessem sido desferidos por ele, não por mim.

"Nada mau, hein?", aticei meus amigos.

"Sorte, sem dúvida. Não me causou grande pasmo, porém. Na Aeronáutica fazemos treinamentos mais intensos e perigosos." Roger seguia nosso tradicional script de mútuo desdém, mas eu sabia o quanto ele estava impressionado pela ferocidade das lutas.

"Você nunca participou de uma batalha de verdade, meu caro. Nossas Forças Armadas são um clube de jovens alienados e velhos indolentes. Se algum dia alguém disparar um tiro contra nossas fronteiras, nos quartéis deste país muitos valorosos defensores da pátria morrerão de enfarte, o que será melhor do que o vexame de uma fuga numa guerra de verdade."

Nisso, ao nosso lado, num dos últimos enfrentamentos, um lutador acertou um potente *mawashi geri* (chute giratório) no adversário, nocauteando-o de imediato.

"Virgem de Guadalupe!", bradei, realmente impressionado.

"Por que invocar uma santa estrangeira?", incomodou-se Roger em voz alta, espantado. "Já esteve no México, por acaso?"

"Respeite minha fé, Roger. Eu nunca me meti na sua", retruquei de plano, pronto para a briga — eu tinha gosto de sangue na boca e não iria parar por nada.

"Não comecem com isso de novo!", ordenou Laila. "Parecem dois meninos."

Paramos, é claro. Dimas, ao nosso lado, ria baixinho de nossa obediência àquela mulher de aparência frágil, mas verdadeiramente dotada de extraordinária força interior.

"Naka, sua vez de pagar uma rodada para todos nós, obrigados a assistir a essa selvageria toda. Você vem conosco, Dimas?"

Quando Laila estendeu o convite para Dimas, quase a abracei e beijei em agradecimento. Eu notava o quanto ele estava precisando de ajuda, companhia especialmente, mas minha insistência em pajeá-lo estava quase passando do limite do tolerável entre marmanjos, apesar da amizade de décadas. Laila e sua providencial sensibilidade haviam resolvido a questão para mim, supus.

"Obrigado, Laila, mas tenho coisas para fazer." A recusa e a desculpa de Dimas soaram tão surpreendentes quanto falsas.

Ela ainda insistiu, assim como Roger, mas não houve jeito, ele me parabenizou pelas vitórias, despediu-se de todos e partiu sustentando ter tarefas pendentes em outro lugar, coisa na qual ninguém acreditava.

Eu não tinha como saber, mas ele tinha ido assistir à minha exibição não por amor às artes marciais; estava gastando o tempo até a hora certa de ir para um certo parque público onde pretendia simular um encontro ocasional com Maia, talvez seu último; infelizmente, as coisas não sairiam como ele havia planejado, mas não vou me adiantar.

Após a partida de Dimas, Laila, Roger e eu discutimos brevemente sobre um bar mais legalzinho, mas, adivinhem, terminamos a noite num dos três botecos de sempre, depois de uma rápida chuveirada na academia e uma troca de roupa, é claro.

Na mesa do bar, Roger pediu licença para "usar o toalete". Enquanto ele estava fazendo sabe-se lá o que ele faz num "toalete" — de minha parte, só uso banheiro mesmo —, aproveitei a ocasião para contar para Laila umas coisas que estavam me preocupando a respeito de nosso amigo Roger.

"Jura?", quis saber Laila, genuinamente preocupada quando eu lhe disse que Roger estava deprimido nos últimos tempos.

"Nem preciso jurar, é verdade. Não notou?", acrescentei com a cara mais deslavada do mundo. "Ainda deve ser algo da selva."

"Ele me parece bem", prosseguiu ela. "Selva?"

"Pois é, a selva. Ele não te contou?"

"Não..." A coitada estava horrorizada, quiçá imaginando haver algo terrível a tirar o sono de Roger, o homem travado incapaz de se abrir, o que pioraria seu quadro.

"Foi assim. Uns anos atrás, o Brasil mandou uma missão humanitária para o Congo. Ou Zaire, não consigo acompanhar essas mudanças regionais."

"Atualmente é Congo", completou ela, toda solícita.

"Pois bem, para a tal República Democrática do Congo, que não é república coisa nenhuma, menos ainda democrática, mas sim o velho e pérfido Zaire disfarçado. Mas vamos lá."

Como ela demonstrava real interesse na história e no bem-estar de nosso sócio, temperei bem a coisa.

"O batalhão do Roger deveria atravessar uma extensa floresta para levar medicamentos até uma região isolada. A mata era densa e quente, repleta de mosquitos e bichos perigosos. Havia um rio ali, mas seguir por ele poderia ser ainda pior por conta das piranhas e dos hipopótamos. Você sabia que os hipopótamos são muito agressivos?"

"Sabia."

"Exato. Como os hipopótamos são perigosos, os soldados liderados pelo Tenente Roger tiveram de seguir adiante pela floresta mesmo. Ele era tenente na época e passou a capitão por causa da bravura mostrada nessa missão. Num dado ponto, chegaram numa ribanceira que parecia não ter fim, quando nosso valente herói se voluntariou para fazer uma rápida inspeção no precipício. Foi aí que as coisas começaram a ir mal."

"Oh!" Ela estava fascinada com a história, e orgulhosa da coragem de Roger.

"Ele seguiu na frente e avançou bem, mas escorregou e deslizou muitos metros abaixo, perdendo-se por completo do restante do batalhão."

"Meu Deus!"

"Calma, eles são treinados para isso. Roger não tinha se machucado, então seguiu a direção apontada pela bússola na esperança de voltar a encontrar seus companheiros metros adiante, no local previamente combinado."

"E encontrou?"

"Não de imediato." Fiz uma pausa dramática e tomei um gole antes de acrescentar a parte mais assombrosa. "Na verdade ele encontrou um gorila. Foi *encontrado* por um gorila, quero dizer."

"Um gorila?!" Ela estava aterrorizada.

"Sim, um gorila. Um daqueles primatas grandes, fortes e bem pouco cordiais. E a pior parte: no período de acasalamento."

"Há? ..." Ela não sabia o que dizer, formando um biquinho com os lábios.

"É isso aí. Um gorila agitado e com hormônios em ebulição, supondo ter encontrado um rival com quem disputar as poucas fêmeas disponíveis. Não sei se você conhece a dinâmica tribal dos grandes primatas, mas eles têm um particular ritual de combate pela liderança do grupo. Lutam quase até a morte, exceto se um dos machos reconhece a força do outro e desiste. Basta se submeter..." Deixei as reticências ecoando em sua cabeça.

"Se submeter? ..." Ela parecia não acreditar na minha insinuação.

"Sim, se submeter. Os machos podem lutar pela liderança do grupo, iniciando uma luta sem trégua que só termina com a fuga de um dos contendores. Roger, no caso, não tinha como enfrentar a fera, então se submeteu."

"Como assim, Naka? Essa é mais uma de suas brincadeiras?"

"Pelo amor de Deus, Laila. A coisa é séria. Por quem me tomas?" Eu merecia um Oscar só pela cara de ofendido.

"Desculpe." Ela não estava bem certa se acreditava, mas a curiosidade era grande. "Continue. E depois?"

"Aí vem a parte dolorosa da história. Roger se submeteu ao gorila no cio. Acho que os detalhes você consegue imaginar. Vou poupá-la da parte grosseira."

"É mentira!"

"Não é", insisti. "Por isso ele anda tão acabrunhado. Na época, ele não conseguiu falar disso com ninguém na Aeronáutica. Passou anos tendo pesadelos horríveis e acordando no meio da noite, até que conseguiu conversar comigo sobre o assunto."

"Ele não falou comigo…", complementou ela, visivelmente magoada.

"Como poderia? É difícil para ele. Roger não fala disso de jeito nenhum. Nem eu deveria falar, mas confio no seu sigilo. Não vá espalhar isso por aí."

"Claro que não, Naka!"

"O gorila…" Eu parei, aguardando a inevitável pergunta.

"O que tem o gorila?", não resistiu ela.

"Este é o grande problema. Roger não fala disso com ninguém. Nem o gorila. Aliás, o gorila não fala, não escreve, nem manda mensagem, nada. Por isso ele está tão arrasado."

Se ela tivesse uma arma, teria atirado em mim naquele instante.

"Essa piada é velha. Você não se cansa dela?", censurou-me Roger, voltando do banheiro, isto é, do tal "toalete".

"Calma, Roger. Laila saberá ser discreta."

"Você é um imbecil!", bradou ele.

A seguir, calmamente se sentou e pedimos mais uma rodada. Enquanto bebíamos e ríamos, lá no fundo do meu cérebro me inquietava a condição de Dimas.

21H38

Dimas, não muito longe dali, caminhou distraído até casualmente encontrar Maia correndo, tal qual havia planejado. Ela havia completado cerca de três quartos de sua rotina, porém os três quilômetros finais jamais se completariam;

como já antecipei de forma insinuada, agora dito às claras, aquele seria o último encontro entre eles, mas nenhum deles tinha como saber.

Dimas, contudo, sabia o quanto Maia detestava ser interrompida durante seus treinos, então se pôs a correr ao lado dela, sem nada falar. Para qualquer um que os visse naquela pista, seriam apenas duas pessoas por acaso correndo lado a lado, sem qualquer vínculo uma com a outra. Seguiram algumas centenas de metros sem se olharem, mas plenamente cientes de cada respiração da pessoa ao lado.

Era um jogo árduo aquele, notadamente porque nenhum deles era telepata (lá no início deste texto mencionei algo sobre super-heróis não existirem, lembram?).

Na verdade, tanto Dimas quanto Maia tinham a cabeça repleta de tumultuosos pensamentos, os quais não conseguiam expressar nem sequer para si próprios. Assim, continuavam a corrida lado a lado, fingindo não se abalar com a presença do outro, como duas crianças disputando quem pisca por último. Aos poucos, entretanto, Maia abandonou a silenciosa disputa e foi apertando o passo, ganhando distância.

Dimas, em contrapartida, ficando para trás, foi se resignando. A mensagem dela era clara e ele não insistiria. Sua vida fora marcada por uma sucessão de perdas, e aquela seria mais uma. Suspirou e parou de correr, reduzindo o passo até voltar a caminhar, desesperançado, atônito, esgotado.

Eu cresci com Dimas ao meu lado — e não estou falando no sentido biológico da palavra *crescer* —, e por isso custava a entender esse estado em que ele se encontrava, uma vez que dificuldades de toda ordem jamais o haviam abalado a esse ponto: perdendo a fé em si ou numa melhora repentina de tudo. Aquela insensata positividade dele, aliada à alegria gratuita, eram suas marcas mais características.

De fato, Dimas tinha algumas qualidades, como quase todas as pessoas. Seus defeitos, contudo, configuravam o melhor de si. Não se trata de um paradoxo, menos ainda de uma frase de efeito, mas sim da objetiva verdade; Dimas era mesmo desconcertante! Ele era irresponsável, sarrista, boêmio, futebolista, bon vivant, abusado, convencido, conquistador, astuto, preguiçoso e muito mais; sua natureza era um mosaico dessas pequenas coisas que, juntas e bem misturadas, configuram uma grande personalidade.

Acima de tudo, era absurdamente livre.

Sobretudo, era meu amigo.

Sem favor algum, ele foi a pessoa mais influente na formação da minha personalidade e visão de mundo, malgrado nossas origens tão diferentes.

Naturalmente, alguém de pouco espírito e muito senso pragmático poderia objetar que ele foi um jogador frustrado, um pai ausente e um profissional sem qualquer valor, além de outras sandices de igual sentido. Como se não bastasse, ainda poderia postar essa merda numa rede social e fazer pose de pessoa prudente e perspicaz, ganhando muitos comentários, *likes* e até alguns compartilhamentos. Este mundo não anda mesmo uma merda?

A depender do meu humor, eu poderia apresentar três ordens de respostas para a hipotética objeção desse imaginário crítico de costumes. Vamos começar por uma argumentação socialmente aceitável, embora ainda rasa.

Se Dimas tivesse insistido na carreira de jogador de futebol até ficar rico e famoso, teria sido mais feliz sendo apenas mais um dentre vários iguais? Duvido que essa jaula fosse grande o suficiente para conter aquele animal indomável. Além disso, se tivesse sido um pai *fisicamente* presente, mas incapaz de emocionar e inspirar a filha, ela teria tido vida e, principalmente, fim diverso? E as escolhas dela? O livre-arbítrio dela foi anulado quando? Dimas viveu sua vida como quis e ofereceu meios para Bianca fazer o mesmo com a dela. O resultado foi trágico, é certo, mas não seria menos inalterável caso ela, após uma vida proba e frutífera, morresse jovem em decorrência de uma colisão de trânsito provocada por um honorável homem de família voltando embriagado de uma confraternização com amigos de trabalho.

Seu eu estivesse um pouco mais azedo, como tenho estado ultimamente, apresentaria réplica de outra ordem, mais fatalista e decerto mais verdadeira.

Diria que, de tudo quanto está escrito naquele livro tão venerado por todos vocês, cujo título nem preciso repetir de tão conhecido, talvez o trecho mais verdadeiro seja "porque és pó e ao pó retornarás" (Gênesis 3:19); todo o volumoso restante das escrituras não passa de uma intrincada elucubração em busca de um consolo para o enfrentamento desta fatal e desesperadora realidade. Enfim, se Dimas tivesse investido tudo em uma carreira que lhe trouxesse dinheiro e estabilidade, se tivesse sido um pai exemplar e um cidadão cumpridor de seus deveres, se fosse um crente submisso e generoso, um contribuinte probo e um trabalhador abnegado, o que receberia de concreto além de algumas coroas de flores a mais no seu velório? A verdade é que não sabemos de onde viemos, menos ainda para onde vamos — exceto a parte do pó. Assim, o que fazemos entre nossa chegada e nossa partida neste mundo é algo desprovido de um significado maior — de qualquer sentido, em última análise. Portanto, uma eventual autenticidade entre esses dois marcos é algo cujo valor reside em si, sem consequência na posteridade, malgrado as pregações algures e alhures.

Há ainda uma terceira ordem de resposta a ser apresentada ao insistente questionador da vida de Dimas, para quem eu simplesmente dedicaria um retumbante *#vasefuder.*

De forma sucinta, vamos deixar as coisas bem postas: Dimas era um homem destemido, autoconfiante até o tutano e absolutamente livre, nunca subjugado por convenções. Foi também atleta, músico, amigo. Um cara excepcional em todos os sentidos. Meu irmão de alma.

Só não foi tolo.

Tampouco impertinente.

Se Maia desejava deixá-lo, que deixasse. E fosse feliz. Ele não podia fazer mais nada.

Dimas reduziu o passo e se encaminhou para a saída.

Debaixo daquela lua imensa a brilhar no céu, ele arrastou suas pernas até próximo da saída, levando uma eternidade para fazê-lo, não porque estivesse longe, antes por não ter para onde ir.

Contudo, na saída do parque, Maia se materializou diante dele, a respiração ofegante e os olhos marejados. Ela dera a volta e o seguira, mas ele não tinha percebido.

Dimas teve um sobressalto, imaginando que ela estaria longe, mas nada falou.

Maia, normalmente senhora de si, tremia diante de Dimas. Seu amor absoluto por Karl não invalidava ou diminuía a paixão sentida por Dimas, surgida a partir de um insensato plano de vingança.

Sem dizer palavra, ela simplesmente se jogou nos braços de Dimas, que a recebeu com igual ardor; os dois, abraçados, atrapalhavam os demais corredores que deixavam o parque, mas não se importaram, é claro.

Quando Maia se descolou de Dimas, ambos trocaram um longo e carregado olhar, mas nada disseram, nem precisavam. A seguir, ela se virou e seguiu seu caminho, acelerando o passo até, em pouco tempo, estar sumindo na noite escura.

Ela só não iria mais vê-lo vivo dali para a frente.

Ele, por seu turno, permaneceu ali, estático, sem decidir sobre o próximo passo. Por fim, tomou o sentido contrário, buscando evitar as pessoas com quem cruzava, mas nem precisava, todos instintivamente evitavam mirá-lo. Havia algo indefinível na expressão dele, uma dor existente em seu íntimo; deveria ser invisível, mas se manifestava como uma ferida aberta transfigurando sua face.

DIA 11 DE AGOSTO
QUARTA-FEIRA, 7H12

A face de Vanessa ardia enquanto ela caminhava o mais rápido que conseguia. Iria acabar chegando atrasada mais uma vez; definitivamente estava precisando de atividade física, e olha que só tinha dezoito anos.

Restavam-lhe poucos minutos antes do fechamento do portão e ela já pressentia que não chegaria a tempo. Que ódio, teria de pedir mais um favor para Reginaldo, o caseiro da escola, sempre a lhe dar sermão, garantindo ser a última vez, ela deveria acordar mais cedo, os jovens são muito preguiçosos etc. etc. etc.

Como acordar mais cedo, porém? Recentemente tinha conseguido um emprego numa padaria nova do bairro, trabalho animado, um dos poucos conciliáveis com a escola no período matutino. O problema é que, na saída, Vanessa sempre dava uma passadinha na casa de Renan, seu namorado, onde ficava até bem tarde, apesar de ela insistir em partir cedo — felizmente ele ignorava os reclamos dela e não a deixava partir. Como resultado, no dia seguinte ela acabava perdendo a hora da escola, enquanto o bebezão da mamãe ficava dormindo até tarde — Renan não estudava nem trabalhava, apesar de ter a mesma idade dela, ao passo que ela fazia os dois. Paciência, a vida é do jeito que é, não como gostaríamos que fosse.

Além disso, tinha só mais um semestre de aula pela frente, depois eles iriam se casar e ser felizes (acharam açodado uma menina de dezoito anos pensar em casar e virar dona de casa?

Que sentimento lindo! Porém, caso não saibam, a dura realidade não oferece muita perspectiva para alguns jovens).

Vanessa, na altura da esquina do posto de gasolina, aproveitou para se olhar nas portas envidraçadas da loja de conveniência. Pelo vidro espelhado do estabelecimento, deu uma ligeira conferida no seu belo bumbum, perfeitamente moldado na calça jeans apertada, só para conferir se a calcinha não entrara. *Nada mau*, pensou ela, seguindo adiante. Seu contentamento, porém, diminuiu, porque ao mesmo tempo confirmou haver um vulto a segui-la, como já tinha notado metros atrás.

Sem demonstrar intranquilidade, seguiu pela rua, acelerando ainda mais o passo e torcendo para ter se enganado, mas o vulto se aproximava mais e mais — era um homem grande, negro, vestido com um moletom de capuz, mas com a cabeça à mostra, ninguém de quem se recordasse. Um ladrão ou um tarado, sem dúvida. Trocou de calçada, ele também. Ela voltou para a anterior e virou à esquerda, ele correu e a alcançou. Vanessa, contudo, não seria uma presa fácil. Parou diante de um condomínio de apartamentos e enfrentou seu perseguidor:

"Pare de me seguir ou eu vou gritar", disse ela como advertência, já gritando (o tom de voz habitual de algumas mulheres é esse, mas não o dela).

"Calma, menina", falou baixo o homem, olhando nos olhos dela. "Sou o pai da Bianca."

Vanessa reconheceu a semelhança dele com sua melhor amiga, cuja morte tão repentina e brutal ocorrida poucos dias antes a deixara muito abalada. Por que Bianca não a escutara? Boy não era um cara para ela, mas a amiga não resistira ao fascínio da vida ao lado dele e tinha morrido por isso.

"O que você quer? Estou atrasada." Ligeiramente desarmada, mas sem abandonar por completo a disposição para prosseguir sua jornada, ela parecia querer ouvi-lo, mas também queria fugir dele por conta de um sentimento difuso, intuição talvez.

"Só conversar."

"Estou atrasada, já disse. E não tenho nada para lhe contar."

"Acompanho você até o portão da escola", insistiu ele, pondo-se a caminhar com ela. "E, se está se antecipando que nada tem para contar, é porque tem."

Meio a contragosto, ela seguiu o trajeto para a escola, com Dimas ao seu lado.

"Desculpe pelo susto."

A voz dele era bonita, observou ela, clara e bem melodiosa, como se cantasse, uma voz terna e em tudo incompatível com a estatura e fisionomia carregada dele.

"Só quero te fazer umas perguntas", iniciou Dimas.

"Eu não sei nada. Juro", implorou ela, mesmo sabendo da inutilidade de sua negativa.

"Quem é Boy?" Ignorando a evasiva dela, ele foi direto ao ponto. O susto ao ouvir a palavra indicou o acerto do caminho. "Antes de morrer ela digitou essa palavra no meu celular. Parecia uma dica. Quem é ele?"

Vanessa não mais conseguia esconder o pânico: coração a disparar, rosto afogueado. Sua vida já era difícil e poderia piorar se ela se envolvesse nos assuntos do Boy, mas Bianca fora sua amiga e não merecia ter morrido como morreu. Com muito cuidado, ela selecionou algumas palavras minimamente elucidativas, mas não muito comprometedoras.

"Um cara com quem ela estava saindo... Um cara não muito correto, sabe?" A sucinta resposta dela, a seu ver, já bastaria para qualquer um do bairro, mas ele não parecia ter entendido.

"Menina, por favor. Minha filha foi assassinada e eu preciso saber pelo menos por quem e por quê", suplicava ele, notando a escola poucos metros adiante, para cujo portão os olhos aflitos dela se voltavam.

"Eu não conheço ele, senhor." Vanessa titubeava, querendo ajudar, mas sem arriscar o próprio pescoço. "Dizem que ele comanda o tráfico de drogas na região. Dizem, mas eu não sei. O apelido é Boy porque é jovem e bonito. Dizem isso também. Agora preciso ir."

"Há quanto tempo Bianca estava com ele?" Dimas, em frente à escola, não tinha mais o benefício das indiretas.

"Ela saía com ele às vezes, assim como todas as outras meninas do bairro. Fazia pouco tempo." Ela encerrou o assunto e já entrava na escola, visivelmente com medo de ter falado demais e de haver alguém a observando.

"Onde encontro ele?", perguntou Dimas, permanecendo do lado de fora do portão e num volume de todo inadequado para assunto tão sensível.

Vanessa se espantou com a pergunta, afinal as pessoas normalmente evitavam encontrar Boy, não o contrário; ademais, o difícil no bairro era não encontrar com ele ou seus comparsas. Deu meia-volta e correu até ele, com um dedo entre os lábios e olhando para os lados, sugerindo que a escola não era exatamente um lugar alheio ao tráfico de drogas.

"Fale baixo!" Não tendo mais jeito, ela finalizou: "Vá até a Boca do Palhaço. E não me procure mais, por favor". A seguir, Vanessa entrou na escola às pressas, deixando Dimas embasbacado do lado de fora.

Ele sentiu um calafrio ao recordar que o corpo da filha fora deixado exatamente onde ele estava pisando, na entrada do estacionamento. Afastando seu torpor, seguiu caminhando a esmo pelo bairro, tentando clarear os pensamentos. Tinha avançado um pouco, mas não o suficiente. Onde seria a tal "boca do palhaço"? Ela falara o nome do lugar como se fosse um verdadeiro ponto turístico conhecido de todos, mas ele não tinha a menor ideia de onde estaria localizado.

Absorto na questão, percebeu que iria se atrasar mais uma vez para o trabalho, mas não podia simplesmente ignorar sua descoberta e interromper a busca. Prosseguiu caminhando pelo bairro na esperança tola de encontrar algum sinal no chão ou nas paredes, uma tênue pista, qualquer coisa a lhe apontar a tal boca do palhaço.

Pois foi exatamente o que aconteceu, acreditam?

Algumas centenas de metros após a escola, na mesma avenida e do mesmo lado da calçada, havia uma viela com passagem para uma rua paralela, um pouco abaixo. As paredes dos muros adjacentes estavam todas grafitadas, destacando-se, nas extremidades, um palhaço de cabelo lilás com a face dividida ao meio, ficando cada metade em um dos lados da entrada. O grafite tinha uma imensa boca aberta, e passar pela viela era como entrar pela boca do palhaço.

Haveria algo mais óbvio e perfeito? Propaganda direta e efetiva.

Embora fosse de todo temerário, Dimas entrou na viela, com passo lento e olhar baixo, mas atento a cada detalhe. Havia um garoto na entrada, que veio recebê-lo assim que ele entrou.

"Erva ou pó?", perguntou-lhe o rapaz, presumindo ser aquele homem negro e vestido com roupas simples apenas mais um usuário.

"Maconha", respondeu Dimas, notando a dedução feita pelo garoto que o atendeu. Fosse branco, talvez achassem ser ele policial ou coisa que o valha e até fugiriam.

"Dez conto", complementou o moleque, com a mão espalmada. "Aquele cara vai te entregar a paranga." Após receber o dinheiro, apontou para um segundo jovem no meio da viela, recém-saído de uma porta não avistada por ele até aquele momento. Dimas foi até o outro rapaz e dele recebeu sua porção, permanecendo imóvel diante do local, hipnotizado pelo contraste entre o pacotinho e sua imensa mão.

"Segue o beco, negão", disse-lhe o rapaz, apontando para a saída da viela.

Com a partida de Dimas, o garoto voltou para trás da porta misteriosa, abertura pela qual Dimas teve a chance de entrever um sujeito imenso, muito gordo, sentado folgadamente num banco de madeira, falando com outras pessoas, todas jovens, mas não teve tempo de observar nenhum outro detalhe.

Caminhando para a saída, ainda ouviu uma alta gargalhada ecoando pelo corredor, mas não era possível identificar o lugar de onde emanava. Sentiu um arrepio na pele ao notar que não havia alegria na risada, apenas histeria e insanidade.

Deixou o local cogitando uma maneira de voltar ali em momento mais propício, quando o movimento certamente estivesse bem mais intenso e ele pudesse passar despercebido entre tantos outros usuários, tão pobres, negros e desesperançados quanto ele.

Ficou eufórico com seu plano, o qual seria implementado naquela noite.

Mais para matar o tempo do que por algum remoto sentido de dever, seguiu para o trabalho, já oscilando perigosamente sobre o abismo rescisório por conta das seguidas ausências. Por sorte, seu patrão era um homem sensível e compreendia a situação pela qual ele passava após a morte da filha. Aliás, a calorosa recepção do empregador e a resposta deste ao bom-dia de Dimas foi uma perfeita amostra de empatia e compreensão.

"Você está atrasado de novo!", gritou-lhe o patrão, mas se arrependeu quando Dimas voltou o rosto para ele, o olhar tomado por uma profunda escuridão.

21H01

A escuridão invadia o quarto de Maia, mas o negrume em sua alma era maior.

Sabem onde Karl estava? Se souberem, digam para Maia, pois ela não tinha nenhuma ideia do paradeiro do marido.

E, francamente, estava com tanta raiva que em breve pararia de se importar.

Num impulso, pensou em mandar uma mensagem para Dimas, coisa tola, sem conteúdo comprometedor, mas ainda assim um contato, só para se vingar um pouquinho mais. Desistiu, é claro, sua vindita afetava mais a ela do que ao marido.

Para não cair na tentação, encontrou uma solução simples: jogou o celular na parede, destroçando-o. Perfeito. Agora não recairia na tentação. E ainda teria a satisfação de ver outra coisa destroçada pela casa além de seu espírito.

Caminhou até a sala e se deixou cair no sofá, deixando de pensar em Dimas ou em Karl. Onde estava seu autocontrole? Na puta que o pariu, certamente, para onde enviaria o marido tão logo ele retornasse de onde, ao que tudo indicava, tinha se enterrado vivo.

Estava furiosa com Karl, porém muito mais consigo. E sumamente envergonhada de sua fraqueza, dado que nunca fora de depender de macho, tampouco costumava agir como uma adolescente contrariada — nem quando fora adolescente.

Então, por que continuar buscando numa relação falida a satisfação de sua vida? Ou por que se refugiar em outra, igualmente malfadada e corrompida?

Quando tinha decidido deixar Dimas, não fora por Karl, antes por ela mesma, pois a infâmia da relação espúria não lhe trouxera qualquer prazer duradouro.

E, se Karl continuasse a atormentá-la assim, seria também deixado de lado.

É isso. Maia não seria jamais uma bela donzela à espera de um príncipe bocó.

Levantou-se, tomou um bom banho e se preparou para dormir, com a melhor das companhias, a própria, após ler um bom livro e tomar um vinho de boa safra.

Na cama, porém, rolando de um lado para o outro, o livro abandonado aberto numa página qualquer, desistiu da leitura e tentou organizar a rotina do dia seguinte (organizar a vida estava fora de questão). Anotou mentalmente a resolução para voltar a fazer ioga e estudar alemão. Taí. Talvez fosse mesmo hora de voltar a pensar mais em si, retomar os antigos hobbies, os quais haviam sido paulatinamente abandonados... para quê mesmo? Ah, sim, para acompanhar o ilustre Karl Bergman em seus infindáveis eventos sociais, onde ela não era mais do que uma peça de decoração.

Patético.

Ninguém estraga nossa vida, nós a arruinamos ao abdicar dela. Depois, convenientemente jogamos a culpa nos outros.

Mas quem são os outros? O que eles sabem? Vão à merda todos os outros. E outras. E outres.

Suas amigas de escola, por exemplo, viviam fazendo referências à sua vida esplendorosa, casada com um homem lindo, rico e famoso, sempre frequentando eventos sociais e aparecendo na companhia de celebridades.

"Sua vida deve ser de uma balada para a outra", diziam, com algum humor e muita inveja.

Sozinha em casa, Maia era a única que sabia quão desprovida de glamour era sua vida.

Demorou a dormir, mas conseguiu. Preocupar-se com Karl ou Dimas era inútil, o marido tinha paradeiro ignorado e o (ex?) amante não pensava mais nela, apenas na "Boca do Palhaço".

21H15

A Boca do Palhaço fervia.

Carros chegavam e paravam a alguns metros do local. As pessoas desciam, os carros partiam; com passos furtivos e olhares rápidos para os lados, se encaminhavam para a viela, engolidas pela bocarra. Lá dentro, procuravam alguém na entrada, com quem conversavam rapidamente e a quem entregavam uma certa quantia em dinheiro, depois seguiam adiante, recebiam algo de outra pessoa e rumavam para a rua de trás, sendo apanhados pelos mesmos automóveis de onde haviam saído pouco antes.

Aquela repetida dinâmica fora bem observada e decorada por Dimas.

Vestido com roupas simples, ele fez o mesmo caminho dos demais compradores, mas lentamente, ao contrário do que fizera na manhã daquele mesmo dia e do que faziam todos os outros circulando por ali. O garoto que o atendeu e para quem ele entregou o valor já sabido desde a compra da manhã não deveria ter mais do que dezessete anos. Seguiu adiante até ser recepcionado por uma moça — muito magra, mas não desprovida de resquícios de beleza, ainda não apagada por completo pelo vício —, de quem recebeu sua encomenda.

Era sua terceira compra da noite e ele supunha não ter sido notado, julgando-se indistinguível dos muitos outros compradores.

De soslaio, pela fresta da porta, avistou o mesmo sujeito grande e gordo da manhã, mas não olhou por período alongado para ele. Continuou, saiu da viela e caminhou até uma praça, onde dispensou a droga comprada num cesto de lixo. Sentou-se em um banco e ficou aguardando cerca de trinta minutos. Considerando ser o necessário, voltou à entrada da Boca do Palhaço e refez o percurso de antes. Foi atendido pelo mesmo adolescente (não foi reconhecido), depois pela mesma degradada moça (novamente ignorado). Entretanto, desta vez ao lado da moça estava o gordão, o qual só vira de longe até então.

"Tá tirando, negão?", perguntou de imediato o sujeito, visivelmente pronto para resolver o assunto rapidinho. E de forma definitiva, a julgar pela ansiedade na sua voz.

"Não tô tirando ninguém. Só vim comprar minhas coisas." Dimas mantinha-se lúcido e atento. E calmo. Tinha um pênalti decisivo para bater, como já fizera tantas vezes antes; não iria tremer. Respondeu com segurança, embora evitando olhar diretamente o interlocutor, não por medo, apenas por saber ser esse o "procedimento" — Laila gostaria desse termo, sem dúvida.

"Esse maluco aí tá doido", falou um segundo homem saindo da mesma porta. "Doido pra morrer."

Dimas foi revistado, sem se opor. Como não havia nada com ele, apenas uns poucos trocados, sentiu a apreensão dos homens diminuir.

"Eu só vim fumar meus baratos, já disse", insistiu ele, firme, mas educado.

"E por que não comprou tudo de uma vez? Você está dando muita bandeira." A voz do gordão ainda era de repreensão, mas não de todo inamistosa.

"Vício é foda. Eu pensava em ir embora, mas fumava, a vontade voltava, eu passava mais uma vez…", explicou Dimas. "Seria só mais essa vez", acrescentou ele, mostrando o pouco dinheiro que lhe restava.

Os dois homens se olharam de relance, então o gordão falou com ele, animado.

"Está precisando de mais?", perguntou entre risos. "Podemos dar um jeito."

"Sempre." Dimas começava a rir também, mas de modo discreto. "Não tenho mais dinheiro, mas posso trabalhar", concluiu ele, percebendo os rumos da conversa.

"Volte aqui na sexta de manhã e fale comigo", encerrou o gordão. "Se trabalhar direito, vai ter o suficiente para fumar o quanto quiser. Agora vá embora. Se voltar aqui hoje, vai ter problema. Se for ganso da polícia, tá morto."

Dimas acenou com a cabeça em concordância. Pagou pela última porção, apanhou a trouxinha e partiu de vez.

No caminho de casa, felicitou-se pela proeza: em apenas um dia havia tomado conhecimento da Boca do Palhaço e, se tudo desse certo, em breve começaria a trabalhar lá.

Quando Dimas me narrou esses fatos, parecia verdadeiramente satisfeito com a própria esperteza. Meu amigo, contudo, apesar de sua larga experiência de rua, estava muito enganado; sua astúcia não tinha nada a ver com o recrutamento para trabalhar no tráfico. Na verdade, ele seria apenas mais um miserável usuário a ser cooptado para atuar na incessante linha de produção e distribuição no comércio ilegal de drogas, perfeitamente dispensável e substituível por outro infeliz quando fosse necessário.

De toda forma, Dimas não estava nem um pouco interessado na minha rasteira sociologia. Sua intuição lhe indicava ser o local fundamental para apurar as circunstâncias da morte de Bianca, então ele descobriria tudo sobre o lugar, não importando o preço.

Longe da saída da viela, sentiu o celular vibrar no bolso da calça, mas não o verificou de imediato. Somente após caminhar algumas centenas de metros apanhou o aparelho. No monitor, havia a notificação de quatro mensagens, todas minhas, mas ele não me respondeu.

Seguiu pela rua deserta, sua silhueta sumindo na escuridão, um personagem perdido em busca de um roteiro para a própria vida.

DIA 12 DE AGOSTO
QUINTA-FEIRA, 6H30

A vida não segue roteiros fixos, como sabemos mas muitas vezes fingimos ignorar. Gostamos de lógica e previsibilidade, mas esses produtos andam em falta no mercado. Vivemos numa tal "modernidade líquida", segundo ouvi de Laila; ela escutara o conceito em um simpósio, mas não estou bem certo se entendeu corretamente.

De minha parte, sigo uma concepção mais trivial. Se todas as estradas levam a Roma, como sustenta o ditado popular, elas apresentam diversos itinerários para chegar lá.

Assim, antes de prosseguir com a odisseia de Dimas, retomo alguns fatos já estremes de dúvida, assim como elaboro algumas conjecturas sobre as pessoas de cujas vidas trato.

Começo por Maia, a bela imagem da própria perfeição: linda, charmosa, atlética e casada com um homem excepcional, o bem-sucedido Karl Bergman, o deus dourado. Essa descrição não resiste a um confronto com a realidade, contudo. A rigor, seu casamento ia de mal a pior, e as corridas sofregamente repetidas por ela eram cada vez mais uma fuga e menos um hábito saudável. Magoada por anos de descaso, passou a se relacionar virtualmente com Dimas, o qual conhecera por meio de um aplicativo para encontros descompromissados. Entre encerrar aquelas agradáveis conversas espúrias e se aprofundar nelas, não sem muito custo, Maia havia prosseguido com o romance indevido e aceitado um único encontro presencial, que foi sucedido por um segundo (supostamente para despedida), até se tornar algo duradouro. Todavia, ao contrário do que ela buscava, a situação desandou após mais alguns encontros. Embora ela, no princípio, fruísse cada encontro com seu negão bonito, charmoso, simpático e cheiroso — e com pegada! —, a situação não era lá das melhores. Ele era um absoluto quebrado, recaindo nela, Maia, o custeio dos encontros secretos — não fosse assim, ela teria de se contentar com o amor feito às pressas no banco do carro, após uma pizza gordurosa e algumas cervejas baratas. Felizmente, dinheiro não era problema; seu marido tinha condição material privilegiada, então o dinheiro dela era usado só para si; inclusive, nem trabalhar ela precisava, mas gostava de fazê-lo e por isso mantinha um emprego como representante comercial, razoável para muitas pessoas menos qualificadas, mas limitante e aceito por ela apenas temporariamente.

Em pouco tempo, no entanto, a consciência lhe pesara e Maia se vira duplamente ultrajada, tanto pelo marido, que não lhe dedicava a atenção devida, quanto por ela mesma, rebaixada ao deplorável papel de mulher adúltera, valendo-se de expediente tão pérfido como meio de vingança contra Karl, seu maravilhoso marido, na opinião unânime de todas as mulheres que com ele não estavam casadas.

Meus amigos e sócios, Laila e Roger, lamento reconhecer, não estavam em melhor situação. Ela enviuvara cedo e não se recuperara da perda do marido, menos ainda da culpa pelo acidente que o vitimara, ainda que o cidadão em questão fosse um absoluto cretino e ela não tivesse tido qualquer responsabilidade na colisão de trânsito. Se Laila não retomava a própria vida, Roger, por seu turno, nunca a começara de verdade. Sua existência era uma sucessão de planos seguros levados adiante com esmero, resultando numa parede ornada de medalhas ganhas em batalhas fictícias, enquanto sua farda de guerra era pouco mais do que uma roupa de gala. Nem celular ou redes sociais o cara tinha, o que deveria ser algo elogiável, indicativo de personalidade forte, mas resumia-se à simples estultice no caso dele.

Sobre Karl Bergman, nada tenho a dizer. Ele continuava tão envolto em mistérios como na época em que o conheci. Surgia radiante, provocava sensação e retornava para o Olimpo, de onde buscava influenciar o caminho dos mortais.

Dimas era quem mais me preocupava. Ao longo de nossos muitos anos de amizade, nada o derrubara. Ele havia superado o precoce fim da carreira futebolística com leveza e mesmo alegria, sentimentos que espalhava pelas rodas de samba dali e das cidades próximas. Obtivera algum sucesso como cantor, mas tinha desistido da carreira, como largara a anterior, alegadamente para cuidar da filha, Bianca. Fora isso, era um dançarino excepcional, e por conta dessa habilidade estava sempre acompanhado de belas mulheres, disputado com unhas e dentes, no sentido literal da expressão, pois não raro elas brigavam por ele. A fartura era tanta que algumas sobravam para mim. Trabalho fixo ele jamais teve, desnecessário dizer, nem aparentava precisar; as coisas fluíam para ele naturalmente. E, quando se apertava, lá estava eu. Nos últimos dias, contudo, eu o notava acabrunhado, alheio, quase em transe, e isso não se devia apenas ao falecimento da filha e ao fracasso do caso amoroso com Maia, mas eu não atinava com a verdadeira razão — minha ignorância permitiu a tragédia e esta gerou este relato.

Agora que dediquei algumas palavras a todos os demais personagens desta narrativa, o gentil leitor e a atenta leitora talvez perguntem: e você, Nakamura?

Ora, acham mesmo que vou me expor aqui feito uma donzela adolescente escrevendo um diário? Francamente, por quem me tomam?

Reconheço, no entanto, não faltar inteira razão àqueles que maliciosamente insinuam que desfaço de Roger porque minhas lutas no ringue são muito mais falsas do que as inexistentes batalhas dele, nas quais pelo menos se usa munição de verdade. Outros talvez venham a sustentar ter eu mais medo da vida do que Laila, já que meus relacionamentos são todos frívolos, marcados com o auxílio de aplicativos de celular, isso quando não estou pagando pelos serviços de umas voluntariosas moças cujo nome e endereço localizo em específicos sítios na internet, ao passo que Laila pelo menos teve coragem suficiente para se envolver a sério com alguém, com quem casou, embora tenha sido infeliz até que a morte a separou do marido canalha. Por fim, alguns mais maledicentes talvez sussurrem que até mesmo Maia tem mais dignidade do que eu, afinal ela casou com o homem amado e, ao ver o sonho reduzido a pesadelo, teve coragem de buscar uma saída, conquanto não de forma muito elogiável.

Se essas são suas mais severas impugnações ao meu modo de vida, posso viver com isso. E nem vou me dar ao trabalho de te contradizer. Argumentos eu tenho, tenha certeza. Falta-me disposição.

Seu desdém não me afeta.

Retomando de onde eu havia parado, reforço que, como nada parecia estar acontecendo, aproveitei o tempo e organizei os fatos conhecidos até então; dessa forma, o relato iniciado no dia 7, um sábado no qual eu recebera Dimas em minha clínica para conversar sobre Bianca e Maia, conforme consignado muitas páginas atrás, ganhou a forma atual.

Contudo, os capítulos decisivos estavam ainda para serem escritos e alguns dos personagens estavam prontos para entrar em cena naquela noite, num bar localizado ali perto do centro.

20H08

No centro de sua vasta e elegante sala, cuja vastidão e elegância esmaeciam ante a solidão reinante, Karl, ereto e muito concentrado, olhava de um lado ao outro, como se não reconhecesse a própria residência.

Num ato incomum e imprevisto, ele voltou para casa mais cedo para jantar com a esposa, mas não a encontrou ao chegar. Esse pequeno desacerto de horários não teria qualquer impacto sobre a maioria das pessoas, mas incomodou Karl, pois ele gostava de manter sua vida — e a de Maia — totalmente previsível e controlada.

"Onde está Maia?", interrogou-se. "E por que não me deixou uma mensagem informando para onde iria?"

Fazia algumas semanas que ele vinha notando-a distante, mas não dera atenção ao fato, supondo ser apenas essas veleidades típicas das mulheres. Não deveria se aborrecer por tão pouco, mesmo assim se irritou. Irritou-se ainda mais consigo por dedicar demasiada atenção a uma coisa menor.

Resoluto, trocou de roupa e desceu para a academia do condomínio, a fim de aproveitar a ocasião; não era homem de desperdiçar tempo vago com coisas mesquinhas. Enquanto realizava seus pesados exercícios, contudo, viu-se mais de uma vez incomodado pela mesma dúvida sobre a localização da esposa, o que o motivou a racionalizar sobre o que se passava consigo, mas a autoanálise não produziu frutos. Amava Maia, reconhecia, mas não a ponto de sentir sua falta. Menos ainda de ter dela dependência. Era um amor cerebral e isso lhe bastava. *Ele* se bastava. Não havia sido sempre assim? Então por que aquele vácuo?

Um homem menos seguro de si poderia se entregar a uma difusa agitação nesse cenário, talvez até sentisse ciúmes. Karl, porém, não era um homem comum. Sobretudo, tinha consciência de que Maia jamais encontraria em qualquer outro indivíduo um espécime tão bem-acabado e evoluído quanto ele, não havia razão para se preocupar.

Então, por que infernos ele se sentia acossado por sentimentos incômodos que lhe pesavam na alma bem mais do que as expressivas cargas de peso repetidamente levantadas por ele?

Registro, por oportuno, que a retomada dos fatos transcorridos com Karl naquela noite me foi muito custosa, reconstruída com muitas brechas a partir das minhas conversas com Maia, que por sua vez soube dos eventos pelo marido, admitidos por ele com muita relutância, como ela realçou ao me contar tais fatos. Para mim, até então a biografia dele poderia ser sintetizada em algumas linhas, todas adornadas com o dourado do sucesso, mas a verdade é sempre outra.

Atendendo aos apelos da esposa, num futuro próximo ele se abrirá com Maia, e depois ela o fará comigo, mas não ainda. Peço vênia por não poder antecipar detalhes, porém sigo a cronologia dos fatos e das revelações — aguardem e confiem.

Por ora, restará consignado apenas o quanto Maia sabia até esta data.

Karl Bergman nasceu em Santa Catarina e permaneceu ali até a metade da adolescência, quando se mudou sozinho para São Paulo, onde cresceu e se tornou o elogiado homem conhecido de todos, como já narrado em capítulo próprio. Na nova cidade, iniciou uma promissora carreira de modelo fotográfico, a partir da qual estabeleceu contatos e acumulou alguns bens materiais, os quais, somados a uma considerável herança, foram o capital inicial de sua posterior fortuna como empreendedor arrojado e aplaudido filantropo.

O pai de Karl fora um homem forte, quase rude, cujos hábitos severos não amoleceram após ter alcançado confortável posição como produtor de mel. A mãe, doze ou treze anos mais jovem, fora uma modelo de algum destaque na porção norte da região Sul do Brasil, vencedora de concursos de miss em feiras agrícolas e disputas regionais. Dentre sua coleção de títulos pastoris, destacam-se "Miss Vila Encantada", "Miss São Pedro de Alcântara" e "Princesa do Mel".

Afortunadamente, Karl herdou o melhor de cada um dos genitores, a capacidade física do pai e a beleza da mãe, atributos relevantes, sem dúvida, mas não fariam dele quem é se nele não houvesse dois componentes próprios: sua inteligência superior e sua inflexível força de vontade. Ainda assim, para configurar um homem supremo, ainda faltava um doloroso ingrediente na receita, infortúnio acrescentado pela vida quando ele ainda contava cerca de doze anos de idade. E Karl jamais se recuperou da tragédia que se abateu sobre sua família.

Em breve, o paciente leitor saberá do que se trata, mas apenas no instante em que Maia vier a saber, data próxima, mas ainda pendente.

Paciência, meu povo, um livro não é construído como esses vídeos curtos que proliferam por aí nas redes sociais.

Por ora, basta dizer que quaisquer outras pessoas, mesmo as mais dotadas delas, poderiam padecer e afundar na autocomiseração e na depressão por conta dos desditosos eventos de que foi vítima o garoto Karl. Ele, porém, descobriu uma forma de sobreviver e se erguer pelas paredes daquele poço úmido, gelado e desesperador ao qual sua juventude estava reduzida, saltando para fora dele transformado e pronto para moldar o mundo à sua imagem — se por predestinação ou singelo acaso, decida o leitor; para mim, os dois se equivalem e nenhum significa nada.

O certo é que Karl, sumamente pesaroso, mas inquebrantável, passou a buscar uma forma de seguir. Leitor ávido, descobriu na biblioteca da fazenda onde vivia um livro de Nietzsche que foi uma revelação para ele. O jovem e aflito órfão leu e releu seguidas vezes a obra do filósofo alemão, encontrando no conceito de *Übermensch* — o ser superior, modelo ideal para elevar a humanidade, verdadeiro farol a guiar o desenvolvimento de indivíduos menos privilegiados — a motivação para sua existência.

Desde então, com o espírito moldado por aquela densa leitura, Karl iniciou, por conta própria, seu aprimoramento pessoal, a partir da excelente matéria-prima herdada dos pais.

Ignorando seu luto e o de toda a família, passou a se exercitar com uma sofreguidão aflitiva para seus poucos parentes e conhecidos, sentimento com o qual ele não se importaria mais; as considerações alheias não lhe moviam os alourados cabelos mais do que faria a inefável brisa de fim de tarde. Com um obsessivo afinco, dedicou-se ao estudo de todas as áreas do conhecimento humano: matemática, história, química e física, idiomas, filosofia e sociologia, não havia disciplina ignorada por ele. Evoluiu igualmente em diversas formas de luta.

Karl, dessa forma, incorporou e mesmo excedeu o conceito de homem pleno, dotado tanto física quanto intelectualmente, algo buscado por gregos e romanos, sintetizado na expressão latina *"mens sana in corpore sano"*, aproveitado por Nietzsche na sua alucinada filosofia.

Durante esse árduo processo evolutivo, Karl abandonou por completo o convívio com jovens de sua idade, mantendo, da vida anterior, somente o hábito de jogar futebol, esporte que lhe permitia interagir com outras pessoas, mas não além de um mínimo necessário para não ser tomado como misantropo; além disso, a modalidade representava rara atividade lúdica a dar genuíno prazer. E ele era bom na coisa (futuramente ele e Dimas se tornariam a personificação do clichê futebolístico do arco e da flecha, sendo ele o arco, como também já relatado).

A música era outra paixão, ainda mais visceral. Para ele, de todas as formas de expressão, a música era a mais universal e também a mais natural do ser humano, sem a qual não poderia ser feliz. Aliás, feliz não é um termo adequado, dado que a felicidade é um conceito burguês de limitado alcance. Sua ambição era se tornar autossuficiente.

Aos dezesseis anos, após se mudar para São Paulo, começou a modelar profissionalmente, sem descurar de sua rígida disciplina de estudos e treinos. Ao alcançar a maioridade, já não necessitava de dinheiro, nem lhe apeteciam os aplausos e flashes. Por essa época, Karl já começava a urdir seu grande plano de modelagem no mundo, ou pelo menos na parte dele ao seu alcance; havia megalomania em seu ser, é claro, mas nenhuma loucura.

Curiosamente, nada se sabia sobre ocasionais namoradinhas dele nessa fase da vida, como seria de esperar de um jovem tão cheio de predicados. Contudo, sua paixão nada tinha de carnal. Tal qual o filósofo alemão de sua predileção — sempre Nietzsche —, Karl considerava o amor romântico um empecilho ao bom senso, de modo que reservava seu espírito para ocupações mais relevantes, deixando o infantil enlevo para pessoas menos dotadas intelectual e espiritualmente. Tinha convicção de que algum dia iria se unir a alguém, mas isso somente se daria com outro ser de igual primazia, e com o fim específico de contribuir para o desenvolvimento da raça humana. Maia, no futuro, viria a preencher todos os requisitos esperados, tanto físicos quanto mentais, com uma vantagem inesperada, mas muito bem-vinda: do ponto de vista estritamente sexual, eles formavam uma verdadeira simbiose.

Tudo quanto mencionei sobre Karl é espantoso, porém funcionaria mais como teoria do que como prática de vida, como facilmente se percebe, mas ele conseguiu levar a bom termo suas ortodoxas e rígidas concepções de mundo.

Ainda assim, conquanto idealizasse personificar o super-homem de Nietzsche, Karl ainda era humano, demasiado humano, para usar outra expressão cara ao pensador alemão. E arcaria com todo o ônus da condição tão aflitivamente negada, de uma forma ou de outra, o que começou a ocorrer quando se deparou com a residência vazia — onde estaria Maia?

Esfalfado após duas horas de treino pesado, abandonou a academia e subiu para o apartamento, onde tomou um banho demorado com água fria para desaquecer a cabeça e o corpo; debalde, continuou incomumente angustiado.

Embora eu seja dentista, não engenheiro, posso garantir que mesmo uma monumental obra de engenharia, feita de concreto e aço pelos melhores operários, não está imune às vicissitudes do tempo e do clima, apesar de poder fazê-lo por um alargado período.

Com efeito, a formidável estátua do deus dourado, esculpida com tanto empenho por Karl em louvor ao seu ideal de homem supremo, naquele instante deixou entrever a primeira rachadura. As seguintes em breve surgiriam na esteira daquela — quando surge o primeiro e insignificante vazamento nas paredes da represa, o interior delas já está encharcado e prestes a desabar.

Após perambular pelo apartamento, com cada vez maior esforço para fingir indiferença à longa e aflitiva ausência de Maia, em dado momento Karl finalmente fraquejou. Foi o quanto bastou para a tênue fresta na esplêndida face do deus dourado se abrir para as tumultuosas águas da insegurança, sentimento tão rasteiro e tão humano. Em pouco tempo, as tormentosas águas romperam a represa mental de Karl e alagaram todas as suas pretensões, arrasando-as por completo, levando-o a se vestir e sair para a noite em busca de Maia.

O amor, de fato, deixa marcas.

21H12

O amor deixa marcas que não dá pra apagar
Sei que errei e tô aqui pra te pedir perdão
Cabeça doida, coração na mão
Desejo pegando fogo
E sem saber direito a hora e o que fazer
Eu não encontro uma palavra só pra te dizer
Ai, se eu fosse você, eu voltava pra mim de novo

Joaquim (Joca) Motta passou os primeiros vinte anos de sua vida sonhando em ser músico profissional, e os vinte e nove seguintes lamentando tê-lo conseguido.

Não obstante, ele se se entregava por completo à interpretação da canção, embora percebendo pouco ou nenhum interesse dos ouvintes, os quais apreciavam qualquer coisa, não distinguindo por completo entre uma obra-prima musical e o som de um escapamento furado; queriam apenas um ruído que preenchesse o ambiente e os livrasse do vazio de suas cabeças.

Mal-humorado estava o Joca, como podem perceber.

Pudera, ainda jovem ele assistia aos clipes musicais e sentia um deleite orgástico ante aquelas exibições de guitarristas e vocalistas famosos, bateristas de braços vigorosos espancando tambores e pratos, todos sensuais em roupas justas e coloridas, com os cabelos cuidadosamente desgrenhados. Os integrantes das bandas de rock da época eram seus grandes heróis, e ele pretendia imitá-los em tudo. A vida, porém, é inferior à arte, e ele, após anos de dedicação ao estudo da música, passou a viver apenas de seu instrumento, o violão, e de sua voz, sem precisar trabalhar em nada que o desagradasse. No entanto, não se pode chamar exatamente de "benção" o ofício de lecionar música para ineptos durante cinquenta horas por semana, além de tocar e cantar nas noites de sexta e sábado, bem como nas tardes de domingo, para pessoas cuja atenção se volta tão somente para seus aparelhos celulares, descontado um trecho ou outro de uma música famosa, tudo isso por uma remuneração quase nada acima do suficiente para pagar o transporte dos equipamentos — pelo menos o sagrado lanche do músico é garantido na balada!

Se houver jovens almas desperdiçando suas horas vagas lendo este romance (pois é, isto aqui é um *romance*, na falta de termo melhor), fica um conselho para compensar o tempo perdido: desconfiem da lenga-lenga tantas vezes repetida por professores e parentes mais velhos cujas vidas são um fracasso em si. Não se deixem seduzir pela velha cantilena sobre trabalhar com o que se ama e nunca precisar realmente trabalhar. Nada mais inverídico. Trabalho será sempre trabalho, nunca será bom e ponto-final. Por que afinal iriam nos pagar? Amo meu ofício, mas não coloco resina em um dente sequer se não me pagarem.

Joca, contudo, só descobriu isso já próximo dos cinquenta anos, quando não lhe restava nada além de prosseguir na amada jornada. Fica meu singelo reconhecimento: a apresentação dele foi muito boa.

Prosseguindo no relato original, naquela específica noite de agosto, finalmente alguém pediu uma música decente, pessoa cuja identidade não identifiquei, porquanto irrelevante para o desenrolar da história, mas por coincidência muito apropriada para os fatos a se sucederem naquela choperia em que Roger e eu estávamos, mesmo local aonde pouco depois chegariam, na seguinte ordem, Laila, Maia e, por fim, Karl.

O estabelecimento em questão era famoso por ser frequentado por belas mulheres e, como consequência, por homens solitários e pretensamente galanteadores como Roger — eu estava lá apenas o acompanhando, não me encaixo no perfil.

Assim, enquanto Laila não chegava, Roger e eu tomávamos uns chopes e falávamos as canalhices comumente ditas por nós enquanto estamos sós. No caso, debatíamos sobre as mais vistosas frequentadoras do ambiente — eu sei, homens solteiros são monótonos, o que mais esperam de mim? Devo me enforcar em praça pública por isso?

Pois bem, o jogo consistia em um de nós indicar uma dentre as várias mulheres presentes para o outro comentar suas impressões, realçando pontos positivos e negativos, conforme aligeirada análise visual.

"Do seu lado direito, conjunto de blusa de alcinha e short-saia branco, cabelo preto e longo", indicou Roger, discreto.

"Bonita. Pernas fortes e pele limpa. Muitas sessões na academia", observei. "Tem cara de quem beija bem. Parece ter bastante experiência, ao menos. Mas achei meio infantil, gosto de algo desafiador."

"Eu aprovo", opôs-se Roger.

"Você aprova todas. Ainda assim não pega ninguém", censurei causticamente, mas Roger não se abalava mais com minhas tiradas, sinal claro de que eu precisaria ser mais incisivo. Continuei a inocente brincadeira: "Minha vez. Seu lado esquerdo, perto do bar. Cabelo preso atrás, top creme, imitação de couro, saia branca tamanho mediano, de renda, com abertura na coxa. Bolsa de lado, rústica. Sorridente. Cavala. Repare bem nas pernas e na bunda".

"Tentadora, sem dúvida", concordou Roger após discreta olhada para o lado. "Rata de academia, sem dúvida."

"Ou de clínica estética", consertei.

"Ainda não acabei. Pena que parece ser daquelas que se transformam depois de beber, e não sei se quero saber exatamente em quê ela pode se transformar", completou meu amigo.

"Você nasceu no século errado, Roger. Já lhe disse isso?"

"Meia dúzia de vezes." Balançou a cabeça em reprovação. "Só hoje."

"Deve ser verdade, então. Pensou nisso?"

"Não escuto suas sandices há muito."

"Por isso está na lama. Vamos lá. Sua vez. Indique um desafio real desta vez."

"Laila", provocou Roger.

"Cara, finalmente algo instigante." Se ele pretendia me pegar de surpresa, acertou no alvo, mas não acusei o golpe, sou um lutador experimentado. Sem titubear, passei a listar as qualidades da nossa amiga, como eu a imaginava.

"Linda de rosto e de corpo. O jeito angelical é só disfarce. Tem experiência na dose exata e sabe usar. Já foi casada, sabe?

Além disso, gosta de realizar fetiches, tanto os dela quanto os do parceiro. Mas o melhor é a cara de depravada que ela faz durante todo o ato, tão diversa daquele ar profissional ostentado no consultório. Aliás, já notou aqueles lábios carnudos? Devem deixar um homem na miséria."

Meu tom de voz era seguro, embora eu inventasse tudo na hora.

"Conhece bem, pelo jeito", ele franziu as sobrancelhas.

"Não tanto quanto deveria, mas isso ainda será sanado."

"Sério?" Percebendo a natureza de minha bravata, Roger agora ria, superando o espanto inicial. "E quando você descobriu isso tudo?"

"Não descobri, já disse, mas imagino. De qualquer forma, minhas análises não costumam ter furos. Mocinhas assim virginais são um perigo entre quatro paredes, asseguro."

Roger não se continha ante minha fanfarronice. Porém, eu sentia que ele estava incomodado de alguma forma com meus comentários sobre Laila, estava até forçando um pouco o riso para além de seu comedimento usual, como uma colegial certinha se fingindo de descolada. Por que seria? Estaria eu deixando algo me escapar?

"Você é um eterno distraído, Capitão. Por isso está nesta condição", prossegui nas minhas provocações.

"Qual condição, o cavalheiro se importa em me dizer?" Roger assumia um tom cada vez mais formal só para me irritar.

"Assim, caminhando solitariamente para os quarenta anos, com mais empáfia do que dignidade", resumi a situação dele, fingindo não notar ser também a minha.

"Até onde me consta, sua vida não é diversa da minha", retrucou ele, indo direto ao ponto evitado por mim.

"No meu caso, é opção. Sou um lutador, não posso gastar minhas energias com namoradas fixas." Encerrei a contenda por empate, indisposto para uma luta franca. "O ringue cobra, sabia?", acrescentei, sem qualquer convicção.

Roger abandonou o campo de batalha verbal. Em contrapartida, passou a observar uma morena estranhamente não notada por mim, sozinha numa mesa próxima. Ele a descreveu a seguir. "Segue o jogo. Morena, blusa branca, seios médios, saia xadrez, acinzentada, combinando com o casaquinho do mesmo tecido nas costas da cadeira. Porte atlético e olhar penetrante."

"Vejam só quem apareceu", instigado pela detalhada descrição, olhei para o lado sem nenhuma discrição e sorri ao reconhecer Maia, a amante de meu amigo Dimas (eles não estavam mais juntos, é claro, mas eu ainda não sabia). Embora eu a tivesse visto apenas no velório de Bianca, jamais esqueceria uma mulher como aquela. "Mulher espetacular, sem dúvida. O tipo que te afasta dos amigos e te mastiga até o osso só para depois te abandonar na sarjeta", resumi sem humor algum, apenas com o puro e cristalino rancor. "Eis por que meu amigo Dimas anda tão fugidio."

Um adendo — eu já contara para Laila e Roger sobre a relação extraconjugal de Maia com Dimas, conforme ouvira dele no sábado anterior.

"Não seja tão ciumento, Rafa. A morena é dotada de muitos encantos, como bem se vê. Aceitável a escolha dele. Elogiável até." Era Roger quem zombava agora.

"É só mais um corpo espetacular, nada além. E nossos anos juntos? Não contam? Acha certo Dimas me abandonar por aquela mocreia lindíssima e gostosa?" Entrava na brincadeira quando, de lado, notei a sutil chegada de Laila, a quem fingi não ver mesmo estando ela a poucos passos. "Fiquei arrasado, mas vou superar graças a você." *Suspiro*. "Capitão, você é tão especial. Nem sei o que faria sem você."

Disse isso de súbito, apoiei minha mão sobre a mão de Roger, que, constrangido, não entendia minha conduta até avistar Laila aproximando-se silenciosamente.

Ela, de pé ao lado de nossa mesa, observando aquelas mãos entrelaçadas, comentou com acidez e desapontamento:

"Agora entendo tantas mulheres solteiras por aí. Muita oferta e pouca procura."

"Oi, Laila", fingi recolher minha mão depressa. "Estávamos te esperando."

"Não parece." Ela fechou a cara. "Atrapalho muito?"

"De forma alguma. Mas poderia ter feito um 'aham' ao se aproximar", eu a repreendi ainda simulando estar sem jeito.

Roger, célere e cordial como só ele sabe ser, levantou-se e puxou uma cadeira de outra mesa para acomodar nossa amiga.

"Veja só quem está na lanchonete ao lado da gente." Indiquei a localização de Maia para Laila, afinal não teria como disfarçar mais mesmo.

"Uma bela mulher, sem dúvida." Ela não pareceu espantada, menos ainda interessada. "Quem é?"

"É a amante de Dimas. Aquela que vimos no velório da filha dele", informou Roger. "Ela estava com o marido, um modelo dinamarquês."

"E o que isso tem de relevante?" Ela não parecia se importar com o assunto, embora no velório tivesse se mostrado interessadíssima no esplêndido casal.

"Nada. Só disse que está ali", defendi-me.

"Rafa está enciumado. E não é da moça", troçou Roger.

"Laila, aquela mulher é casada!", falei, sem querer subindo o tom da voz, apelando para um moralismo do qual eu não compartilhava.

"Ah." Ela suspirou e arregalou os olhos, mas se recompôs rapidamente. "Estamos zelosos com a estabilidade familiar, não estamos?"

Derrotado pela ironia dela, sorri e deixei para lá o tema.

Mudamos de assunto e prosseguimos conversando nossas grandiosas trivialidades. Eu, porém, sutilmente não descurava de Maia ali perto, bebendo sozinha e tristonha naquele lugar tão repleto de falsa alegria.

Cerca de uma hora depois, Roger, de súbito, se exaltou.

"Rafa? Veja o tamanho do viking chegando por ali", apontou ele com um movimento da cabeça.

Ao lado da mesa onde Maia estava, divisei a portentosa sombra de Karl Bergman, o deus dourado, cujo semblante nada tinha de divino naquele momento.

Ele se aproximou da mesa ocupada por ela, permanecendo ao lado, não sentando com a esposa, como era de esperar. Não consegui ouvir o que falavam, mas o semblante de ambos não indicava boa coisa.

A contragosto, fiquei em silêncio, tentando entender, em vão, o que diziam Roger e Laila, mas sem lhes dar nenhuma atenção; eu estava focado em Karl e Maia, os quais conversavam asperamente.

De repente, os dois se levantaram e ficaram se mirando frente a frente, Karl imponente como sempre, Maia elegantemente firme. Permaneceram ali uns instantes; então, após algumas poucas palavras inaudíveis, mas ao que tudo indicava nada gentis, saíram cada um para um lado, Maia no sentido contrário ao da nossa mesa, Karl vindo em nossa direção.

Ele passou próximo de nós, mas não me reconheceu, ou fingiu não me ver. Estava garboso em seu traje caro e bem cortado, resplandecente em toda a sua glória, Laila o observou com atenção, sem qualquer disfarce.

"Interessada, Laila?", brinquei com ela, acostumado ao efeito que os atributos físicos de Karl provocavam nas mulheres.

"Não", respondeu ela, sem me olhar diretamente. "Ele é bonito, sem dúvida, mas não me despertou interesse. Muito pelo contrário."

"Como?" Eu estava estarrecido, jamais imaginara ouvir algum comentário de desaprovação ao homem supremo.

"Não sei ao certo", hesitava Laila, procurando a melhor forma de se expressar. "Ele parece um cão raivoso."

Durante todo esse tempo, Roger continuava absorto, enquanto eu digeria o que Laila dissera, estupefato com a reação dela. "A gente vê que há algo errado, mas não compreende a falha na fachada perfeita", disse ela, olhando para baixo.

"Errado?", perguntou Roger, perdido na conversa. "Com quem?"

"Com eles. E conosco", sentenciou Laila, sem nada elucidar de verdade.

"Maia está enrolada entre o marido e o amante. Karl, o deus dourado, não deve estar tão bem assim, ou a mulher não teria arrumado outro cara." Com alguma condescendência, tentei solucionar a questão.

"Esses são os efeitos visíveis, Naka, mas há algo mais profundo neles, consigo ver", insistiu ela, apontando para algo não notado por mim. "As causas continuam obscuras para nós e, acredito, também para eles."

De fato, ela parecia ter percebido algo que vinha me escapando. Prosseguiu na sua exposição: "Não é só o marido que se comporta como um cão acometido de hidrofobia: aquela mulher também parece afetada". Ela desenvolvia seu diagnóstico esboçado pouco antes. "E seu amigo Dimas não parece estar melhor, pelo que você me falou do comportamento recente dele. Raiva, sem dúvida. Não zanga, é raiva no sentido técnico da palavra. A moléstia."

Roger e eu nos olhamos, intrigados com a análise de Laila. Ela não parecia fazer piada, e sim defender um ponto de vista bastante razoável, embora um rematado absurdo à primeira vista.

Éramos dentistas, não veterinários, mas tínhamos alguma noção da natureza da hidrofobia, doença popularmente conhecida como "raiva", provocada por um vírus que cria uma infecção generalizada e chega até o cérebro do hospedeiro. Os sintomas começam com febre baixa, dores de cabeça e de garganta, falta de apetite, vômitos e desconforto gastrointestinal, e evoluem para formigamentos por diversas partes do corpo, destacando-se inquietação e ansiedade no agente contaminado. Aos poucos, com a proliferação do vírus, o quadro se agrava gerando sintomas neurológicos como hiperexcitabilidade (inclusive sexual), confusão mental, desorientação, acessos de fúria, alucinações e mesmo crises convulsivas. Na fase mais danosa, há uma verdadeira repulsa a água, justificando o nome — hidrofobia.

Ela definira bem a situação de Dimas, Karl e Maia, não tinha como negar.

"Concluiu tudo isso só pelo olhar, Laila?", zombei, pela simples razão de não conseguir refutar o argumento dela.

Roger, por outro lado, silenciou, convencido pelas palavras dela, apaixonado e sequioso como eu não notara antes.

"E tem mais", prosseguiu Laila. "Em certa medida, poderia dizer que padecemos do mesmo mal."

"Nós?", falei enquanto fazia um movimento circular com a mão, incluindo nós três no desenho imaginário.

"Sim, nós mesmos." Laila não se impacientava com minha infantil oposição.

"Ótima notícia para uma noite de quinta-feira. Estamos todos sofrendo de hidrofobia", gracejei, sem nenhuma graça.

"Possivelmente sim", concluiu ela. "Hidrofobia qualificada pela natureza do agente infectante", completou, totalmente professoral.

"E qual seria?", inquiri.

"O amor", finalizou Laila.

"Todos temos feridas abertas por baixo das cicatrizes fechadas", acrescentou Roger.

Eu ri, mas Laila aquiesceu concordando com a cabeça.

"Está certo. Eu andei fazendo umas anotações sobre Dimas, Karl e Maia." Eles pararam de súbito e ficaram me olhando. "E mesmo sobre nós, como não poderia deixar de ser."

Silêncio total.

Após entornar meu copo de chope, consegui voltar a falar.

"Vou desenvolver a narrativa e transformá-la num romance sobre essa nova patologia descoberta pela Laila, a tal *hidrofobia qualificada*. O título do livro será HQ, assim atrairei a atenção dessa legião de adultos infantilizados que confunde filme de herói com obra de arte."

Sem se fazer de rogado, Roger pensou em continuar, mas desistiu. Laila, porém, me pegou.

"Rafa, sejamos sinceros. Você debocha de tudo e de todos, até de você. Isso é um mecanismo de defesa, não é?"

Nada respondi, voltando-me para Roger, mas sem nenhum ânimo real para debates.

Laila, já no quarto ou quinto drinque, sequer ouvia o que falávamos, apenas nos observava. Em sua levemente alcoolizada imaginação fluíam cenas do que ela faria com cada um de nós se nos pegasse individualmente ou mesmo em dupla — tinha coragem para tanto, desejo sobretudo; faltava-lhe apenas a oportunidade.

DIA 13 DE AGOSTO
SEXTA-FEIRA, POR VOLTA DAS 10H

A oportunidade ansiada por Dimas chegou na manhã da sexta-feira 13, data assaz adequada.

Com a imagem do gigantesco palhaço na mente, ele se preparava para o novo trabalho. O tráfico de drogas não era exatamente o emprego dos seus sonhos, é claro, porém sua intenção não era permanecer muito tempo, tampouco enricar com a mercancia ilícita, mas sim obter informações imprescindíveis sobre a morte de sua filha, as quais só poderiam ser colhidas in loco.

Vestiu-se solenemente para seu primeiro dia no crime. No caso, se é verdade que "o hábito faz o monge", por certo que também faz o traficante de drogas. Ele optou por uma calça velha de agasalho, uma camiseta do São Paulo Futebol Clube furtada de um varal — ele era torcedor do Corinthians e poderia usar uma das suas, mas considerou ficar clichê demais — e um par de tênis Nike em péssimo estado de conservação, além do indefectível boné dos Lakers. Olhando-se no espelho, constituía a bem-acabada imagem do traficante de esquina, pronto para ser abordado por compradores ou policiais, a depender da sorte, ou falta dela.

Rumou a pé até a Boca do Palhaço, suando muito durante o trajeto, em parte por conta do veranico de agosto, mas não apenas por ele. Durante o trajeto teve a companhia de Bianca, cuja imagem impulsionava-o a prosseguir.

Foi recebido na "empresa" por Bolão, o gerente e recrutador, o qual lhe transmitiu o simplório treinamento.

"Os caras vão entrar por ali." Bolão mostrou a entrada da viela. "Um moleque lá aponta para você, então os caras vêm até você. Você recebe o dinheiro e dá o que eles querem." Bolão lhe entregou uma pequena sacola plástica com algumas porções de cocaína, crack e maconha, todas embaladas individualmente e prontas para a comercialização. "Quando a mercadoria da sacola acabar, você vai receber outra, depois mais outra. Você vai embora quando a gente falar para ir. De vez em quando um dos nossos vem recolher o dinheiro, saindo daquela porta central. Não entregue o dinheiro para nenhuma outra pessoa, só para quem sair dali. Entendeu?"

"Entendi."

Pois é, o serviço não era exigente, nem o treinamento muito rebuscado; a mão de obra oscilava muito por conta das prisões e mortes violentas em confronto com competidores, e a rescisão contratual decorria desses eventos futuros, incertos na data, não na ocorrência — tráfico de drogas constitui uma atividade lucrativa, porém sumamente arriscada, mais ou menos como a bolsa de valores.

Dimas observava tudo com grande atenção. Conforme lhe dissera Bolão, ele havia notado a presença de um garoto na entrada da Boca do Palhaço, aparentava estar mexendo no celular. Era o responsável por fazer a recepção dos compradores, a quem orientava para entrar na viela, indicando para o comprador a pessoa que estava com a droga. Os compradores pagavam, recebiam e se encaminhavam para a rua de trás, seguindo pela mesma viela. Entre uma extremidade e outra, a de entrada e a de saída, havia uma pequena porta, e ali dentro ficavam alternadamente Paulão, Bolão e Hiena, os responsáveis pela administração daquele ponto de venda. Em algumas raras ocasiões, Boy, o chefe de todas as "lojinhas" do bairro, também passava por ali, mas ele ainda não sabia disso, embora fosse descobrir.

"Agora, o mais importante." Bolão fez uma pausa até ter toda a atenção do novo funcionário, pois iria passar a parte vital do treinamento. "Se a polícia aparecer, o moleque lá da frente vai indicar. Ele corre, assobia ou acena, depende da abordagem. Aí, você larga a droga e sai caminhando numa boa, fingindo não ser nada com você. Se for seu dia de sorte, eles te confundem com um usuário e te deixam ir embora. Se eles te pegarem, você assume na hora que estava traficando, ou eles vão te espancar até você confessar. Não vale a pena. Confesse e diga que estava com dificuldade, tem filhos, coisas assim. Eles vão te prender e te levar para a delegacia. Lá, você diz que só veio comprar uma pedra de crack, mas os caras deixaram o traficante fugir e te prenderam porque você é preto. A sacola não era sua, foi jogada por um cara que fugiu. Não dê nomes. Entendeu?"

"Entendi."

"Você é primário mesmo?"

"Sim, sou."

"Então fique tranquilo. Você passa a noite na delegacia e sai no dia seguinte depois de uma audiência."

"Saio?" Dimas se espantou com a certeza de Bolão.

"Sai, o primeiro tráfico é assim, fica barato."

"Certo."

"Depois de sair, você volta aqui para acertar com a gente. Você precisa pagar o produto apreendido contigo, entendeu?"

"Entendi."

"Se pagar, pode ir embora. Se quiser, pode ficar e tentar de novo. Se não tiver dinheiro, continua trabalhando até pagar. Mas, se for pego uma segunda vez, não sai mais."

"Certo."

"E lembre-se, não dê o nome de ninguém."

"Certo."

"Só mais uma coisa: compra quem quer. Você não está fazendo nada de errado." Bolão deu um leve tapa no ombro de Dimas, quase um afago, terno e motivador. Com o devido preparo, aquele sujeito faria sucesso em processos seletivos e palestras motivacionais. "Agora vai."

"Certo."

Dimas recebeu a sacola de Bolão e se encaminhou para o meio da viela. Estava tão inebriado com seu primeiro dia como traficante de drogas quanto ficava na época de juvenil diante de uma partida decisiva.

O trabalho em si não exigia muito e as horas demoravam a passar por conta da pouca demanda, talvez por conta do horário. No final do dia, porém, o movimento começou a melhorar, até se intensificar, mais precisamente por volta das dezessete horas, quando Dimas finalmente recebeu sua segunda sacola. A partir das dezoito horas, o local se agitou e a terceira sacola lhe foi entregue instantes após a segunda. Daí por diante, o tempo voou.

A fauna dos compradores era um espetáculo digno de nota. Havia desde os trabalhadores braçais que voltavam da labuta e procuravam um elixir para aliviar as dores de uma existência medíocre, até os usuários com boas condições financeiras para quem as drogas de uso recreativo eram uma necessidade tão vital — e supostamente inocente — quanto um chope. Havia, ainda, os profissionais medianos (bancários, professores, contadores, advogados etc.), que fingiam para si não ser viciados, afinal consumiam apenas de vez em quando nos finais de semana, embora por longos anos. Na maioria dos casos, eram homens os compradores; se as mulheres usavam drogas também (devem usar), não se habilitavam a ir comprar.

A polícia civil não passou nenhuma vez pelo local, conforme observara atentamente Dimas, cuja prisão no primeiro dia de tráfico seria, além de ridícula, um obstáculo para sua atividade investigativa. Foi só pensar neles que, em dado momento, uma viatura da polícia militar fez umas manobras por perto, mas seus ocupantes nada notaram, ou fingiram não notar.

Quando Dimas voltou para casa, pouco após as vinte e uma horas, estava esgotado, mas satisfeito; aprendera muito sobre o tráfico e seus responsáveis a partir da discreta escuta das falas trocadas entre os demais funcionários do ponto, cada um mais imbecil do que o outro. Despejou sobre a cama o produto de seu trabalho, muitas notas trocadas e amarrotadas, cheirando a suor. Contou o dinheiro e o organizou, guardando-o numa gaveta antes de se encaminhar para o banho.

No fundo da alma, mantinha um claro plano, e, no coração, o mais puro desejo de vingança.

Saído do banheiro, conferiu o celular, viu minhas mensagens e ligações perdidas, entretanto não se animou a retornar o contato. Comeu qualquer coisa sem sentir o sabor e, antes de dormir, parou uns instantes na porta do quarto de Bianca, onde os móveis permaneciam na mesma posição deixada por ela; até a toalha usada por ela ainda estava sob o espaldar da cadeira, ô menina bagunceira.

Quando finalmente deitou, o sono não veio.

Mudando de ideia, levantou-se, vestiu-se e saiu para me encontrar, mesmo não tendo combinado nada. Quando deixou sua casa, dona Antônia dormia no sofá e ele não foi visto.

20H52

"Visto não, apenas conversado por mensagens", respondi para Laila quando ela me perguntou se eu tinha visto Dimas recentemente.

Estávamos no parque próximo ao consultório, onde eu fora me exercitar ao ar livre. Laila, ao lado da pista de corrida, alongava-se, termo de todo impreciso para nomear aquelas lânguidas manobras feitas de um lado para o outro, sem qualquer esforço ou objetivo visíveis; para mim, ela apenas se espreguiçava, mas nunca lhe disse isso abertamente; a amizade pressupõe uma certa complacência. Estávamos terminando e deveríamos ir para casa, mas ela não estava a fim de ficar só.

"Tem algo para hoje?", perguntou ela de chofre.

"Está com ciúmes?", gracejei.

"Deus me defenda!", persignou-se ela.

"Não tenho nada."

"Então vamos tomar um chope. Temos um assunto pendente", convidou.

"Qual seria?", perguntei, genuinamente sem saber.

"Nossa praia, é claro", voltou ela a um assunto muito recorrente nas nossas últimas conversas, um passeio à praia organizado por ela para nós da clínica, supostamente para um final de semana relaxante, mas cuja verdadeira razão eu descobriria apenas no destino final e em circunstâncias bastante particulares, razão pela qual não devo antecipar nada.

"Iremos em breve, só acertar a data com o Roger."

"Antes preciso acertar com você, o sócio ocupado", riu ela, tentando fazer menoscabo de mim, mas o sarcasmo não lhe era natural.

"Certo", concordei. "Vamos tomar um suco de laranja, então."

A proposta de um passeio à praia era boa, afinal vínhamos trabalhando demais. Além disso, agosto estava bem quente e precisávamos de um solzinho na nossa pele descolorida de tanto tempo no consultório. Ainda assim, Roger e eu vínhamos evasivamente postergando o acerto da data.

Minha preocupação mais imediata era Dimas. Ele vinha fugindo de mim, limitando-se a me mandar mensagens, por isso eu não tinha como pensar em passeios frugais. Claro que, soubesse eu das verdadeiras intenções de minha amiga, teria aceitado de imediato, mas isso fica para ser narrado lá na frente, como já ressaltei.

Chegáramos havia pouco ao bar, quando meu amigo Dimas surgiu.

"Dimas? Que boa surpresa." Fiquei alegre por revê-lo e queria deixar isso evidente para ele. "Achei que você tinha esquecido dos pobres."

"Às vezes realmente esqueço de mim, Naka, mas não esqueço de você." Seu sorriso era melancólico, mas era um sorriso, um progresso, supus eu. "Podemos conversar?"

"Claro", respondi. "Estamos aqui para isso."

Laila se levantou para nos deixar a sós. Insistimos para ela ficar, mas com toda a graça ela se disse cansada e preferiu ir para casa, deixando-nos à vontade.

Na despedida, ela parou na frente de Dimas e ficou observando-o sem nada dizer. As mulheres têm uma sensibilidade bastante particular, e Laila supera todas elas. De repente, por nenhum motivo especial, após fixar seus belos e profundos olhos azuis em Dimas por alongados instantes, ela o abraçou ternamente.

"Você é um grande homem, Dimas. Nunca se esqueça disso."

"Obrigado, Laila." Ele ficou constrangido como eu nunca vira antes, sem nada entender.

"Espero que tenha certeza sobre o que está prestes a começar. Há coisas que não podem ser contidas após iniciadas", prosseguiu ela.

"E há coisas que começam *apesar* da nossa vontade, Laila. Depois nos arrastam com elas", disse ele, num diálogo aparentemente sem pé nem cabeça; sem sentido para mim, mas com muita lógica para eles.

"Entendo." Ela o abraçou com ternura mais uma vez e fez um carinho no rosto dele. Depois, partiu, deixando-nos olhando um para o outro, sem palavras.

"Senta aí, Dimas", convidei, apontando para o banco de madeira invadindo a calçada onde antes estava Laila. "Uma cerveja?"

"Aceito, Naka. Estou precisando muito."

Pedi duas para a simpática garçonete (gostosinha, viu? Espantei-me por não tê-la notado antes), imaginando se ele retomaria sua queixosa fala sobre Maia, como fizera dias antes, mas o assunto era trivial.

"Você pode me emprestar seu carro mais uma vez amanhã?", perguntou ele, meio sem jeito, quando lhe entreguei a cerveja. "Vou sair com uma pessoa e quero causar boa impressão." O riso dele parecia genuíno, conquanto não fosse empolgante.

"Porra, Dimas. Bem no final de semana?" Apesar da minha reprimenda, era óbvia a brincadeira. Eu lhe daria o carro se isso pudesse reduzir o aperto no peito que eu sentia só de olhar para ele.

"Maravilha. Devolvo para você logo, talvez no domingo."

"Não se preocupe, não tenho nada programado. E uso mais a moto do que o carro ultimamente. Trânsito, sabe?"

Ficamos um tempo bebendo em silêncio, fato incomum em nossa amizade de anos.

"Conheço a infeliz moça prestes a ser enganada pelo galanteador da periferia?", perguntei com alguma dificuldade, para fazer o assunto render.

"Conhece, mas não posso dizer quem é", riu ele. "Essa pessoa é mais esperta do que nós dois juntos, pode apostar."

Ele não detalhou a identidade da pessoa, mas percebi não ser Maia. Quem seria? Pois bem, se ele não estava pronto para falar, eu não iria forçar uma situação. Fiquei feliz só por ele estar superando a antiga amante e partindo para outra.

Além disso, eu estava atordoado por algo incerto. Se eu não estivesse enlouquecendo por completo, diria haver uma sombra sobre ele, mas eu não entendia a razão. Nem havia bebido tanto assim.

Conversamos um pouco, mas ele dava claros sinais de impaciência, então paguei a conta e saímos. Fomos até minha casa, de onde ele partiu no meu automóvel, deixando-me sem carro e sem tranquilidade para encarar o final de semana.

Na partida, ele nem respondeu à brincadeira que fiz, imitando uma mãe zelosa ralhando com o filho pequeno, dizendo-lhe para ter juízo.

"Nunca terei", respondeu ele, e partiu.

Eu poderia ter feito mais? Sem dúvida, mas não atinava o quê ou como.

Com certeza, meu maior e mais profundo remorso, o qual carregarei por toda a vida, é não ter percebido o dantesco quadro que se pintava à vista de todos. Ninguém notou; restou apenas a tragédia, que não pude sequer tentar evitar, apenas lamentar.

21H51

"Lamentar é o que nos resta."

O diretor da escola, recostado no largo espaldar de cadeira, evitava olhar diretamente para Karl, mas sentia as ondas de calor emanadas por ele, mal acomodado no pequeno sofá do outro lado da sala.

Eles estavam na sala do diretor, no interior da escola diante da qual Bianca fora encontrada. Haviam combinado de se encontrar para uma reunião de urgência. O turno da noite estava quase no fim e a conversa não produzia nada, apenas acusações e insinuações de parte a parte.

"Lamentar? Isso é o melhor que tem para me oferecer?" Karl não elevava o tom de voz, mas era evidente sua ira. Os anos coordenando equipes de trabalho em setores diversos haviam lhe ensinado o poder de uma explosão latente, que nunca se concretizava, permanecendo como ameaça contínua, por isso ele se continha.

"As coisas não saíram como planejamos, por isso lamento. Mas não sou o culpado", defendeu-se o diretor.

"Sou eu, então?" Karl o fuzilou com olhar.

"Não há culpados. Fatores externos e imprevisíveis atuaram..."

O diretor caprichava na escolha das palavras por conta da importância de seu interlocutor, o homem cujo dinheiro vinha trazendo inúmeros benefícios à instituição por ele dirigida. Ele cansara de esperar as melhoras prometidas pelo recursos estatais, pois nunca chegavam a tempo ou de maneira suficiente, então apelara para uma peculiar parceria com a iniciativa privada. É fato que a ONG presidida por Karl Bergman oferecera bem mais do que ele sonhara, porém cobranças posteriores passaram a surgir na mesma proporção. E não eram referentes apenas aos aspectos pedagógicos.

"Quais fatores seriam esses, o senhor se importaria em me dizer?", perguntou Karl, a face marmórea.

O diretor, por sua vez, via-se na insustentável posição de precisar explicar a imprevisível corrente de fatos e acasos cujo resultado final fora a morte de Bianca, e nem imaginava como poderia fazê-lo. Tinha a impressão de que o interlocutor estava se deleitando com seu insucesso, enquanto ele apenas ansiava pelo fim daquela noite e a chegada do final de semana.

"Eu gostava de Bianca. Minhas alunas e meus alunos são importantes para mim. São quase meus filhos", respondeu ele, sem nada elucidar.

"Você aparenta ter uma predileção pelos alunos."

"Não admito que fale assim comigo!" O diretor não deixou passar o sarcasmo de Karl, levantando-se.

"Não admito mortes de inocentes!" Karl igualmente se levantou.

Após uma rápida troca de acusações, tanto o diretor quanto Karl permaneceram de pé uns instantes, mirando-se com indisfarçável fúria, mas cientes de que ambos perderiam muito se entrassem num conflito direto. O descontrole de Karl era evidente até para ele; não era dado a insinuações gratuitas como acabara de fazer em relação à vida pessoal do diretor e sua orientação sexual. Da mesma forma, o diretor tampouco estava tão sentido com a morte de Bianca quanto dizia estar, afinal não podia ignorar que ela, mesmo sendo uma boa moça, optara pelo caminho fácil das relações espúrias com o chefe do tráfico local, em vez de perseverar na tortuosa estrada do estudo com afinco.

O diretor foi o primeiro a buscar uma composição amigável.

"De qualquer forma, vamos olhar pelo lado positivo. Segundo ouvi dizer, a polícia tem atuado mais rigorosamente na área, já tendo prendido diversos traficantes e matado uns outros. Por conta da morte da jovem, não puderam mais ignorar o que se passava aqui perto como faziam antes, convencidos pelo dinheiro que semanalmente recebiam", disse ele, sentando-se após essa breve explanação, na esperança de motivar Karl a fazer o mesmo. Sem olhar para o interlocutor, continuou sua improvisação: "Estive na delegacia dias atrás e eles me disseram que o tal Boy está com os dias contados. Faz um tempo que é monitorado, mas ainda não tinham nada de concreto contra ele, apesar de todos saberem que ele é o chefe do tráfico na região. Porém, por conta da morte de Bianca, a polícia vai tentar obter uma interceptação telefônica, além de outras investigações em curso".

"O delegado lhe contou tudo com essa naturalidade? Não tem nada secreto lá? Não me espanta a ineficácia das investigações." Apesar do escárnio, Karl abrandou sua zanga por conta das novas informações, sentando-se também.

"Estou nesta escola há muito tempo, senhor Karl. O delegado sabe da seriedade do meu trabalho, por isso me contou. Não entendo sua agressividade atual."

O diretor usou um tom magoado, mas não insistiu em ostentar suas credenciais, que eram conhecidas de Karl, ou ele não o teria procurado, menos ainda a ONG por ele presidida investido expressivas somas na escola.

Durante minhas ligeiras pesquisas, descobri que o diretor era um profissional sério e dedicado à educação. Apesar de sua aparência espalhafatosa, só superada pela gesticulação afetada e voz esganiçada, havia muito tempo ele tentava manter afastados da traficância seus vários alunos, tarefa árdua em área tão pouco privilegiada pelo poder público. Para ele, elevar os padrões educacionais era uma meta secundária, não de todo abandonada, mas longe de ser prioritária numa região tão precária. Sua maior pretensão era manter seus alunos vivos e, de preferência, longe das drogas, seja vendendo-as, seja consumindo-as; como ele sabia, o consumo invariavelmente levava essas pessoas ao tráfico, visto por elas como única forma de sustentar o vício.

Karl Bergman, o filantropo de assombroso sucesso nas redes sociais e com fácil trânsito por todos os estratos sociais por conta de sua beleza, seu carisma, sua riqueza e seu prestígio como ex-modelo internacional, presidia uma ONG cuja atuação consistia em encontrar uma escola em deplorável estado, reformar o prédio e providenciar computadores, livros e mobiliário, além de ofertar cursos profissionalizantes e até estágios e empregos para os alunos mais destacados. A organização por ele presidida era sustentada em grande parte pelos seus seguidos aportes de dinheiro, sempre superiores às muitas doações recebidas de terceiros, e ele já atuava naquela escola havia cerca de dez meses, com resultados visíveis.

Até então, a parceria se mostrara profícua, mas sobreviera o assassinato de Bianca, complicando as coisas não pela morte em si — Karl não se atinha a detalhes menores.

"A menina morta era filha de um conhecido seu, segundo ouvi dizer…" Com muito cuidado, o diretor tateava em busca de uma aproximação.

"Não acredite em tudo que ouve por aí", respondeu bruscamente Karl, acrescentando a seguir: "Dimas, o pai da moça, foi um parceiro de time em tempos distantes, nada além. Não tenho amigos criminosos. Vamos falar da continuidade de nossos planos".

"Nossos planos continuam iguais. Nada mudou. Nosso projeto está indo bem e não pode ser interrompido por uma infelicidade imprevisível." O diretor quase implorava.

"Está bem", encerrou Karl, com um exagerado suspiro. "Só espero não me deparar com outra *infelicidade* dessas, como você as chama."

Curioso como Karl insistia em não se importar com a morte da filha de seu ex-amigo, mas insistia em evitar que outras ocorressem, paradoxo bem observado pelo diretor.

Aliás, percebendo a iminente partida de Karl, ele quase ergueu a mão para cumprimentá-lo, mas se conteve a tempo de evitar um constrangimento extra; Karl simplesmente se levantou e saiu da sala sem se despedir.

Logo após, o diretor saiu da sala e perscrutou o longo corredor, ao longo do qual viu muitos servidores simulando infantis disfarces de trabalho para tentar ouvir o que se conversara em sua sala.

"Não tem mais trabalho nesta escola, povo mexeriqueiro? Vamos ao trabalho, xô, xô. A semana está no fim, mas ainda não acabou", disse ele, alongando a última sílaba (acaboooou).

Pronunciou suas palavras finais batendo palminhas, como se enxotasse galinhas.

De imediato, voltou para a sala e trancou a porta. Pôs-se junto à janela e ficou ouvindo os sons da escola. Em pouco tempo uma sirene anunciou o fim da jornada da semana.

Deixando Karl de lado, passou a observar os muitos adolescentes saindo em contagiante algazarra. Como queria voltar a ser um deles. Quando a escola ficou vazia, ele notou folhas caídas pelo pátio e corredores, sinal de que a poda das árvores não estava sendo feita regularmente. Precisava ter uma conversa séria com Reginaldo sobre isso.

Dali a pouco, porém, a imagem de Karl voltou a atormentá-lo. Ele dedicara sua existência à educação e, passado um pouco dos cinquenta anos, tinha receio de começar a duvidar do acerto de suas escolhas. Ao longo dos anos conseguira encaminhar alunos para uma vida proba, muitos dos quais concluíram ensino superior e se tornaram cidadãos úteis à sociedade. Recentemente, porém, havia feito um pacto com um lindo demônio loiro, cuja proposta era tão tentadora quanto o proponente, não conseguindo ele resistir. A conta, no entanto, chegara cedo demais. E era elevada.

Nesse momento, bateram à porta, tirando-o de seus devaneios.

"Estou precisando de um cinema", suspirou o diretor, imaginando os prazeres que teria numa sala escura, enquanto caminhava para destrancar a fechadura, evitando pensar na Boca do Palhaço.

"O que foi desta vez?", foi sua gentil resposta ao abrir a porta. "Ninguém faz nada nesta escola se eu não disser o que é para ser feito".

Ele nem mesmo ouviu o que o assombrado funcionário da secretaria tinha para lhe dizer. Simplesmente pegou seu pulôver e saiu.

"Vou me embora. Cheeeeega."

"Mas, diretor...", tentou o funcionário.

"Não tem mais coisa nenhuma!", encerrou ele, aos brados. "Não quero adoecer, preciso de repouso. Está vindo por aí uma frente fria".

DIA 14 DE AGOSTO
SÁBADO, POR VOLTA DAS 16H

A frente fria chegou repentinamente.

Além da garoa intermitente, uma brisa gelada penetrava nas roupas e forçava as pessoas a procurarem proteção extra nos cafés da cidade naquele final de tarde, reclamando do frio inesperado com a mesma ênfase dantes utilizada para lamentar o calor.

Entretanto, longe desses lugares aconchegantes, a tremedeira de Bolão ao despertar tinha outra origem.

Recobrando a consciência aos poucos, ele buscava entender como tinha sido conduzido àquela situação atroz. Estava sentado em uma pesada cadeira de metal, com as mãos amarradas atrás do espaldar, descalço, a barra da calça dobrada até onde suas grossas canelas permitiam, e com os pés dentro de um grande balde de alumínio preenchido até altura dos calcanhares com água e gelo. Observando discretamente ao redor, pareceu-lhe identificar um galpão de fábrica abandonado, um local não reconhecido por ele.

Apesar de o lugar ser extenso e de todo desocupado, o ambiente era opressivo, talvez por conta da pouca iluminação e excessiva poeira, mas muito mais provavelmente por alguma coisa ainda indefinível para ele, um vulto ou algo assim, de pé num canto afastado.

"Fique frio, Bolão." Dimas, de longe e sem ser visto, sorria. "Estava ansioso aguardando você acordar."

Meu amigo sempre foi um fã dos filmes de ação americanos e, sem dúvida, se inspirou neles para realizar sua apoteótica entrada em cena, com vistas a obter o melhor efeito dramático possível. Após esperar algum tempo, e percebendo o despertar de Bolão, sua ampla figura surgiu das sombras, passo lento, pernas abertas e bem apoiadas no chão, os braços semicurvados segurando um pesado instrumento junto ao corpo.

Apesar da energia da apresentação, Bolão não era facilmente impressionável, não deu mostras de estar apavorado, como supusera meu amigo. Não obstante, um temor instintivo tomou conta de Dimas ante a aproximação de seu colega de tráfico — ou ex-colega, já não conseguia distinguir. Mais do que a impressionante marreta segurada por Dimas, assombrou-o a expressão no rosto deste.

"Agora, você vai sair dos sonhos para cair no seu pior pesadelo."
Misericórdia!
Dimas gostava de frases de efeito, mas passava dos limites. Qualquer outro ficaria constrangido ao proferir tal fala, mas ele nem se abalou com a breguice da oração previamente ensaiada.

Bolão recuperou de imediato sua lucidez. Nada disse, porém; continuou aguardando o desenrolar da situação.

"Esta é uma fábrica antiga no bairro onde cresci", prosseguiu Dimas, como um anfitrião apresentando sua imponente residência para um célebre visitante. "Eu brincava de explorar as coisas por aqui quando era criança. Depois, na pré-adolescência, cheguei a trazer uma vizinha para cá para algo mais íntimo, mas foram só uns beijos, no fim das contas. Não voltava fazia anos. Incrível como permanece abandonado após tantas décadas. Dizem que é objeto de uma disputa de herdeiros, mas acredito que você não tenha interesse nos detalhes do inventário, certo?"

Bolão fez uma imperceptível pressão sobre as correntes em suas mãos, mas não insistiu ao perceber não poder escapar. Com um autocontrole admirável para alguém em tão insólita condição, ele nem tentou retirar as pernas do balde com gelo, apesar de sentir os pés congelados e formigando, como se perfurados por incontáveis cacos de vidro, sabendo de antemão a inutilidade do gesto.

"O que você quer, negão?", perguntou Bolão num tom casual para Dimas, como se estivesse no comando da situação e propenso a conceder um favor a um subalterno.

"Detalhes." Dimas fez uma breve pausa, assegurando-se de ter a atenção de Bolão. "Quero os detalhes de como vocês assassinaram minha Bianca. Pra começar, quem mais está envolvido?"

"Não sei do que você está falando, negão", respondeu Bolão, fazendo cara de desdém. Contudo, sua firme e apressada resposta soava antes um cacoete usado em abordagens policiais, não uma resposta sincera e refletida, como notou Dimas. Ademais, apesar da negativa, Bolão não tinha tanto autodomínio quanto pretendia e acabou por arregalar os olhos com mais amplitude do que seria esperado se ele não soubesse exatamente sobre quem era a pergunta; esse ato falho tampouco escapou a Dimas.

"Serei mais claro, então."

Seguro de estar no caminho certo, Dimas não iria mais hesitar diante da evidente necessidade de ser mais incisivo no interrogatório. Parando de falar, depositou a marreta ao lado do corpo e gentilmente caminhou até Bolão, cujas pernas foram retiradas do balde e colocadas sobre um cepo de madeira de uns vinte e cinco centímetros de altura, o qual não havia sido notado por Bolão. A seguir, Dimas amarrou ambos os pés de Bolão com um barbante espesso, prendendo-os ao toco, enquanto os olhos de Bolão, na outra extremidade do corpo, contemplavam aquela operação, em tudo similar ao lava-pés realizado pelo Cristo nos seus apóstolos, segundo recordava de suas antigas aulas de catecismo (acham mesmo que bandidos nascem adultos? Muitos deles foram bons meninos), mas com presumível diversa finalidade. Curiosamente, ele nada objetava, assistindo à cena como se não fossem seus os membros manipulados por Dimas.

Encerrada a amarração, Dimas se levantou e voltou até a marreta, apanhando-a com as duas mãos e levando-a até Bolão, bem diante da vista dele.

"Agora eu vou quebrar uma de suas pernas. Talvez isso reavive sua memória. Prefere a direita ou a esquerda? Para mim não faz diferença, talvez eu vá quebrar a outra de qualquer forma. Mas fui jogador de futebol e respeito uma perna habilidosa."

Dimas estava tão sereno quanto estaria ao saltar para realizar um cabeceio perfeito no canto distante do goleiro. Era seu momento, e ele sabia ter talento e determinação para prevalecer.

Bolão, de sua parte, não se dando conta por completo da gravidade do anúncio, não se desesperou, nem cedeu. Ao revés, continuou quieto, olhando fixamente para o interlocutor, conquanto piscando um pouco mais do que gostaria, esperando o próximo ato de Dimas, não muito convicto sobre qual seria. Ele era do crime desde o final da adolescência e conhecia bem o que era necessário para levar adiante a promessa contida naquela situação. Perguntava-se se Dimas teria tal estofo, torcendo em segredo por uma resposta negativa.

Dimas, entretanto, não se hesitou. A bem da verdade, imaginara encontrar menor resistência, afinal Bolão, indecentemente gordo, aparentava ser um indivíduo de pouca força de vontade, incapaz de resistir à comida e, portanto, também às pressões da vida, mas isso não queria dizer que ele fosse entregar tudo a partir de uma singela ameaça. Seria preciso, pois, uma demonstração mais concreta da seriedade de suas palavras. Sem dizer mais nada, soltou mais uma vez a marreta, deu a volta até as costas de Bolão e, por trás, segurou o nariz grosso dele por uns instantes até ele abrir a boca para respirar, momento aproveitado por Dimas para usar uma mordaça feita com um pano dobrado, com um nó no meio, o qual foi enfiado na boca de Bolão, depois amarrado na nuca. A seguir, Dimas voltou à frente de Bolão e, de novo apanhando a marreta, mostrou-a detidamente para Bolão. Ato contínuo, levantou-a e, sem mais nada dizer, desferiu um violento golpe na lateral na perna esquerda do contido. Tíbia e fíbula se dobraram de imediato para dentro e furaram a pele, rasgando-a. O sangue demorou a jorrar, mas surgiu caudaloso e constante.

Bolão, sem conseguir se mover, mordia a mordaça com toda a sua força, virando o rosto de um lado para o outro com grande velocidade. De seus olhos, arregalados ao máximo, escorriam terror e lágrimas.

Dimas caminhou de costas alguns passos, apanhou uma cadeira e se sentou diante de Bolão, com a marreta ao seu lado, observando o rosto contorcido do outro, aguardando a adrenalina de ambos baixar e a fratura exposta motivar Bolão a falar. Quando julgou ter passado tempo suficiente, ele continuou.

"Agora eu vou tirar a mordaça e quero ouvir todos os detalhes, Bolão. Lembre-se, *todos* os detalhes. Principalmente o nome dos demais envolvidos. Já entendeu meu ponto e percebeu até onde pretendo chegar." Dimas parecia se dirigir a uma criança desatenta, escolhendo palavras simples, mas claras e inteligíveis.

Quando soltou a faixa de pano da boca de Bolão, a reação deste não foi propriamente a esperada por Dimas.

"Seu arrombado!", gritou Bolão. "Você vai morrer, filho da puta do cara... humpf."

Após prender mais uma vez a mordaça, Dimas voltou para sua cadeira na frente de Bolão. Abaixou a cabeça por um instante, soltou um suspiro profundo e resignou-se, levantando a face e mirando seu interlocutor diretamente nos olhos. Não haveria caminho curto mesmo, aceitava. Nada na sua vida fora fácil. Apanhou mais uma vez a marreta e a postou bem diante da face de Bolão.

"Olhe bem para isto, seu gordo de merda. Eu vou quebrar sua outra perna agora, depois vou te fazer a mesma pergunta.

Vamos continuar nisso pelo tempo que for necessário, ou enquanto você tiver ossos inteiros debaixo dessa gordura toda."

Havia pânico no rosto de Bolão, ódio principalmente, sentimentos que excediam com folga a dor. Só não havia rendição.

Dimas, por sua vez, sentia o coração acelerado, a respiração quase descontrolada e um suor gelado descer por sua espinha, assim como uma náusea se formar em seu estômago. Não haveria recuo, porém. Ele levantou mais uma vez a marreta, do seu lado esquerdo desta vez, e a desceu vigorosamente na lateral da perna direita de Bolão, a qual foi curvada ainda mais do que a anterior. Ambas as pernas de Bolão agora apresentavam irregulares curvaturas para dentro, enquanto uma poça grossa de sangue escuro escorria pelo cepo de madeira e avançava pela escuridão do pátio.

"Quer mesmo que seja assim?" Dimas, novamente em sua cadeira, ficou observando Bolão se esgotando pelo esforço infindável, retorcendo-se de dor e desespero, sem conseguir aplacar a primeira ou controlar o segundo. As pernas deformadas pelas fraturas estavam muito brancas, assim como o rosto de Bolão, que tremia de fraqueza, mais do que de frio.

Dimas reconhecia a urgência da situação, Bolão estava entrando em estado de choque. Se o maldito desmaiasse, perderia tempo precioso, do qual não dispunha; precisava fazer algo para mantê-lo lúcido. Levantou-se, pegou o balde deixado de lado e despejou a água gelada sobre a cabeça do homem amarrado.

Bolão se recobrou, mas tiritava de frio.

Dimas avançou, cada vez mais agressivo. "Bolão, me fale quem matou Bianca e por quê." A voz de Dimas indicava que ele também estava perdendo o controle. "Agora!"

Mesmo com a mordaça abaixada mais uma vez, Bolão demorou a voltar a falar; arfava muito. Uma baba grossa saía de seus lábios, mas espantosamente ele não se entregava.

"Cagueta e peixe morrem pela boca, seu filho da puta. Sou sujeito homem e você não vai ouvir nada de mim, nem que eu morra."

O autocontrole de Bolão era realmente espantoso e, em boa medida, imprevisto. Dimas sabia que encontraria algo do tipo uma hora ou outra, mas não tão cedo. Teria de improvisar, como fazia quando encontrava zagueiros especialmente fortes e resistentes.

"Então você vai morrer, filho da puta!"

Não havia caminho de volta. Dimas ergueu a marreta pela terceira vez, sempre observando Bolão, cuja mirada não se abaixava.

Bolão, mesmo sentindo a proximidade de sua hora final, encarava fixamente Dimas, desafiando-o a dar o derradeiro golpe. Se tinha de morrer, seria nos próprios termos, como sempre soubera ser seu destino.

Os braços de Dimas desceram rápidos, um golfista seguro de suas habilidades realizando uma tacada perfeita.

A marreta atingiu a têmpora esquerda de Bolão e não encontrou qualquer resistência. Pedaços de osso e massa encefálica voaram pelos ares e se juntaram à poeira do piso industrial.

Dimas caiu de joelhos, jogando a marreta para longe. Tremendo e arfando, vomitou no chão, sujando ainda mais a perna da calça, já manchada de sangue. Sua garganta queimava por conta da bílis expelida.

Ele não imaginara ser tão difícil cometer um crime, nunca precisara fazê-lo. Ademais, dona Antônia havia infundido no filho um severo código moral, e ele não cedera deste ao longo da vida, apesar das muitas oportunidades e convites — embora não tivesse tido vida regrada, suas pequenas infrações morais se relacionavam apenas a mulheres, bebida e vida boa, jamais podendo imaginar que iria tirar algo de alguém, ou usar de violência contra outra pessoa, menos ainda *matar* uma pessoa. Perto dos quarenta anos, entretanto, após a morte de Bianca, traficara drogas e agora cometera um homicídio, tudo na mesma semana.

Nada mau para um iniciante.

Deveria se sentir orgulhoso? Por ora, sentia-se simplesmente enojado de si. E muito cansado.

Enganara-se por completo achando que Bolão iria ceder fácil; o sujeito era mais forte do que a aparência flácida dele sugeria. Não poderia repetir esse erro na próxima vez.

Cagueta e peixe morrem pela boca, seu filho da puta. Sou sujeito homem e você não vai ouvir nada de mim, nem que eu morra. As palavras de Bolão ainda ressoavam em seus ouvidos, as mesmas mencionadas pelo delegado responsável pela investigação da morte de Bianca. Em suma, Bolão confirmara tudo, embora sem entregar os comparsas.

Merecera o fim, tentou se confortar Dimas, sem conseguir aplacar a consciência.

Recobrou-se e levantou. Aquele fora apenas o primeiro dos cinco assassinatos que ele estava para concluir.

Imagens do dia retornavam à sua mente. Chegar ali havia sido fácil, mas com muito custo carregara Bolão para dentro do galpão adrede preparado.

Naquele dia, logo cedo, assumira a traficância e trabalhara sem parar até o meio da tarde, quando pediu autorização para uma saidinha da Boca do Palhaço para comprar um lanche. Bolão o autorizou. Mais do que isso, dispôs-se a acompanhá-lo — Dimas calculara essa reação. No momento em que ambos entraram no modesto veículo de Dimas, este saltou sobre Bolão e o pôs para dormir com clorofórmio — o pano umedecido estava guardado desde a manhã num compartimento da porta do motorista.

Voltando ao presente, olhou no relógio e viu que já era perto das dezoito horas, precisava agir rápido. Caminhou até o automóvel, apanhou um galão de gasolina no porta-malas e derramou o líquido sobre Bolão.

Na saída do galpão abandonado, acendeu um isqueiro e o soltou no chão. Não olhou para trás, mas sentiu a onda de calor se formando.

Com passo apressado, entrou no carro e abandonou o local, seguindo sozinho pelas ruas isoladas do antigo bairro industrial, o qual havia vicejado em sua juventude, mas estava agora praticamente abandonado. As empresas haviam atendido ao canto de sereia da renúncia fiscal de outros municípios e mudado para longe, deixando na região apenas desemprego e galpões degradados. Bolão era uma vela ardendo no funeral do bairro.

Durante a jornada para casa, Dimas entendeu que precisava ser rápido dali por diante, antes de sentirem a falta de Bolão. De acordo com seu planejamento, Paulão seria o próximo, com o auxílio involuntário de Laila.

Passou rapidamente em casa, onde dona Antônia o aguardava, desesperançada.

"Dimas?", perguntou ela do quarto. "Por onde você tem andado, filho?"

"Sou eu, dona Antônia. Fique tranquila."

"Vou levantar e fazer algo para você comer."

"Estou sem fome. Vou tomar um banho."

No banheiro, Dimas se lavou, esfregando o vômito e o sangue das roupas debaixo do chuveiro. Algumas peças estavam além de qualquer limpeza, as quais ele jogou no lixo. As peças recuperadas ele estendeu no vitrô, como era costume por ali.

Saído do banho, apanhou o cabide com uma longa capa plástica de uma loja de roupas de festa — havia um belo smoking no seu interior, roupa alugada um dia antes — e saiu sem se despedir da mãe.

Dona Antônia, com o passo silencioso dos anjos e das mães, supondo estar o filho deitado no sofá, foi até a sala para cobri-lo com uma mantinha infantil — havia sido de Bianca —, mas não o encontrou.

Havia lágrimas nos olhos da pobre senhora, iguais às que surgiriam nos meus olhos quando ela me contasse o ocorrido dias depois. Seu padecimento não era pelas dores recentes, e sim por outras ainda por vir, pressentia ela. A sensibilidade materna lhe indicava a iminência de novos e mais graves eventos, porém ela não tinha como fazer nada além de observar a desgraça ganhando forma. E sofrer com ela.

Com um senso de fatalidade insuperável, não voltou para o quarto, preferindo ficar na sala, orando e pedindo aos céus proteção para o filho. Esgotada, recostou-se e adormeceu no sofá.

17H57

No sofá da sala, Laila pensava no compromisso dali a pouco. Sua vontade era cancelar, não tinha vontade alguma de sair, mas não podia fazê-lo; a pessoa com quem marcara precisava dela mais do que ela de repouso.

Ela não trabalhara naquele sábado, tinha participado de um "congresso" (assim ela chamou o evento; por respeito a ela, não a ele, evitei menosprezá-lo) que havia sido, nas palavras dela, "su-bli-me".

Um breve aparte: conquanto eu respeite as pessoas e suas trajetórias, e tenha por Laila profunda e verdadeira amizade, não tenho a menor tolerância para com esses temas de bem-
-estar, nova era e quejandos. Entretanto, se ela estava feliz, eu estava feliz por ela.

Pois bem, prosseguindo na história original, afora a má vontade em relação ao encontro futuro, Laila estava empolgadíssima com a perspectiva da iminente mudança em sua vida.

Descontadas minhas implicâncias, Laila se sentia especialmente tocada pela palestra ouvida naquela data, sobre Sidarta.

O assunto é profundo e merece um esclarecimento. E sem piadas. O evento não fora sobre Sidarta Gautama (o Buda), e sim sobre um homônimo (Sidarta apenas), cuja vida transcorrera na mesma época em que vivera o Iluminado, com quem, inclusive, teve um breve encontro. No entanto, o Sidarta "ordinário", na falta de termo mais apropriado, ainda estava num estágio bem menos avançado na trajetória para o autoconhecimento e a iluminação, embora estivesse se desenvolvendo rapidamente — e da pior maneira aprendendo com os muitos percalços da vida, o que se deu quando ele aprendeu a aceitar a vida como ela se lhe apresentava.

Inclusive, a biografia do xará do Buda foi retratada no livro de mesmo nome, *Sidarta*, do autor alemão Hermann Hesse, cuja obra mais conhecida é, sem dúvida, *O lobo da estepe,* título depois utilizado para nomear uma das icônicas bandas americanas de rock dos 1970, Steppenwolf, responsável pela imorredoura "Born to be Wild", clássico do rock da trilha sonora do filme *Sem destino*, estrelado por Peter Fonda e Dennis Hopper.

Mais um aparte — podem atacar meu claudicante estilo literário e até me acusar de algumas coisas como *machismo, reacionarismo* ou *pedantismo*, contudo não podem negar o quanto eu me preparei para redigir este texto, conforme se depreende dos últimos parágrafos.

Sigamos.

Laila aprendeu com o Sidarta comum (através da palestra, é claro, não diretamente, afinal milhares de anos e de quilômetros os separavam no tempo e no espaço) a *meditar, jejuar* e *esperar,* isto é, a refletir sobre sua vida, aceitar o que não se tem, embora temporariamente, bem como a projetar o que se quer e aguardar o tempo necessário até obter o objeto anelado, não importando o quanto demore. Mais importante, aprendeu a parar de tentar pular fases da vida, sendo ingente a necessidade de viver intensamente cada instante, sem nostalgia do passado ou ansiedade em relação ao futuro, ocupando e vivendo plenamente o momento presente; em suma, o tão propalado *mindfulness*.

(Jesus Amado, o palestrante encontrou mesmo isso no Sidarta do Hesse? Eu não fui tão perspicaz, pelo jeito! — está bem, paro por aqui.)

De sua parte, Laila, extasiada, repassava sua vida, recordando o casamento frustrado, a dolorosa e repentina viuvez, o autoimposto celibato e, sobretudo, a atual fase de reflorescimento de sua verdadeira personalidade.

Cristiano, seu ex-marido, pessoa deplorável de quem já tratei capítulos atrás, fora um homem de muitas qualidades, com exceção de uma, a qual ela julgava essencial, a humildade. Defeitos ele não tinha muitos, mas os poucos que tinha (vaidade sobretudo, acompanhada de perto pela sovinice) eram exercitados e praticados com uma abnegação e uma voluntariedade dignas de elogio (o paradoxo é dele, não do meu texto).

Todos os conhecidos dele e dela se espantaram com o namoro e casamento havido, afinal essa história de "opostos se atraem" não convence mais ninguém, e mais ainda com a velocidade com que tudo ocorreu. De uma forma ou de outra, aquelas pessoas tão díspares, como a resina atual e a antiga amálgama usada para restauração de dentes (somos dentistas, vamos nos ater aos materiais com os quais estamos familiarizados), se conheceram, se interessaram uma pela outra e se casaram em tempo recorde.

Apesar da tórrida paixão do casal (ela estava apaixonada, pelo menos), o matrimônio não foi muito satisfatório para ambos. Em pouco tempo, Laila se cansou; cansou de agradar sem ser agradada, de elogiar sem ser elogiada, de ceder sem receber nada em troca. E, particularmente no leito conjugal, de servir sem ser servida. O divórcio viria de forma natural, tão rapidamente quanto o casamento de pouco antes, não tivesse o destino urdido planos mais drásticos. Numa madrugada de segunda-feira, após uma deplorável cena com Laila, porquanto ela começava a se mostrar recalcitrante em atender os desejos mais obscuros dele, Cristiano saiu de casa para visitar agências no interior (ele era gerente-geral de um grande banco, caso eu não tenha mencionado), asseverando que na sua volta, prevista para dois ou três dias, teriam uma conversa esclarecedora sobre a relação entre eles e os sagrados deveres decorrentes do matrimônio.

Na quarta-feira, quando finalmente voltou para casa, nada mais objetou. Nem poderia, encerrado em um caixão lacrado por conta dos extensos ferimentos decorrentes da colisão com um caminhão lenheiro.

Laila, uma romântica por natureza e por predileção (um ar levemente melancólico lhe caía bem, segundo pensava), passou a se culpar pelo acidente. "Se não tivéssemos brigado, ele estaria mais atento ao volante", confidenciou ela em certa ocasião a mim e a Roger.

Nenhum de nós conseguiu tirar aquela tolice da sua cabeça.

Sua submissão salvaria a vida dele, à custa da sua, foi a réplica não pronunciada por mim, mas igualmente partilhada por Roger, haja vista a maneira como ele a encarava.

Assim, enviuvada e traumatizada, Laila não teve relacionamentos fixos depois disso, descontados uns raros momentos de discretos encontros com um ou outro rapaz, todos sumamente desagradáveis e infrutíferos. Em compensação, ela se dedicou com afinco ao trabalho como dentista, primeiro porque gostava da profissão escolhida, segundo porque se distraía das questões mundanas, e terceiro porque estava em constante contato seus adoráveis amigos dos tempos de faculdade, os sócios com quem ela se aventurara na odontologia e na iniciativa privada — Roger e eu (perdoem-me a falta de modéstia e ao menos reconheçam que eu não desfiz de Roger desta vez).

Enfim, Laila encontrou nos amigos gentilezas variadas, as quais não conhecera com o homem com quem casara. Seus amigos a alegravam com as infantilidades e implicâncias mútuas, assim como a faziam paulatinamente despertar para sua feminilidade, com seus corpos másculos (não me tomem por convencido. Ela usaria essas exatas palavras numa futura conversa na praia. Aguardem e confiem).

Bem, voltando mais uma vez ao assunto principal, Laila, após viver excessivamente o luto, sentia-se pronta para a vida florescendo diante dela, se seguisse o mantra do *meditar, jejuar* e *esperar.*

Nesse momento, um leve desconforto no estômago lhe recordou de que ela sabia jejuar, mas não *precisava* jejuar, não sempre. Deu-se conta então de que acabara não comendo nada antes de voltar para casa e ainda faltava um tanto para seu encontro.

Como não estava nem um pouco a fim de estragar seu *mindfulness* ingerindo comida requentada no micro-ondas, voltou a calçar os sapatos, vestiu um casaco leve e saiu para enfrentar o ar noturno, como forma de passar o tempo e espairecer um pouco fazendo o que mais gostava de fazer, dirigir pela cidade à noite.

Enquanto vagava sem destino pelas vias movimentadas da região onde ficavam os restaurantes, parou o automóvel em um semáforo e, sentindo-se segura, abaixou o vidro do carro para observar melhor as pessoas na calçada.

"Oi, gracinha. Dá uma carona pra gente. Podemos nos divertir", convidaram dois rapazes na calçada, olhando para ela com risos e exagerada intimidade. Eles eram jovens, bonitos e pareciam cheios de vida.

Laila ouviu a proposta, sorriu de volta, subiu o vidro e partiu quando o semáforo abriu. *Até poderia ir*, pensou ela. *Mas não hoje. E não com vocês*, riu ela apenas para si.

Seguiu seu incerto caminho, cantando com as músicas que ouvia aleatoriamente no rádio, observando as pessoas na rua, sem ser observada por trás dos vidros escuros, sussurrando para Marisa Monte a letra da canção para que a cantora não a errasse.

Agora vem pra perto, vem
Vem depressa, vem sem fim
Dentro de mim
Que eu quero sentir
O teu corpo pesando
Sobre o meu

Laila estava prestes a perder o controle do carro, sentindo o peso imaginário de um homem sobre ela, suado e exausto. A face surgida em sua mente era uma mescla entre os traços de Roger e os meus.

Queria e seria feliz, é claro.

Mas tinha receio de se jogar em algo sem garantia de sucesso. No entanto, quando houvera garantia? *A vida não faz nada sozinha, nós é que fazemos*, resignou-se ela. Necessitava esquecer toda a infelicidade, culpa e sofrimento e lembrar apenas da vida e da felicidade que deveriam preenchê-la neste mundo.

Parada noutro semáforo, cogitou gravemente voltar até o ponto onde anteriormente encontrara os dois rapazes. Fosse mais jovem (ou mais destemida), voltaria e mostraria a eles algumas coisinhas. Ria ela só de pensar nessa possibilidade. Ela não queria realmente fazer nada, só curtir a graça e a indecência fugaz do pensamento.

Guiou resoluta até a base aérea onde morava Roger, e na frente da portaria fez uma curva brusca e tomou o caminho de volta. Não parou por ser área de segurança e ela temer ser enquadrada. Pouco depois, já diante da minha residência, parou, mas não desligou o motor; só olhou para a luz acesa da minha janela, depois partiu.

A louca saiu para comer, mas apenas guiou o carro a esmo pela cidade. Quando percebeu, tinha de voltar para casa, tomar banho e rumar para seu secreto encontro.

20H30

O encontro de Laila e Dimas ocorreu em completo sigilo por exigência dele.

Laila não apreciou nada o aspecto conspiratório dos termos do convite, mas o aceitou por ele ter sustentado precisar conversar com alguém. Laila me confidenciaria depois que Dimas estava angustiado ao falar com ela, evidenciando a total ausência de propósitos românticos por parte dele, apesar da incomum solicitação para que fossem só eles e sem que ela comentasse comigo ou com Roger. Com sua insuperável sensibilidade, ela entendeu a necessidade dele e aceitou todas as exigências.

Na hora acertada, eles se encontraram na área onde ficam os bares da cidade, ela no carro dela, ele no meu; aliás, Dimas estava muito bem-vestido.

"Deveria ter me avisado sobre os trajes, Dimas", gracejou Laila ao avistá-lo todo solene com sapato, terno e gravata pretos sobre uma impecável camisa branca.

"Quis impressionar", respondeu ele, meio sem jeito.

Dali seguiram a pé até uma lanchonete de duvidosa aparência, um pouco mais afastada das melhores casas noturnas do local, o que não escapou a Laila.

"Esse é o seu melhor, Dimas? Só mereço isso no nosso encontro? Pela vestimenta supus algo mais refinado."

Laila, rindo muito, contemplava o local e todos os seus frequentadores, excessivamente iluminado e cheio de energia, como uma árvore de Natal improvisada com luzes desconexas.

"Eles servem o melhor pão com ovo da cidade", gracejou ele.

"Uau, o cardápio é igualmente primoroso. Tubaína acompanha?" Ela não sabia se era brincadeira dele, mas entrou no clima.

"Num copo quase limpo." Ele colocou uma mão atrás das costas dela e a conduziu para a entrada antes que ela mudasse de ideia e decidisse ir embora. "Vamos?"

"Claro." Ela continuava sorrindo. "Espero que lá dentro seja melhor do que a aparência sugere."

"Será rápido, ao menos."

Eles entraram juntos no bar movimentado, como se fossem um casal.

Lá dentro, Dimas afirmou precisar ir ao banheiro, motivando Laila a fazer o mesmo — ela não iria ficar sozinha numa mesa naquela espelunca por nada.

Dimas, porém, em vez de ir diretamente para o banheiro, encaminhou-se até o balcão, junto do qual Paulão tomava uma cerveja.

"E aí?", falou Dimas, num tom jovial, para Paulão. "Sou o motorista da senhora. Vocês combinaram algo, não?"

"E aí?" Paulão sorriu, olhando-o de cima a baixo e verificando não haver perigo na aproximação daquele homem.

De fato, Paulão havia reconhecido a bela loirinha assim que ela entrara, a mulher com quem ele vinha conversando virtualmente desde o dia anterior. Conforme combinado, ela iria ao local com seu motorista, entraria no local para ser vista por ele e também para vê-lo. Caso ambos se aprovassem, ela sairia na frente e ele sairia na sequência, acompanhando o mesmo motorista. O ingênuo traficante, fora de seu habitat natural, nem sequer imaginou que estivera todo o tempo conversando com o perfil *fake* que Dimas havia criado a partir de uma fotografia de Laila.

"Minha senhora aceitou o senhor." Dimas sorriu para ele com o ar lascivo e condescendente de um criado conhecedor dos vícios de seu patrão. "Alguma resposta para ela?"

"Também topei, meu chapa." Paulão mal continha a empolgação, quase duvidando de sua sorte em conhecer um esplendor daqueles. Esse *quase* fará a diferença entre a vida e a morte para ele, como descobrirá tarde demais. "Como ela quer fazer?", quis saber por fim.

"Ela não vai se expor num ambiente destes. Acho que o senhor entende, não?" Ante a concordância de Paulão, expressa num aceno de cabeça, Dimas prosseguiu: "Assim que ela sair do toalete, vou conduzir o senhor e ela até um local mais reservado. Porém, sairemos separadamente até o carro, ela na frente, nós um pouco depois. Foi esse o combinado?".

"Ô se foi", aquiesceu Paulão.

Quando Laila saiu do banheiro, Dimas foi até ela, não sem antes indicar para Paulão aguardar as próximas instruções. Depois, pôs a segunda parte de seu plano em ação, contando a Laila sobre um imprevisto repentino a exigir sua presença em outro lugar.

"Um imprevisto?" Laila, boquiaberta e ofendida, parecia não ter entendido o que se passava.

"Desculpe, Laila, mas eu preciso acompanhar um conhecido numa coisa", insistiu ele, fazendo um leve aceno de cabeça na direção de Paulão. "Explico para você depois. Lamento mesmo."

Ela olhou bem para Dimas e para o "conhecido" sentado junto ao balcão a alguns metros, depois para Dimas novamente, deu um longo e profundo suspiro.

"Mas você disse que precisava falar comigo. E que era urgente", retorquiu ela, tentando entender o que se passava.

"Eu sei. Mas terá de ficar para um outro dia."

Quando me contou sobre esse encontro, ela me disse ter tido uma impressão esquisita ao fitar Dimas. Se ela o olhasse diretamente, não havia nada de incomum; porém, quando olhava para outro lado e, de relance, passava por ele, era como se visse uma sombra sobre ele, uma coisa disforme e francamente malévola ao redor dele.

Só eu sei o quanto eu lamento ter sido cético sobre as palavras dela.

"Tudo bem, Dimas", aceitou ela. "Espero que você saiba o que está fazendo."

"Está tudo bem, Laila. É só uma coisa que preciso resolver."

Laila me contaria que estava com uma sensação muito ruim e não queria deixá-lo, mas ele insistiu. Então ela não teve opção a não ser partir. Antes, porém, ela o abraçou longa e ternamente, assim como o beijou no rosto.

"Você é um bom homem, Dimas. Fique com Deus."

"Você também, Laila. Obrigado. E me desculpe mais uma vez." A voz dele estava estranhamente embargada, mas ele fez força para disfarçar.

A seguir, ela deu as costas e saiu do bar. Tal qual Maia ao se despedir dele no parque, Laila não sabia, mas não voltaria a ver Dimas vivo.

Ali próximo, Paulão observava a conversa entre a patroa e seu motorista, bastante feliz com o encaminhamento das coisas. Na sua cabeça, tudo seguia o acertado.

Aliás, no princípio das conversas, notando a beleza da mulher e espantado com a natureza atirada dela, duvidou da veracidade das fotos, mas acabara de constatar que eram bem verdadeiras: a mesma silhueta delgada, com uma bunda redonda, pele e cabelos claríssimos, peitos cheios. Uma gostosura, enfim, do tipo que faz um homem baixar a guarda e cometer erros.

"Cavalheiro?" O motorista da loira voltou até ele. "Vamos?"

"Pode ter certeza, meu amigo."

Paulão pagou rapidamente o chope que tomara e seguiu o motorista até o automóvel parado na rua de trás, um pouco afastado (como já mencionei, era o meu carro, pedido emprestado por ele mais uma vez, por certo supondo que o velho modelo dele não passaria por um carro de mulher rica que tinha até motorista).

"A senhora está no carro, aguardando." Dimas falava no tom supostamente empregado por um motorista profissional, o que era aceito por Paulão, ambos fingindo ter finesse.

"Por favor, entre", convidou o motorista, abrindo a porta traseira.

Paulão se preparou para ficar frente a frente com a fascinante loira do bar, mas não havia ninguém dentro do carro. Quando se voltou para o motorista, deu de cara com uma arma.

"Quieto, amigão. Entre no carro", ordenou Dimas, já empurrando o outro para o banco traseiro.

"Calma aí, parceiro", respondeu Paulão, sem perder a tranquilidade. "Também sou do movimento. Vamos conversar."

"Entre, eu disse." Dimas empurrou Paulão mais uma vez, entrando em seguida e fechando a porta por dentro. "Mãos para a frente e para baixo."

Dimas algemou Paulão à parte traseira do banco do passageiro. A seguir, pôs uma mordaça em sua boca.

"Agora fique quietinho, nós vamos dar uma volta. Se colaborar, tudo vai terminar bem."

Não iria, é claro, mas Paulão não tinha como saber.

Dimas voltou ao volante do carro e guiou rapidamente por uma área já familiar para ele, mas desconhecida para Paulão. Quando o veículo parou, Dimas soltou as algemas do veículo e encaminhou o outro para fora, pressionando o cano da arma na coluna de Paulão.

"Sem gracinhas", recomendou ele.

"Tranquilo. Conheço o procedimento. O que você quer?" Paulão não resistia, convicto de poder controlar a situação.

"A história completa", exigiu Dimas.

Paulão olhou ao redor, mas não reconheceu o local. Era amplo e escuro, foi tudo quanto pôde perceber. Estavam em um campo de futebol afastado, numa parte da cidade ignorada por ele.

"De joelhos!", ordenou Dimas.

"Tranquilo, amigo, sou do movimento, já disse." Paulão aparentava serenidade, presumivelmente supondo que sua ligação com figurões do crime organizado lhe daria alguma segurança caso estivesse lidando com um roubador de carro ou mesmo um policial disfarçado. Estava enganado, é claro.

"Sim, já disse. Agora fale como foi a morte de Bianca. Não poupe detalhes, temos tempo."

"Não sei quem é Bianca."

"Não me faça extrair de você. Vamos nos poupar dessa parte."

Paulão ainda buscava entender o que se passava. Todos os criminosos da cidade sabiam o quanto ele era próximo de Boy e de Hiena, não iriam comprar uma briga com eles. Olhou para o motorista, ainda com a arma na mão e apontada para ele. Parecia não ter mesmo opção.

"Bianca? A moreninha?", indagou ele.

"A própria."

"Ela morreu."

Dimas deu um tapa de mão aberta no rosto de Paulão, sem muita força, não uma agressão, mas um aviso.

"Isso eu sei. Quero saber os detalhes."

Paulão fitou o rosto do motorista e não gostou do que viu. Por isso, reconsiderou sua postura.

"Quais detalhes?" Mostrou-se mais solícito.

"Todos. Quantos mais participaram da morte dela. E quem a determinou."

Percebendo não ter mais como adiar, resolveu abrir a boca e, quem sabe, escapar com vida. Não havia o que fazer naquele momento.

"Não foi nada demais, mas não havia o que fazer. O chefe nem queria, mas precisou acontecer."

"Boy?", perguntou o motorista.

"Sim, ele gostava da menina, mas deduragem não vira, sabe?"

"Pare de enrolar e fale tudo de uma vez!" Dimas encostou o revólver na têmpora de Paulão, cuja língua se soltou por completo.

Conquanto confiasse sua segurança nas boas relações mantidas com Boy, Paulão entendeu que não havia como tergiversar. Então, contou tudo. Iniciou falando sobre os boatos que surgiram sobre alguém estar fazendo jogo duplo, levando e trazendo informações do tráfico para a polícia e vice-versa. A informação parecia ser séria, já que alguns dias antes duas biqueiras haviam sido alvo de operações da polícia. Embora apenas os peões do tráfico tivessem sido presos, Boy ficou inquieto e resolveu cortar o mal pela raiz. Após um levantamento de informação, descobriu que Bianca, sua então favorita, havia se envolvido com um policial pouco antes. Só poderia ser ela.

"E daí? Fale de uma vez!" Dimas se exaltava.

"Daí ele marcou um encontro com ela na casa dele." Paulão havia começado e não iria parar. Depois se acertaria com Boy, agora precisava ficar vivo. "Quando ela chegou, a gente estava lá."

"Quem estava lá?"

"Eu, Hiena e Bolão. Mais o Boy, é claro."

"O que vocês fizeram? Eu disse que quero detalhes."

"Todos sabem o que foi feito. Você também sabe. Não estaria aqui se não soubesse."

"Por que deixaram o corpo dela na escola?"

"Porque nosso público está lá, caralho! Boy queria que todos soubessem que cagueta e peixe morrem pela boca."

A mesma frase dita por Bolão antes. Dimas titubeou ao ouvi-la, abaixando a arma, o que atraiu a atenção de Paulão para seu rosto.

"Você é o pai dela, não é?" Paulão olhou para ele com atenção. Assombrou-se ao notar a semelhança e entender o que estava para acontecer. "Porra, eu não tive escolha, o Boy mandou!"

"O que fizeram com ela?" Dimas estava se descontrolando.

"Fizemos o que o Boy mandou. Eu não queria que fosse assim. Eu juro."

"Fala, porra!", gritou Dimas, apontando a arma mais uma vez.

Paulão contou os últimos instantes de vida de Bianca, as sevícias e até sua participação nelas, mas insistiu que foi Boy quem o mandou comer o rabo de Bianca, coisa que ele nem gostava tanto assim, diferentemente de outros caras.

Dimas parou um instante, processando todas as informações. Quando notou Paulão mais calmo, voltou ao interrogatório.

"E o diretor da escola?"

Paulão se espantou ao ouvir a pergunta. Evidentemente, o pai de Bianca estava muito bem informado. Mentir para ele só iria piorar as coisas.

"Ele é nosso homem. Graças a ele temos acesso à escola."

"Ele recebe dinheiro?"

"Não, mas ninguém rouba nada da escola, nem dos professores. Boy proibiu."

Dimas parecia satisfeito com as informações, seu semblante se acalmou.

"Agora me solta, caralho." Paulão também parecia mais confiante. "Já contei o que você queria ouvir. Agora já sabe. Não teve jeito, já disse. Me solte e eu esqueço o que houve. Boy não saberá nada disso. Você segue seu caminho e eu o meu."

"Deite aí."

Dimas empurrou Paulão com o pé, fazendo-o cair ao solo. "Não tente correr. Lembre-se que uma bala corre muito mais."

Guardou a arma, o que acalmou Paulão de vez.

Dimas foi até o porta-malas e voltou carregando um galão de gasolina, seu olhar duro e pavoroso. Quando Paulão sentiu a gasolina sendo despejada sobre si, começou a chorar.

"Não faça isso, mano. Eu não queria, juro. Pelo amor de Deus, não faz isso!"

Dimas mal ouvia as palavras borbulhantes gritadas por Paulão, engolindo parcialmente o combustível jogado sobre ele. Por sua mente passavam apenas as cenas daqueles pervertidos abusando do corpo sagrado de seu lindo negro anjo.

Paulão se levantou de súbito e tentou correr, mas não conseguia coordenar direito os movimentos com as mãos algemadas nas costas. Dimas o alcançou facilmente e o derrubou com um chute. A seguir, nem hesitou, acendeu o isqueiro e o jogou sobre Paulão, que se inflamou de imediato. Paulão levantou e voltou a correr pelo campo, uma pira humana em movimento iluminando a noite. Não foi muito longe, é claro, atingido por um disparo.

Dimas entrou no meu carro tomando cuidado para não estragar o assoalho — muito zeloso o meu amigo.

No assassinato anterior, vomitara após matar Bolão. Desta vez, seu estômago resistiu bem. Pelo jeito, acostumara-se rapidamente a matar.

Seguindo por trilhas conhecidas apenas por ele, em pouco tempo estava de volta à parte urbanizada da cidade.

No trajeto de volta, já não se importava com Maia, comigo nem com qualquer outra pessoa. Estava entorpecido e seus pensamentos não tinham forma, apenas mirava o distante nascer do novo dia.

DIA 15 DE AGOSTO
DOMINGO, CEDO

O nascer do novo dia despertou Maia.

Incomumente preguiçosa, ela permaneceu na cama, um gesto em tudo contrário à sua natureza. Seu costume era despertar e logo se aprontar para tudo quanto fosse preciso.

Não naquela manhã, porém.

Estirada na cama ampla, mal coberta por um lençol claro, curtia languidamente o delicioso relaxamento decorrente da derrota física imposta a ela por Karl na noite anterior.

Aos poucos a luz do dia invadia o quarto, sem aquecê-lo. Havia sol, mas a manhã estava gelada. "Luz de geladeira", era como seu pai definia dias assim — quando nos encontramos e falamos desse dia, ela não soube me explicar o motivo de ter pensado naquela ocasião no pai, com quem não falava havia anos, mas foi assim que ocorreu, ela apenas me contou, sem dar maiores detalhes. Se há algo mais profundo nessa reminiscência, deixo a análise para os dublês de analistas em exercício por aí.

Retomando a narrativa, encontramos Karl ao lado da cama, de pé e bastante formal, tal qual um mordomo de filme em preto e branco. Ele preparara um café da manhã para ela e estava começando a servi-la.

Conquanto não quisesse pensar em Dimas, veio à mente de Maia a recordação dele realizando igual ato dias antes num motel. Uma sensação esquisita veio-lhe ao espírito, misto de remorso e saudade, mas ela a afastou de imediato. Era uma mulher prática e não iria desperdiçar sua manhã com sentimentalismos.

"Bom dia, Maia." Karl parecia relaxado, quase de bom humor, se isso fosse possível.

Karl cancelara todos os compromissos do domingo. Haviam combinado passar o dia juntos e conversar. Estavam precisando.

Enquanto ele se aproximava com a bandeja na mão, sem camisa, vestindo apenas o short do pijama, Maia tentava disfarçar o fascínio sentido por aquele corpo másculo, o tórax largo e definido, o abdome ricamente desenhado, ultimando na parte debaixo do umbigo, onde as veias eram nítidas debaixo da pele fina, descendo para o interior do short, trajeto tantas vezes percorrido por ela e do qual nunca se cansara, antes ansiava reproduzir.

"Bom dia, Karl." A voz dela saiu meiga e conciliadora.

Ele serviu o desjejum numa bela bandeja, que ela recebeu carinhosamente, mas a colocou de lado. Em seguida, puxou o corpo do marido para perto de si e, em pouquíssimo tempo, extasiada e com parte do corpo dele em sua boca, ao mesmo tempo que se deleitava com a boca dele em parte de seu corpo, estavam simbioticamente unidos um ao outro.

Pouco depois, tomaram o desjejum juntos, no clima de lua de mel com o qual Maia sempre sonhara e julgara não ser mais possível. Karl estava se esforçando, ela precisava reconhecer.

"O que faremos hoje?", perguntou ela, testando a dedicação dele.

"Podemos sair para dar uma volta, se você quiser", respondeu ele num tom de voz suave. "Mas eu prefiro passar o dia aqui com você."

Nesse jubiloso momento, sem imaginar que ainda haveria muito para descobrir sobre o homem a quem se entregava, o que talvez alterasse sua resolução em relação a ele, o certo é que, naquele momento ela se esqueceu de vez de Dimas.

POR VOLTA DO MEIO-DIA

Esqueci-me por completo de Dimas.

Claro que não o esqueci de verdade, quero apenas dizer que, seguindo a sugestão de Laila e Roger, estava dando um tempo para ele, então não voltei a procurar por meu amigo. Naturalmente eu o ajudaria se ele precisasse, mas não tinha como viver a vida dele em seu lugar, de modo que optei por me recolher e aguardar eventual pedido de auxílio.

Inclusive, eu o vira na noite de sexta-feira, emprestara meu carro para ele e só. Não perguntei a razão, não vasculhei seu semblante, não mandei uma única mensagem durante o sábado, simplesmente deixei o rio seguir seu curso.

Por ironia, ele ressurgiu.

Estranhamente, porém, não aceitou ir até minha casa, nem a um bar ou coisa parecida, onde poderíamos almoçar juntos. Disse que precisava conversar comigo com urgência e exigiu a clínica como lugar ideal.

Eu o recebi meio sem jeito, espantado com a aparência dele. O verdadeiro Dimas era um homem altivo e sorridente, um guerreiro negro e esplendoroso, não aquele refugado humano diante de mim. O que estaria acontecendo com meu amigo e por que eu me sentia tão incapaz de ajudá-lo?

"Salve, Dimas. Muito bom revê-lo. Está com uma aparência ótima."

Ele não riu da minha tirada (nem eu). Em vez disso, passou reto como se eu fosse um fantasma e caminhou até a recepção, onde depositou a chave do meu carro.

"Muito obrigado, Naka. Não vou precisar mais dele", resumiu num tom bastante soturno, permanecendo de pé e me olhando fixamente, como se tivesse outra coisa para dizer, mas sem saber como.

"Imagina. Amigo é para essas coisas." Eu tateava em busca de uma brecha para me aproximar dele e descobrir em sua alma o que se passava. Mas não precisei forçar nada, desta vez ele viera me contar tudo.

"Sente-se aí, Nakamura. Vou lhe contar tudo. Espero que não tenha compromissos para hoje à tarde. Vai demorar."

"Eu ia encontrar duas mulheres espetaculares para uma orgia louca, mas posso cancelar."

"Verdade?", sobressaltou-se ele.

"Claro que não!"

Finalmente ele riu um pouco.

"Vamos lá, amigão. Pode falar", incentivei-o, temendo uma desistência por parte dele.

"Só não me peça para sentar. Minha mente funciona melhor enquanto estou em movimento."

"Fique à vontade."

Ele começou a caminhar pela clínica, vagando entre a recepção, o banheiro e a janela do final do corredor, perambulando pelos três consultórios enfileirados. Suspirou fundo e disse ter muito para contar.

E contou mesmo.

Ao longo de toda a tarde, ele narrou coisas espantosas.

Falou sobre o recebimento da notícia da violência praticada contra Bianca; estava preparando um café da manhã para Maia, com quem passara a noite num motel pago por ela; recordou o agônico sofrimento no hospital, assistindo impotente à filha lutar pela vida e pela oportunidade de lhe transmitir um recado consistente numa única palavra, *Boy*, bem como a lancinante dor sentida no peito diante da morte da filha; detalhou seu espanto ao descobrir, no velório, a identidade do marido de Maia, Karl Bergman, seu antigo parceiro de juvenis glórias futebolísticas; relembrou com especial pungência as noites posteriores ao enterro, nas quais ele se sentira uma farsa de pai, inútil, um fracasso como homem e como pai, sentimento que se agravou quando se deu conta de que sentia mais falta de Maia, sua amante, do que da filha; detalhou as buscas que empreendeu pelas ruas e vielas do bairro até descobrir sobre a "Boca do Palhaço" e seu violento chefe, Boy, um jovem e excêntrico traficante de drogas de quem a filha era apenas mais uma das garotas por ele usadas até cansar, perfeitamente cambiável por outras antes e depois; explicou o funcionamento do tráfico de drogas na região e as atividades de Bolão, Paulão e Hiena, os principais auxiliares de Boy, todos diretamente responsáveis pelo dantesco assassinato de Bianca; gracejou sobre sua atividade na venda de drogas na "Boca do Palhaço" e sua rápida aproximação com Bolão, de quem ganhou a confiança; enfatizou seu plano de matar cada um dos assassinos da filha, de quem extrairia vísceras e detalhes do tráfico e do assassinato dela, até que o último deles estivesse igualmente morto; destacou a possível implicação do diretor da escola onde ela estudava em algum esquema ainda não de todo claro para ele; Dimas não acreditava pudesse o homem estar envolvido na venda de drogas, mas sabia que ele tinha alguma atuação na intrincada rede de mentiras e fofocas que resultaram no crime do qual Bianca foi vítima; relatou as mortes de Bolão e de Paulão perpetradas por suas próprias mãos no dia anterior, sugerindo que os demais teriam igual destino nas horas vindouras; por fim, acrescentou que possivelmente havia alguém acima de tudo isso, alguém empurrando as peças pelo tabuleiro como um hábil enxadrista, mas ele não se preocupava com essa eminência das sombras: queria apenas matar Boy e cada um dos seus asseclas.

"É isso", resumiu ele, com um meio sorriso.

"Tranquilo. Pensei que fosse algo mais grave", respondi com outro meio sorriso.

Estávamos ambos esgotados. Ele, pela narrativa; eu, por tê-la escutado.

Ficamos em silêncio uns instantes, emudecidos.

Apesar de tudo aquilo me parecer um desvario completo, não consegui cravar a narrativa dele como inverídica. Na verdade, eu não conseguia sequer afirmar com certeza se ele realmente contara tudo quanto eu escutara. Era como se nenhum de nós estivesse completamente lúcido.

"Dimas, você enlouqueceu ou fui eu?", foi tudo quanto consegui perguntar.

"Naka, não fique com essa cara. Está parecendo criança. As coisas são o que são, você sabe." Ele me mostrara o fogo e me convencera de que queimava, depois tentava me convencer de que não era tão quente assim.

"Dimas, a vida não é uma história em quadrinhos", foi meu simplório comentário, tão embasbacado eu estava. "Você está alucinando."

"Não estou, Naka. Até gostaria de estar, assim como gostaria que minha filha estivesse viva e eu pudesse dar um outro rumo à vida dela. E à minha." Ele estava prestes a desabar diante de mim. "Mas isso não importa mais, só faltam o diretor da escola, o Hiena e o tal Boy. Faço questão de encontrá-lo por último."

"Faltam para quê, Dimas?" Minha pergunta era idiota, mas eu não conseguia raciocinar direito.

"Você sabe", riu ele, aliviando um pouco o semblante.

Eu, sem saber o limite entre o devaneio e a realidade, entrei no jogo dele, fingindo acreditar naquela história, embora tampouco desacreditasse dela.

"Está bem. Você falou que o sujeito é um traficante poderoso. Apesar disso, você acredita mesmo que vai matar alguns dos homens dele, depois entrar na casa do cara, matá-lo e sair de lá numa boa?"

Ele sorriu em resposta, um riso trágico, sem alegria, mas nada respondeu.

Nesse meio-tempo, ele mais uma vez parou no primeiro e no terceiro consultório, de Laila e o meu, enquanto eu permanecia sentado na recepção, tentando processar tudo quanto ouvira.

De súbito, parecendo mais resoluto do que nunca, ele caminhou em minha direção e me deu um abraço longo, cheio de mistério e afeto em doses desiguais.

"Obrigado", disse ele ao final do enlace.

"Imagina, Dimas. É só um carro. Pode pegar quando quiser", insisti, tentando soar tranquilo como eu não estava.

"Não era só ao carro que eu me referia, Rafaelle Nakamura Marchi. Você foi meu amigo da vida toda, um verdadeiro irmão, e por isso lhe sou tão grato."

Ele conferiu as horas no relógio da parede, me deu um segundo abraço, de menor duração, mas igualmente apertado. Em seguida, sem me deixar dizer mais nada, disse que precisava sair, tinha um compromisso urgente, então saiu da clínica e me deixou ali, completamente embasbacado.

Sozinho naquela clínica subitamente sem fim, levantei-me e me enclausurei no meu consultório vazio, silencioso feito um túmulo.

Eu sou um completo obtuso!

Como pude deixar passar um detalhe tão evidente? Dimas estava se despedindo, fato do qual somente me dei conta após um bom tempo sozinho.

Ato contínuo, liguei para ele, mas a ligação não completou. Celular desligado, pelo jeito. Desesperado, liguei para Roger, mas ele tampouco atendeu. Liguei para Laila e pedi para ela me encontrar na clínica. Com urgência.

"O que houve, samurai? Perdeu uma luta? Ou tomou um bolo de alguma menina desses aplicativos que você usa?", quis saber Laila ao telefone. "Ou tem algum marido traído aí fora querendo te matar?"

"Conto assim que você chegar. Ligue para o Roger e peça para ele vir, por favor. Preciso falar com vocês", pedi, tentando não parecer tão aflito quanto estava.

"Por que você não liga?"

"Ele não me atende, mas atenderá se você ligar."

Pouco depois, ambos chegaram. Tinham ido no carro de Laila. Paradoxalmente, eu havia insistido para eles irem até a clínica, mas eu não conseguia ficar mais lá. Sugeri sairmos para um bar.

"Você está taciturno!", disse Laila, mais para quebrar o gelo da conversa do que para apontar algo não notado por todos nós.

"Eu sei."

Era difícil para mim elaborar um diálogo rebuscado em situações tão adversas. A vontade era partilhar com eles minhas aflições, mas não encontrava meio de iniciar o assunto.

"Deixe ele, Laila", acrescentou Roger. "Deve ser efeito das seguidas infiltrações, estão subindo para a cabeça. O cidadão não aceita a chegada da idade, abusa da viscossuplementação, então fica assim, todo macambúzio."

Roger tentava debalde reproduzir nosso conflituosamente terno tratamento de amigos, mas nem isso produziu resultado.

"Está bem", desisti. Pedimos três águas e eu comecei. "Mas se sentem. Tenho muito para contar."

Num canto afastado do bar, numa mesa de plástico, contei para eles minha recente conversa com Dimas, falei sobre o estado dele e do quanto eu estava preocupado. Nada falei, porém, sobre os detalhes das coisas que ele tinha feito (supostamente), afinal nem eu acreditava nelas por completo.

A julgar pelo olhar incrédulo de ambos — natural, já que não conheciam a extensão da história —, eles julgavam que eu estava dramatizando a situação, mas eu não poderia censurá-los sem lhes contar o enredo completo, o que eu não faria e não fiz.

"Bem, já que não vamos tomar uma, não há clima para isso, vamos embora. Eu preciso voltar à clínica, deixei minhas coisas lá", sugeriu Laila tranquilamente, levantando-se, seguida por Roger e eu.

Quando retornamos à clínica, Laila foi até seu consultório e dele voltou logo depois. Parecia preocupada.

"Laila? Algo errado?", indagou Roger.

"Meu bisturi não está aqui", respondeu ela.

Roger e eu trocamos um olhar zombeteiro, notando a facilidade das mulheres para migrar de um assunto para outro sem qualquer relação entre ambos.

"Estou falando sério, meu bisturi não está aqui", insistiu ela.

"Você lembra quando usou da última vez?" Levantei-me e fui até ela para auxiliar na procura.

"Foi naquela noite do corte no dedo", respondeu ela, olhando para a tênue cicatriz na mão. "Será que alguém entrou no meu consultório enquanto eu estava fora?"

Entendi o recado. Puxando pela memória, não lembrava direito de todos os passos de meu amigo naquela tarde, mas Dimas passara por ali algumas vezes.

"Dimas pode ter entrado", respondi. "Ele estava nervoso, andando de um lado para o outro."

"Dimas?", repetiu ela com voz neutra, mas não o suficiente. "Será? ..."

"Laila, não pode acusar o cara assim só por ele ser negro", aproveitei a deixa e não perdi a piada.

"Para!", protestou ela. "Você sabe que não sou assim. Estou mesmo preocupada."

"Você deve ter perdido seu bisturi por aí. Amanhã cedo, quando a moça da limpeza vier, talvez ela ache debaixo da sua cadeira ou ao lado de um celular perdido, junto com uns restos de lanche comido pela metade."

Apesar da minha zombaria, no fundo eu cogitava se Dimas levaria consigo o bisturi de Laila e por que o faria. Por desencargo de consciência, fui rapidamente até meu consultório e notei o sumiço da *tanto*, o punhal que minha mãe usara para dar uma lição em meu pai — e em mim, indiretamente. Eu a guardava comigo como um troféu, um símbolo de força e independência, como Dimas sempre soubera e por isso mesmo o levara — o que quer que estivesse planejando fazer, Dimas visivelmente queria ter-me consigo; meu punhal, pelo menos.

Sem nada dizer, voltei até Laila e Roger, que me acompanharam até a porta. Estávamos de saída, mas não saímos de uma vez, presos naquela vaga situação.

"O que exatamente Dimas lhe falou, samurai?", quis saber Laila, cuja sensibilidade não deixava escapar quão grave a situação era para mim. "Para você estar tão absorto assim, deve ter sido coisa grave."

"Ele não falava coisa com coisa. Mas disse que nunca encontrou um propósito para a vida, então talvez pudesse dar um sentido à morte." Hesitei um pouco, depois respondi como pude, sem dar qualquer detalhe válido. "Perguntei de qual morte ele falava, ressaltando que estava vivo e bem. E poderia contar comigo para superar qualquer adversidade, ao que ele me respondeu com um sorriso cansado e um abraço."

Laila e Roger foram se acabrunhando quase tanto quanto eu.

Após uns instantes de silêncio, despedi-me deles e saí, com um nó na garganta e uma sensação estranha que me fazia suar gelado. Virei-me e contei para eles as últimas palavras de Dimas.

"Na saída, falou sobre precisar aliviar a cabeça. Disse que iria ao cinema."

POUCO ANTES DAS 18H

Cinema era uma palavra bem generosa para nomear o Cine Coliseu, famosa catacumba de exibição de filmes pornográficos na cidade, ponto de encontro de sensíveis almas solitárias com enrustidos e hipócritas de variada gama.

Diante do reputado estabelecimento, num bar muito vagabundo frequentado por poucos e desesperançados clientes, Dimas observou o diretor se aproximar pela calçada larga, caminhando rente aos prédios, como se neles pretendesse se esconder, impossibilidade completa por conta de sua compleição física — o diretor era alto, mais de um metro e noventa, incrivelmente magro, com uma respeitável cabelereira presa num longo rabo de cavalo, com muitos fios grisalhos à vista. Pitoresco demais para passar despercebido em qualquer situação. Notava-se que possuía ossos longos e tinha um rosto comprido e não de todo desagradável. Os olhos escuros pareciam sempre focar um ponto distante, além do eventual interlocutor.

O diretor entrou no mesmo bar onde estava Dimas, permanecendo, porém, no limiar do estabelecimento, aparentemente vasculhando algo no aparelho celular. Um observador atento, no entanto, notaria que ele observava o cinema do outro lado da rua, bem como os transeuntes. Dimas era atento.

Em dado momento, o diretor atravessou a rua e, de inopino, foi até o guichê, pagou o ingresso com dinheiro, cruzou a catraca sem aguardar troco e entrou no local.

Dimas foi atrás.

Não pretendia ir ao cinema hoje. Nem li a crítica especializada nesta semana. Veremos qual obra-prima está sendo exibida, deve ter pensado ele zombeteiramente ao cruzar a avenida.

Resoluto, e sem os pudores daquele a quem seguia, Dimas rumou ostensivamente até o guichê, onde foi atendido por uma pesadíssima senhora, a qual recebeu o dinheiro das mãos dele, depois lhe entregou o troco sem levantar o olhar, ocupada que estava com seu tricô (ou crochê, nem eu nem ele sabíamos a diferença).

Após cruzar a catraca, viu-se num saguão, pouco maior do que uma sala de estar. Em um dos cantos, três pessoas conversavam animadamente. Eram duas bichas e um travesti; cessaram o que falavam, observaram Dimas detidamente por pouquíssimo tempo, depois retomaram a conversa do ponto em que a haviam interrompido, com a mesma jovialidade de antes. No lado contrário, havia a entrada do banheiro, inclusive muito movimentada. Entre os dois extremos, uma ampla cortina de veludo escuro indicava a passagem para o setor de projeção dos filmes, se podem me perdoar pela imprecisa descrição dos exemplares da sétima arte lá exibidos.

Dimas cruzou o liame, atravessando o portal suave e cheio de pó. Dentro da sala de exibição, ele parou de pé, aguardando que seus olhos se acostumassem com a escuridão. Aos poucos, foi distinguindo cada recôndito do espaço. Havia uma extensa fileira de cadeiras num piso plano, ultimando em um palco sobre o qual ficava a tela, onde se via uma moça magra e muito branca, com um certo ar de tédio, envolvida em assombrosos contorcionismos com três dos melhores e maiores representantes da população da Oceania, todos com vistosas tatuagens maori. A legenda indicava haver diálogos também, mas mínimos, não exigindo qualquer dificuldade para memorização; presumivelmente essa evidente ausência de desafio aos talentos artísticos da atriz justificava o enfado dela.

Ao lado das cadeiras, de cada lado da sala, havia dois largos corredores por onde circulavam vários homens, caminhavam a passos lentos, observando, não o filme, mas sim os espectadores, que se sentavam sempre a alguns assentos dos demais. Quando notavam receptividade, os passantes se sentavam ao lado do cinéfilo, iniciando as atividades que se performavam em tais ambientes. De onde estava, Dimas percebia apenas silhuetas, mas via que, em pouco tempo, umas das cabeças se abaixava em direção ao colo da outra.

Após entender a dinâmica das abordagens, Dimas seguiu pelo corredor da direita, tentando identificar o diretor nas cadeiras; não devia ser difícil, considerada a altura e a cabeleira dele. Seguiu seu caminho ignorando os sussurros dirigidos a ele, afastando as mãos que surgiam da escuridão e apalpavam sua virilha ou sua bunda. Somente na segunda volta ele compreendeu ter procurado o diretor na posição errada: não estava sentado, mas de joelhos diante de outro homem numa cadeira das fileiras mais próximas da tela, do lado esquerdo.

Voltou para o fundo e aguardou; não seria delicado interromper o diretor em momento tão íntimo.

Quando o diretor se levantou e retomou seu assento, o homem que estava ao lado dele se levantou e se afastou em direção à saída, satisfeito. Em breve, mais um valoroso pai de família voltaria para casa com uma pizza para o jantar dominical, lamentando ter demorado por conta de um pneu furado.

Dimas aproveitou a ocasião para voltar a caminhar pelo corredor com passos rápidos. Seguiu até as fileiras mais adiante e acabou por se sentar ao lado do diretor, da forma mais trivial possível. Precisava agir antes que o homem voltasse à ativa; passiva, no caso.

A cadeira ocupada por Dimas era exatamente a dantes ocupada pelo homem que partira. Não dava para ser mais explícito. De fato, Dimas se sentiu notado pelo diretor, conquanto ele não o olhasse diretamente.

Dimas se pôs a observar o filme, e, por amor à verdade, devo deixar consignado que não ficou de todo indiferente a ele.

Após alguns instantes, se moveu, mas Dimas não esboçou qualquer reação, nem mesmo quando uma mão ossuda e pesada saltou sobre sua coxa e passou a acariciar o tecido de sua calça jeans. Em instantes, aquela aranha esquelética chegou ao zíper da calça de Dimas, abrindo-o e invadindo o interior de suas vestes, saltando sobre sua cueca e tentando alcançar seu pênis já não tão amolecido. Só então Dimas interrompeu a outra mão.

"Aqui não", sussurrou meu amigo.

"Há? Por quê?" O diretor fez um gesto largo com o braço, apontando para toda a plateia, onde muitos estavam envolvidos em atividade análogas.

"Tenho vergonha. Vamos para o banheiro?"

O diretor olhou nos olhos de Dimas, pronto para mandá-lo à merda e partir em busca de outro pau, não suportava românticos e indecisos, mas resolveu concordar. O homem diante dele era fisicamente bem constituído, perto dos quarenta anos, promessa de prazeres mais longos e expressivos, além de ter um tom de pele próximo ao da nogueira, só um pouco mais escuro, irresistível para ele, pois sempre tivera uma declarada queda pela cor.

"Vamos ao banheiro da entrada", aquiesceu o diretor.

Dimas se levantou e tomou o caminho de volta, seguido pelo diretor, ambos observados com nítida inveja pelos demais cinéfilos.

No banheiro, o cheiro de água sanitária era forte, embora não proviesse propriamente da privada. Dimas não se importava com o odor. Quando um dos poucos boxes esvaziou, o diretor entrou e se sentou na privada, após ter abaixado a tampa; Dimas o acompanhou de imediato. Sentado, o diretor puxou Dimas pelo cinto para junto de si, buscando com sofreguidão desafivelá-lo.

Num átimo, Dimas sacou o punhal (meu sagrado punhal, herança da minha mãe) das costas e o colocou no pescoço do diretor.

"Não faça nada, sua bicha velha, ou corto seu pescoço aqui mesmo e te deixo morto nesse banheiro imundo." A dureza no olhar de Dimas indicava não ser uma brincadeira, como percebido pelo diretor, o qual assentiu com um movimento de cabeça. Havia medo em seu rosto, mas ele parecia acostumado ao sentimento, tanto que não perdeu o autocontrole.

"O que você quer?", perguntou o diretor, ainda dono de si.

"Quero saber onde encontro o Boy."

"Eu também gosto de boys", respondeu o outro, provocativo, com um sorriso lascivo nos lábios.

Definitivamente, não será tão simples, percebeu Dimas. E ele não tinha muito tempo.

"Não estou de brincadeira, viado velho", sussurrou Dimas aproximando-se mais do diretor enquanto pressionava a lâmina do punhal no pescoço dele, causando um corte por toda a extensão do gume, embora sem profundidade. "Quero saber onde encontro o rapaz que fornece drogas na região da escola que você dirige. Ele é jovem, forte, tem cabelo com topete e gosta de andar arrumado. Tenho certeza de que você conhece."

Sentindo o sangue começar a correr de seu pescoço, o diretor finalmente se deu conta da gravidade da situação. Se contasse algo sobre Boy, estaria morto. E se não contasse, o que ocorreria? O homem diante de si parecia transtornado, mas havia algo nele que inspirava confiança, então resolveu arriscar uma negociação.

"Calma, meu amigo. Não sou aliado do Boy, muito pelo contrário. Posso provar. Abaixe a faca e vamos conversar."

"Vou repetir só mais uma vez: onde encontro o Boy?"

"Eu não sei. Ele vem até mim, eu nunca vou até ele."

"Então você não me serve para nada."

Ato contínuo, com a mão esquerda, Dimas tapou a boca do diretor, enquanto com a direita enfiou a lâmina em seu abdome.

O diretor estrebuchou e tentou se soltar, o que talvez conseguisse se fosse vinte anos mais jovem e fizesse exercícios físicos, mas não era o caso. A hemorragia interna era severa, contudo sem sangramento externo, o que somente viria a ocorrer quando a barriga ficasse encharcada e expulsasse o punhal, após ferir, agora tapava a ferida.

Dimas sabia o que fazia.

Assim que o diretor amoleceu as pernas, dando sinal de desmaiar, Dimas o deixou sentado na bacia da privada, com a cabeça encostada na parede. Do bolso traseiro retirou um pequeno pacote com três lenços umedecidos e os utilizou para limpar o cabo do punhal e também o pescoço e o rosto do diretor, depois os jogou no cesto do lixo; minha adaga ficou incrustrada no corpo do diretor para nunca mais ser recuperada.

Saiu do box e fechou a porta, dizendo para os demais em tom autoritário:

"Este aqui continua ocupado. Meu colega está se limpando. Aguardem."

Saiu daquele ambiente depressivo com passo ligeiro e decidido. Quando alguém forçasse a porta e encontrasse o cadáver, ele já estaria misturado à multidão de pessoas do centro. Duvidava que alguém fosse se aventurar a contar qualquer coisa à polícia; ninguém sequer admitiria estar no local na hora do crime.

Só faltam Hiena e Boy, pensou ele enquanto entrava no seu carro, estacionado ali perto.

Dali por diante, Dimas iria virar a noite vagando de um lugar ao outro.

DIA 16 DE AGOSTO
SEGUNDA-FEIRA, FINAL DA MADRUGADA

Dimas virou a noite vagando de um lugar ao outro em busca de informações. E as conseguiu, embora a muito custo.

Ao contemplar o nascer do sol, mesmo mal alimentado, sujo, suado e sedento, no limite de suas forças, decidiu que não iria parar, não quando estava tão próximo do final. Sua missão era imperiosa e ele não seria detido por esgotamento físico ou mental, os quais nem sentia direito.

Em breve poderia descansar. Para sempre, talvez.

Ele perscrutou o barraco de madeira no final da viela, cerca de trinta metros adiante, mas não notou nada suspeito; era apenas mais um dentre outros iguais. No entanto, a rua estava incomumente deserta, em tudo incompatível com o alvorecer de uma segunda-feira, possível sinal de que ele era esperado; pudera, considerando o estrago feito por ele nas últimas trinta horas.

Conquanto sua intuição lhe sugerisse uma armadilha, outra parte de si lhe dizia para seguir em frente mesmo assim. Avançou aos poucos, arrastando os pés sujos pela rua coberta de poeira e lixo. Se fosse mesmo uma emboscada, não haveria razão para tanta precaução, ele simplesmente seria assassinado em instantes; se não fosse, haveria uma morte mesmo assim, mas não seria a sua.

Com esse trágico pensamento na cabeça, arremeteu de vez até a porta do barraco, onde parou e se concentrou nos sons produzidos no interior da precária residência, mas nada conseguiu distinguir das conversas internas, exceto serem todas as vozes femininas, uma das quais ofegava.

Certamente a melhor estratégia seria recuar agora, afinal estava quase dormindo em pé, com reflexos lentos. Porém, estava num estado de torpor, guiado apenas por uma obsessão, não pelo bom senso. Pousou a mão sobre a maçaneta gelada e, sem mais hesitar, abriu a porta lentamente — arapuca, sem dúvida, nem estava trancada —, entrando a seguir num cômodo apertado; no centro havia uma poltrona ampla, na qual estava uma mulher aparentemente em trabalho de parto, ladeada por outras duas, que seguravam as mãos da gestante e lhe dirigiam incertas palavras de conforto. A grávida, olhos fechados, aspirava e expirava com lentidão e violência, produzindo um som não diferente do de uma panela de pressão superaquecida.

Dimas permaneceu de pé uns instantes, observando a cena, mas movendo os olhos rapidamente para vasculhar o restante do imóvel — nada notou de suspeito.

As mulheres continuavam os préstimos em favor da grávida, sem nada resolver de concreto, apenas seguravam seus braços e lhe passavam um lenço pela testa suarenta; tampouco se voltavam para ele, sinal claro de que o perceberam e o ignoravam de propósito. Pois bem, numa situação assim, não custava ser educado e perguntar:

"Senhoras?" Embora elas não se voltassem, ele prosseguiu sabendo ser ouvido. "Onde está o Hiena?"

As mulheres não responderam, seguindo com a ladainha indecifrável de antes. Ele tentou, sem dúvida. *Melhor ir direto ao ponto, então.* Com a mão direita, sacou a pistola das costas, destravou-a com a esquerda, produzindo um clique, baixo, mas audível para as mulheres, e elas finalmente lhe dedicaram alguma atenção. Opa, as coisas melhoravam.

Dimas seguiu na direção das três mulheres, com a mão direita abaixada e a esquerda levantada diante de si, como se a tatear uma parede invisível. As duas ao lado da poltrona rapidamente buscaram se esconder atrás da grávida, a qual continuava com a respiração ofegante, menos intensa, indicativo de que era um possível teatro, como poderia ser a vistosa barriga, talvez um travesseiro debaixo do vestido. Os olhos dela eram tranquilos, quase duros, bem diferentes dos das duas mulheres de trás; elas tremiam de medo. Dimas levou a mão esquerda bem devagar até o rosto da suposta grávida e gentilmente conferiu o pedaço de pano no ombro dela, o qual era usado para enxugar o abundante suor da testa. Dimas soltou o pano no chão e, de imediato, agarrou a mulher pelo pescoço, apertando-o com a pressão de uma morsa, até ela cessar aqueles silvos irritantes. As mulheres detrás da poltrona se encolheram, mas nada disseram.

Os olhos da falsa gestante se tornaram injetados, o nariz se expandiu em busca de ar; ela levantou as duas mãos e as colocou no braço dele, mas sem forças para afastá-lo. Quando estava prestes a desmaiar, Dimas a soltou e aguardou respirar livremente até se recuperar. As duas mulheres atrás da poltrona se levantaram um pouco, esticando-se para conferir se a terceira estava bem.

Dimas, então, levantou novamente a mão direita, ainda segurando a arma, e desferiu uma abrupta coronhada no rosto da mulher sentada, atingindo-a na parte superior do nariz, bem entre os olhos. O sangue jorrou fartamente dos orifícios nasais — não houve lesão mais grave, apesar do efeito visual, afinal a região é bastante sensível e propensa a sangramentos. As outras duas mulheres levaram as mãos ao próprio rosto, apalpando um ferimento inexistente nelas, forçando-se a segurar um indevido esboço de grito.

"Senhoras, onde está o Hiena? Pergunto pela segunda vez e não gostaria de perguntar novamente." A voz de Dimas não deixava escapar qualquer emoção, e foi exatamente essa calma que assustou as mulheres, acostumadas a homens esbravejantes. Acima de tudo, elas entenderam o recado — ele agredira primeiro a mais frágil delas para lhes mostrar que não haveria hesitações ou clemência —, então apontaram para uma minúscula porta no outro lado do barraco, a qual ele não notara ao chegar.

Dimas nem precisou caminhar até o outro cômodo. Diante de seus olhos, a porta se abriu, e um homem alto, negro, embora mais claro do que ele, muito magro, surgiu na soleira, descalço, vestindo uma bermuda folgada, sem camisa; Hiena, sem dúvida, embora compreensivelmente não estivesse rindo.

"Você vem comigo. Precisamos conversar." Dimas apontou a porta da rua, pela qual Hiena saiu em silêncio.

Do lado de fora, ambos seguiram até o carro de Dimas, poucas centenas de metros adiante. Com um gesto do queixo, Dimas ordenou ao outro que ocupasse o banco do passageiro.

"Agora, mantenha essas mãos no painel o tempo todo. Faça um favor para nós dois e permaneça imóvel. Um movimento só e você morre, me deixando com um puta trabalho para limpar meu carro."

Dimas guiava com uma das mãos, a esquerda, enquanto mantinha a direita abaixada, encostando a arma no flanco de Hiena. Percorreram as ruas por cerca de quinze minutos, sempre em silêncio, até Dimas, estranhando a quietude de Hiena, normalmente histriônico, mesmo quando calmo, resolver falar.

"Hiena, não? Você não está rindo muito agora, hein?"

O outro permanecia quieto, perplexo e assustado, sem nada responder.

"Vou te contar uma piada. A filha da mãe que vocês mataram não tinha mãe, apenas pai. Irônico, não? Ainda mais porque ele é do tipo vingativo."

O passageiro manteve sua mudez até que chegaram a um campo de futebol ermo (não era o mesmo onde o corpo de Paulão fora incendiado, mas igualmente isolado; Dimas conhecia seu ofício), onde o veículo foi estacionado.

Hiena saiu do carro bem devagar, como lhe fora determinado.

Por que me trouxe aqui?, o olhar de Hiena parecia indagar, mas ele nada dizia, menos ainda respondia ao recente comentário de Dimas sobre Bianca.

"Sou sentimental, sabe? Não quis te matar na frente das suas irmãs."

Dimas mirava o homem, que o olhava de volta, estupidificado.

De súbito, numa velocidade impressionante, o homem, talvez pressentindo algo, deu as costas e desabalou na direção de uma ribanceira próxima, de onde pretendia se jogar; se conseguisse, poderia escapar, imaginou. Porém, um projétil o atingiu no meio das costas, dilacerando seu plano e sua coluna vertebral, deixando-o frustrado e tetraplégico, mas vivo e caído, com a face voltada para o chão.

Dimas caminhou até ele e permaneceu de pé ao seu lado, observando-o ao solo, tremendo por inteiro, especialmente o maxilar. Um sussurro inaudível saía de sua boca, e Dimas não sabia se ele tentava falar ou comer a grama.

O homem, com o rosto repousando sobre a relva úmida de orvalho, sentiu um revigorante cheiro de terra invadir suas narinas, mas ele pouco se importou; nunca fora exatamente um amante da natureza e não o seria agora em situação tão extremada. Permaneceu à espera de um segundo disparo, que não chegou.

Dimas voltou calmamente para o carro, engatou a marcha e partiu sem pressa, manobrando o automóvel por cima do corpo caído. Parou e engatou a ré, passando precisamente por cima da cabeça do homem, provocando um barulho abafado de melancia despencando da mesa ao solo.

Estacionou poucos metros adiante.

Pela terceira vez, apanhou um galão de gasolina do porta-malas, jogou sobre o cadáver e acendeu a pira funerária de

Hiena. Gastou alguns minutos observando as labaredas subirem ao céu, aquecendo seu rosto gelado.

Entrou no carro, engatou uma marcha e foi embora, sem olhar para trás.

Eu quase vejo meu amigo Dimas nesse momento, o semblante carregado, os lábios crispados, as mãos suando frio enquanto seguravam o volante, o peito arfando violentamente.

Quase.

A cena não se completa para mim por uma razão bem simples: aquele homem na direção do carro, alguém que assassinara quatro indivíduos nas últimas setenta horas (Bolão, Paulão, o diretor e Hiena), não era mais meu amigo Dimas, embora o corpo fosse seu. Não consigo dizer quem era, apenas quem *não* era. Era a vingança personificada, eu diria se apreciasse clichês, mas não cairei nessa fácil tentação.

De toda sorte, resoluto, Dimas seguiria adiante sabendo restar ainda um, o mais importante, deixado por último exatamente por isso.

Cerca de cinquenta minutos depois, Dimas parou na frente da confortável e bela residência de Boy. Estacionou o automóvel do outro lado da rua e examinou a casa detidamente. Nada mau para um traficante de drogas assassino e abusador de meninas pobres.

Apanhou uma mochila no porta-malas e foi direto para a campainha, tocou apenas uma vez. Olhou fixamente para cada uma das câmeras do muro, depois tocou uma segunda vez. Observava as câmeras com a mesma atenção com que sabia estar sendo observado.

Acima do muro de uma casa vizinha, um gato cinza caminhava indolente, sem se importar com a miséria humana em andamento ali perto.

O portão da frente foi aberto automaticamente, por onde Dimas entrou, sentindo-se convidado. Mal deu alguns passos no quintal, foi interpelado por dois homens surgidos das sombras da garagem, de algum lugar não notado por ele. Não aparentavam estar armados, mas deveriam estar.

"Bom dia, cavalheiros. Vim ver o Boy", falou Dimas, com toda a cortesia. Ele gostava de chamar desconhecidos por "cavalheiro" e "dama" desde o tempo de escola, simulando uma aristocracia da qual desdenharia se existisse. Pelo que me recordo de suas explicações, apreciava o tom pomposo das palavras, pronunciava-as com zelo e um indisfarçável cinismo.

Um dos "cavalheiros" lhe tomou a mochila, apontando um caminho reto por onde ele seguiu até a área da piscina, na parte de trás da casa. Ele intuiu estar refazendo os últimos passos de Bianca.

Um rapaz jovem, bem-apessoado, estava sentado em um banco, ao lado da churrasqueira — apagada —, aparentemente aguardando Dimas. Boy, sem dúvida.

"Pare aí", disse um dos homens que o escoltavam. Ele obedeceu e ficou de pé, mirando Boy, o semblante tão tranquilo como quando estava diante de uma decisiva cobrança de pênalti. Boy o olhava de volta, igualmente sereno. Se isso fosse uma HQ de verdade, eu escreveria que um secreto respeito surgiu entre ambos, mas as coisas são diferentes na vida real, pois eles se desprezaram mutuamente de imediato.

Um dos homens atrás de Dimas revirou a mochila e, após breve revista, encontrou uma pistola dentro dela.

"O cara tá armado!", gritou o homem para Boy, apavorado, como se a arma estivesse com Dimas, não com ele (se eu conhecia tão bem meu amigo quanto suponho ter conhecido, ele deve ter rido internamente ao notar a facilidade com que o peixe apanhara a isca).

Boy, por seu turno, não pareceu minimamente espantado. Menos ainda intimidado.

"Uma arma na mochila? E veio sozinho até minha casa?", indagou ele com menoscabo, olhando Dimas de cima para baixo enquanto se aproximava. "Primeiro o cadáver do Bolão foi abandonado num galpão de fábrica. Depois o Paulão foi assassinado numa balada. Os dois corpos foram queimados. Você não tem sido nada discreto."

"Não pretendia ser. Queria, na verdade, chamar sua atenção", retrucou Dimas, jovial.

"Conseguiu, sem dúvida." Boy estava igualmente vivaz. "Também fiquei sabendo sobre aquela bicha velha, o diretor da escola, morto num cinema pornô."

"Estive no local, mas não gostei do lugar. Decadente e mal frequentado. E o filme era ruim."

"Eu nunca fui. Tenho outras preferências."

"Não estive lá em busca de prazer, só cumprindo um dever".

"Compreendo." Boy tinha o olhar fixo, praticamente não piscando. Seus lábios eram finos e estavam descorados. "Mais alguém?"

"Hiena agora há pouco. Incinerei ele também", respondeu Dimas, jubiloso, feito um aluno arruaceiro que acerta todas as respostas de uma prova oral, para desconcerto do rígido professor.

"Tem certeza?", inquiriu Boy, com um sorriso matreiro.

Dimas dessa vez não respondeu, buscando compreender a que o outro se referia.

"Quem é você? E o que quer?" Boy começava a se impacientar.

"Não sou ninguém. Estou tão morto quanto todos os outros."

"Nisso eu concordo com você", riu Boy, aproximando-se de Dimas até ficar com o rosto praticamente colado no dele, quando voltou a falar: "Você se enganou quanto ao Hiena".

"Não me enganei, ele merecia o mesmo fim dos outros. Por isso eu o matei há pouco."

Sem responder, Boy se afastou um pouco e olhou para a porta de acesso à área da piscina, sendo seguido por todos os demais olhares, inclusive o de Dimas. Uma risada se fez ouvir na parte interna da casa e, em seguida, Hiena surgiu de dentro do imóvel, caminhando até o lado de Boy, rindo aberta e loucamente.

"Veio para cá sozinho e com uma arma na mochila. Dá para ser mais óbvio?", relatou Boy para Hiena, que estendeu a mão para os homens atrás de Dimas e recebeu a arma.

"Está carregada?", perguntou ele, sem cessar sua gargalhada. "Vamos ver se funciona."

Nisso, sem qualquer hesitação e sem cessar o riso, puxou o cão e apontou para a perna de Dimas, disparando de imediato. Dimas foi ao chão ao ser alvejado na coxa esquerda, pouco acima do joelho — sua carreira de jogador de futebol acabou naquele instante, mas ele não se importava mais com isso, é claro. Caiu gemendo, porém sem gritar.

"Funciona!" Hiena ria cada vez mais, alucinado. "Vou te dar mais um tiro, arrombado!"

"Eu matei você", balbuciou Dimas no chão.

"É por isso que eu também vou matar você", retrucou Hiena, fazendo os demais também gargalharem.

Boy se aproximou e ficou ao lado de Dimas, que permanecia no chão, apoiando-se com dificuldade nos braços, enquanto sua perna sangrava.

"Assim que entrou, reconheci sua cara, velho. Pai da Bianca, não é?" O tom de voz de Boy era sem emoção tanto quanto o de Hiena era agitado. "Você pode até não acreditar, mas eu gostava da sua filha. Por isso, vou te dar uma explicação. Havia dois Hienas. Eram gêmeos. Houve algumas complicações no parto, os dois nasceram com algumas sequelas. Retardados, sabe? O que você matou era muito quieto, quase um vegetal ambulante. O Hiena de verdade é este ao meu lado. O riso afasta as dúvidas, como pode perceber. O outro era um avatar deste, alguém para tomar conta das biqueiras enquanto o verdadeiro ficava por trás, sem se expor ou se arriscar. Você estragou o disfarce dele, sabia? Ele não gostou. Não se engane com o riso dele, não é de felicidade."

Aproveitando a deixa, Hiena desferiu um chute nas costelas de Dimas, que permaneceu no chão, de joelhos, apoiado nas palmas das mãos. *Não fosse maluco, até teria alguma chance no futebol*, pensou Dimas, reconhecendo a qualidade do chute.

"Quanto à sua filha, eu não a queria morta. Até gostava dela, como já lhe disse, mas não teve jeito. Ela me entregou para a polícia. Por causa dela, perdi gente e matéria-prima. Não poderia deixar por menos. Não foi pessoal."

"Não foi ela!", gritou Dimas, do chão.

"Eu sei." Boy parecia pesaroso. "Eu descobri isso depois, mas já era tarde. Havia alguém manipulando tanto a polícia quanto meus homens. Ainda vou descobrir quem foi, mas isso será em outro momento. Você é prioridade. Quando o Bolão e o Paulão apareceram mortos, entendi que alguém estava se vingando. Achei que eram os policiais. Mas a morte do diretor não se encaixava em nada, ninguém sabia dele. Fiquei esperando a verdade se revelar. Aí, você veio até minha casa. Vou lhe agradecer acabando com sua vida sem muita dor."

"Vocês mataram minha filha!", esbravejou Dimas.

"Na época, parecia ela." Boy falava baixo, como se para si. "Muitos irmãos foram presos e muita droga apreendida. Tinha de dar uma resposta."

"Eu também", riu Dimas, ainda abaixado.

"Entendo." Boy estava novamente no comando das emoções. "Se tivesse matado só um, talvez eu deixasse para lá. Estaríamos quites. Mas você é ganancioso demais. Matou Bolão, Paulão, o diretor e o irmão do Hiena. São quatro pela sua filha. Não é justo, sabe?"

"Não há justiça no mundo", suspirou Dimas.

"Novamente concordamos. Não há justiça neste mundo."

Boy permaneceu de pé ao lado de Dimas, mirando o horizonte, o sol nascendo além dos muros de sua residência. Melhor seria encerrar logo aquela patifaria, a vida seguiria seu curso depois.

"Você achou que iria matar meus homens e depois entrar em minha casa, me matar também e sair numa boa?"

"Não", respondeu Dimas.

"Não o quê, filho da puta?", gritou Boy, finalmente expressando alguma emoção.

"Eu nunca achei que fosse sair daqui."

Num átimo de segundo, Dimas apanhou algo em seu tênis, ao mesmo tempo que puxou a perna de Boy, derrubando-o e saltando sobre ele com um perfeito golpe de jiu-jítsu que aprendera comigo. Segurando com firmeza o pequeno bisturi entre os dedos, passou a atingir seguidamente o pescoço de Boy, cujos homens, pegos de surpresa, hesitaram muito pouco para reagir, mas o suficiente para Dimas agir.

Quem não hesitou nada foi Hiena, que disparou seguidos tiros nas costas de Dimas, pouco se importando que pudesse errar algum dos disparos e atingir o próprio Boy.

Dimas, porém, forte como era, mesmo atingido por três disparos, não morreu de imediato, pelo menos não até lacerar mortalmente o pescoço de Boy, que, finalmente sentindo a pressão das mãos de Dimas ceder, conseguiu afastá-lo para o lado e se preparou para levantar, mas suas forças sumiram no mesmo instante, esvaindo-se com o rio de sangue a escorrer por seu peito tatuado. Levou as mãos ao pescoço e, horrorizado, sentiu o fluido quente encharcá-las. Em pouco tempo, o ar lhe faltou, enquanto o abundante sangue de suas veias descia por sua traqueia e inundava seus pulmões.

Por fim, deu-se conta de estar tão condenado quanto Dimas, ao lado de quem caiu, num abraço involuntário, mas não menos caloroso por isso.

Meu amigo Dimas, ao longo de quase quatro décadas de vida, talvez tenha aprendido muitas coisas, mas as dolorosas lições de uma pessoa não servem às demais, devendo cada ser humano neste mundo cometer os próprios erros e arcar com as consequências deles, como faziam ele e Boy naquela junção indesejada; o sangue deles escorrendo lado a lado, formando juntos um filete caudaloso, que deslizou pelo piso, escapando por pouco da borda da piscina, até alcançar uma vala para escoamento de água, por onde seguiu até o jardim, para se misturar à terra para a qual todos um dia voltaremos e de onde não retornaremos nunca mais.

FINAL DA TARDE

"Nunca mais repita isso, Laila." Eu exageradamente forçava uma situação com minha amiga. "Não vou à praia com aquele sujeito de forma alguma. Antiquado como é, vai surgir na areia num macacão listrado e nos expor a um vexame sem tamanho."

Eu me referia a Roger, é claro, o qual estava presente, conquanto eu falasse dele como se estivesse ausente, só para irritá-lo, mas sem muito sucesso naquela tarde.

Laila, após muito insistir numa breve viagem à praia, sendo discretamente ignorada por Roger e eu, por conta própria resolveu reservar três quartos na tão propalada e elogiada pousada recém-descoberta por ela.

De fato, estávamos precisando de descanso, e eu queria ir, mas não naquele momento, considerando a fase pela qual Dimas passava. Além disso, se fosse para ir mesmo, preferia ter apenas Laila como companhia, deixando Roger, o homem do século XIX, em casa — eu não sabia nem sei nada da vida, reconheço agora! Em breve vocês entenderão a que me refiro.

"Não seja maldoso, Naka. Ele não é assim." Laila defendia Roger, mas entre risos, reconhecendo a pertinência de alguns apontamentos feitos por mim.

Roger, de sua parte, estava à mesa da recepção conversando com dona Renata, fingindo não ouvir minhas implicâncias. Ele repassava os clientes que teria para aquela noite.

De súbito, a campainha tocou. Laila fez um gesto para dona Renata permanecer onde estava, indo ela mesma atender.

"Naka, você é um caso de polícia", foi tudo quanto me disse Roger, sem levantar a vista e continuando suas perorações rebuscadas para a deplorável recepcionista.

"Polícia, Rafa", foi também o que me disse Laila, abrindo caminho para um homem alto, de fartos cabelos grisalhos, num terno elegante, levemente amarrotado.

"Como vai, senhor Rafaelle Nakamura?", o sorriso do homem parecia sincero, mas não escondia uma ponta de preocupação. "Sou delegado de polícia e preciso de um favor do senhor."

"Delegado?" Espantei-me, sem entender a situação, embora intuindo uma possível relação com Dimas, consideradas todas as revelações feitas por ele no dia anterior.

"Pois não, senhor delegado. Em que posso ajudar?"

Pelo jeito, o homem não estava com pressa alguma, como se tivesse todo o tempo do mundo. Ou, pior, como se não pretendesse de imediato adentrar o assunto que o trazia ali. Ele caminhou calmamente até o outro lado da recepção, apanhou um copo descartável e se serviu de água, nos deixando constrangidos pela grosseria de não a ter ofertado antes, embora também ofendidos por aquela total ausência de cerimônia por parte dele em nossa clínica.

"O senhor tem um amigo chamado Dimas?" Por fim ele se dignou a sugerir o motivo da visita, confirmando meus temores.

"Sim."

Eu quase completei com um "por quê?", mas me contive, não sei bem o motivo — quiçá intuição —, porém é certo que começava a me inquietar.

"O que houve?", questionei por fim, simulando um autocontrole inexistente naquele momento, e sobretudo temendo a resposta.

"Preciso que o senhor me acompanhe até um lugar."

"Qual lugar?" A explicação do delegado nada explicava, deixando-me mais angustiado. "Delegacia?", insisti, tentando extrair alguma informação que me livrasse daquele aperto no peito. "O que meu amigo andou aprontando? Foi preso por vadiagem de novo?"

Dimas nunca fora preso, é claro, eu apenas ensaiava uma piada para aliviar a apreensão sentida, mas ninguém riu, nem eu.

"Infelizmente não iremos à delegacia, meu amigo, e sim ao Instituto Médico-Legal. Precisamos realizar o reconhecimento de um corpo."

A voz do delegado agora era pesarosa, não havendo mais como disfarçar a razão de estar ali.

Laila, Roger e eu trocamos olhares alternadamente, mas o visitante não se mostrou inquieto com nossa demora, aguardando sem pressa o fim do nosso silencioso diálogo de olhares.

"IML?", repeti, em busca de uma desnecessária confirmação, afinal eu ouvira muito bem. Meu coração parecia prestes a explodir, eu não sentia o chão sob meus pés e um suor gelado escorria pelas minhas costas.

"É muito cedo para antecipar qualquer coisa, mas houve um... evento... na casa de um famoso traficante da cidade. Dois corpos foram encontrados no local, e temo que um deles seja do seu amigo Dimas. Por isso a necessidade de reconhecimento."

Depois eu viria a saber que o delegado, na verdade, sabia de quem eram os corpos (de Dimas e de Boy), afinal havia muito ele vinha investigando o tal traficante, bem como encontrara Dimas dias antes, mas precisava formalizar o reconhecimento de ambos. Também precisava de alguém para contar o fato para dona Antônia, a mãe de Dimas, ainda arrasada com a morte da neta Bianca ocorrida havia poucos dias.

"Naka? ..." Laila me chamava. Quando me virei, ela me entregou um copo d'água, e ingeri o líquido de forma automática. Roger, de pé ao lado da recepção, mantinha os olhos baixos.

Até mesmo dona Renata, que pouco sentimento mostrava para os colegas de trabalho e menos ainda para mim, parecia abalada.

"Vamos, então. Nunca estive no IML", falei, simulando ter recobrado o estado de espírito, ao mesmo tempo animado pela infundada esperança de não ser o corpo de meu amigo o que eu iria encontrar.

"Eu vou junto", falou Laila de imediato, pondo-se de pé ao meu lado.

"Eu também", emendou Roger.

O delegado não se opôs. Pelo que ele apurara, eu era quase um irmão de Dimas, tanto que me procurara. Se eu tivesse outros amigos para me amparar, tanto melhor.

"E a clínica?", ainda perguntei, desejando a companhia de Laila e de Roger, mas preservando uma sensata necessidade de aparentar tranquilo.

"Renata, desmarque tudo." Laila resolveu, de forma simples e lógica.

"Já estava separando os nomes para ligar", respondeu Renata, com sua irritante infalibilidade.

"Posso ir no meu carro, delegado?", eu quis saber.

"Prefiro que vá comigo na viatura", respondeu ele, de forma incisiva, mas sem perder a gentileza. "Seus amigos vão de carro, assim você volta com eles. Quero conversar umas coisas contigo no caminho."

"Como quiser", aquiesci e o segui pela saída, sendo seguido por Laila e Roger.

No percurso, o delegado foi me atualizando sobre os poucos dados até então sabidos. Na manhã daquela segunda-feira, tiros e gritos foram ouvidos numa certa residência, o que motivou os vizinhos a chamarem a polícia. Quando uma viatura chegou ao local, não sendo atendidos por ninguém, os policiais invadiram o imóvel e encontraram dois corpos no seu interior. Um deles apresentava diversas perfurações típicas de disparo de arma de fogo (possivelmente Dimas); o outro (Boy), incontáveis ferimentos na garganta provocados por instrumento cortante.

"Tipo um bisturi?", perguntei, só para confirmar algo já sabido.

"Sim, provavelmente um bisturi, ou algo assemelhado", respondeu o delegado, sem confirmar que um bisturi havia sido apreendido no local.

"Alguém foi preso?" Apesar da pergunta, eu nem me importava com a resposta, mas pareceu a coisa certa a questionar.

"Sim, um maluco."

"Maluco?"

"Deve ser." O delegado não gostava de se afastar das boas práticas profissionais, o que incluía não colocar apelidos em averiguados, mas não havia outra forma de se referir a um sujeito encontrado gargalhando perto da piscina, saltando de um ponto ao outro como se dançasse entre os mortos, com uma arma descarregada nas mãos e um olhar perdido no céu azulado.

Minha memória desse dia não é muito clara, embora os fatos sejam recentes. Mesmo assim, lembro-me de que o delegado mencionou algo sobre o tal maluco ter contado tudo para os policiais, rindo a mais não poder, como se narrasse uma grande comédia, não uma ampla tragédia. Porém, quando chegou à delegacia, fechou o bico e não relatou mais nada, agindo como um completo insano.

A viatura e o automóvel com Roger e Laila chegaram ao IML ao mesmo tempo.

"Vocês aguardam aqui fora, por favor", disse o delegado para Laila e Roger, chamando-me.

Subi com o delegado e voltei em instantes.

O procedimento de reconhecimento fora rápido e mesmo simplório. O resultado, previamente conhecido. Era Dimas.

"E aí?", perguntou Laila, lendo a resposta em meu semblante e me abraçando de imediato. Roger nos abraçou em seguida.

Quando nos recompusemos (mais ou menos), o delegado reapareceu no estacionamento onde estávamos assumindo o controle de tudo.

"Pois bem, agora é comigo. Mas preciso de um favor seu. Você consegue falar com a mãe dele? Não gostaria de mandar uma viatura."

"Eu faço questão." Dona Antônia fora uma segunda mãe para mim. Não poderia ser nenhuma outra pessoa a falar com ela.

"Fica assim, então. Converse com ela. Depois vocês precisam cuidar dos trâmites da liberação do corpo, velório etc. Eu garanto que o corpo dele será liberado o quanto antes."

"Eu também cuidarei disso."

"Bem, então voltarei para a delegacia. Obrigado pelo auxílio. E sinto muito." O delegado encerrou a conversa oferecendo uma grande e cálida mão para mim, a qual apertei de volta. Eu estava tão sentimental que quase o abracei, mas me contive, sabendo quão inapropriado seria um abraço na autoridade policial naquelas condições.

Depois da partida do delegado, sentei no banco traseiro do carro de Roger, Laila foi para o banco da frente, o do passageiro, enquanto Roger tomava o caminho de volta para a clínica.

"Meu Deus…", foi tudo o que Laila conseguiu dizer, entre suspiros profundos, enquanto Roger e eu seguíamos completamente emudecidos.

"Acho que nossa praia ficará para outra data", encerrou ela, sem resposta nossa.

Embalado pelo movimento do automóvel, como um bebê, eu observava através da janela aberta as nuvens no céu já quase todo escuro.

Eu não pensava em nada, nem mesmo tristeza sentia. Enquanto o veículo seguia pelas ruas movimentadas da cidade, pessoas caminhavam nas calçadas, ônibus passavam, a vida seguia...

De minha parte, meu espírito vagava longe, no tempo e no espaço, ao lado de Dimas, meu eterno amigo. Ante a força de nossa amizade, o reconhecimento de um corpo não tinha qualquer importância para mim.

Dimas continuava vivo.

DIA 17 DE AGOSTO
TERÇA-FEIRA, AO LONGO DE TODA A TARDE

Dimas continuava vivo e dominava seu velório.
Uma multidão compareceu ao evento (o termo é esse mesmo), por isso a cerimônia necessitou ser alongada para que todos os interessados pudessem se despedir de Dimas. Ele era um herói de popularidade, como eu sabia, se bem que não tivesse a exata noção da quantidade de pessoas com quem ele mantinha relações, gente do samba, da vida noturna e principalmente do futebol.

Alheia àquela gente toda, dona Antônia permanecia silenciosa, sentada em uma cadeira de plástico, uma mão no caixão do filho, a outra no colo. Não chorava, apenas permanecia lá.

Ao lado dela, de pé, eu não servia sequer para consolá-la, antes buscava seu consolo. Eu estava entorpecido, quase catatônico, recebendo silenciosa e automaticamente as condolências dos presentes, sem distinguir uma pessoa da outra.

Enquanto as homenagens fúnebres prosseguiam, uma cena se repetia em minha mente, fato ocorrido muitos anos antes, ocasião em que Dimas e eu, ainda meninotes, tínhamos passado o carnaval distantes de casa. Foram três dias em que não demos qualquer sinal de vida, nem um singelo telefonema, razão pela qual, na volta, até a polícia nos procurava. Apesar da alegria pelo nosso retorno vivos (mas não necessariamente intactos), recebemos um sermão pesado de dona Antônia, ao longo do qual furtivamente ríamos e nos entreolhávamos, ouvindo as palavras sem dar real atenção a elas. No final, dona Antônia se dirigiu a mim, com uma súplica: "Nakamura, você é mais ajuizado do que o Dimas. Cuide do meu filho para mim".

Eu assumi o compromisso de fazê-lo da mesma maneira leviana com que levava minha vida então — e de certo modo ainda a levo —, sem cumpri-lo, como indicava o corpo no caixão diante de nós.

"Eu não cumpri minha promessa, dona Antônia", consegui falar finalmente, aproveitando-me de um raro momento em que fiquei a sós com ela. Minha voz saiu baixa, gutural e ininteligível. "Não consegui cuidar do Dimas como a senhora pediu."

Dona Antônia segurava dois botões de rosas-brancas na mão que estava em seu colo. Gentilmente, sem soltá-los, ela segurou meu braço e o apertou, sem fazer muita força, mas com suficiente intensidade para atrair minha atenção, então me deu graciosamente mais uma das suas valiosas lições.

"As pessoas são livres, Naka. Dimas mais do que qualquer outro. Não podemos viver a vida dos outros, só sofrer por eles. Eu fiz de tudo pelo meu filho e pela minha neta, mas eles se foram. Nem sei como estou aguentando, mas estou. Eles viveram a vida que puderam viver, isso me consola." Após breve pausa, ela acrescentou: "Você foi o melhor amigo que meu filho poderia ter tido na vida. Eu só posso agradecer por isso e por você estar aqui comigo".

Suas palavras ecoaram em minha cabeça pelo resto da tarde, período em que mal percebi quem falava comigo.

Na hora do sepultamento, algumas pessoas se voluntariaram para auxiliar dona Antônia no cortejo até a cova, mas ela os dispensou gentilmente.

"Vou com meu filho japonês", disse ela, dando-me o braço.

Assim que o caixão foi colocado sobre o carro fúnebre para o traslado até a sepultura, uma extensa fila se formou atrás, além de outros que seguiram indevidamente pelos lados, pisando nos túmulos. Nesse instante, um dos muitos amigos de samba de Dimas puxou um refrão de um clássico de Paulinho da Viola. Era uma espécie de mantra na vida de Dimas, verdadeiro resumo de sua biografia e de sua maneira de levar a vida, cantado por ele em muitas e diversas ocasiões.

Não sou eu quem me navega
Quem me navega é o mar

De imediato, o refrão foi repetido por todos os presentes, com palmas marcando o tempo.

Fazendo as vezes de puxador de samba-enredo e cantando a plenos pulmões, essa pessoa cuja identidade não divisei prosseguiu cantando, à capela, sendo seguido por todos os presentes. Da maneira mais espontânea e apropriada possível, aquele samba foi a oração de despedida de Dimas.

E quanto mais remo mais rezo
Pra nunca mais se acabar
Essa viagem que faz
O mar em torno do mar

Ao que o séquito respondia:

Não sou eu quem me navega
Quem me navega é o mar

Ao que o puxador continuava:

Timoneiro nunca fui
Que eu não sou de velejar

O leme da minha vida
Deus é quem faz governar

E, assim, o caixão com o corpo de um homem livre na completa acepção do termo flutuou até o sepulcro, carregado por braços e ondas de músicas, deixando para trás um rastro de saudade sem fim no ar.

Quando os coveiros começaram a cobrir o caixão de terra, uma estrondosa e interminável salva de palmas se seguiu. Chorei muito, mas ninguém percebeu, graças aos meus óculos escuros.

Dimas tivera muitos defeitos, é certo, mas suas poucas qualidades em muito os superavam. Tinha sido um homem alegre, um amigo fiel e bon vivant, intenso em tudo que fizera. Sua vida fora vivida no limite, como uma corda de violino esticada ao máximo, propiciando notas de grande qualidade, mas podendo romper a qualquer instante.

Após deixar um dos botões brancos sobre o túmulo de Dimas, dona Antônia se apoiou em mim e, silentes, seguimos até a cova de Bianca, onde a segunda flor foi deixada.

Na saída do cemitério, avisei Laila e Roger de que iria levar dona Antônia para casa, depois ligaria para eles. Se eu não ligasse, não deveriam se preocupar, eu ficaria bem.

As pessoas se comprimiam e demoravam a se dispersar, cada um contando uma história vivida com Dimas. Muitos se abraçavam, repetindo os tradicionais convites para marcar algo, abreviar a distância, não aguardar a repetição de eventos do tipo etc.

Em dado momento, no meio daquela multidão, meu olhar e o de Karl se encontraram. Por alguns segundos, mantivemos o contato visual, então ambos curvamos a cabeça ao mesmo tempo, num cumprimento ligeiro, tanto de reconhecimento quanto de concordância, convictos de que em breve voltaríamos a nos encontrar.

HORA DO JANTAR

"Encontrar quem, Karl?", perguntou Maia, sem ter entendido nada do que o marido dissera durante o jantar. "Desculpe, eu estava distraída."

Pela manhã, Karl convidara Maia para acompanhá-lo ao velório de Dimas, mas ela declinara sem justificar sua negativa (não havia mesmo como fazê-lo). Ele fora sozinho e, na volta, nada mencionara sobre como o funeral ocorrera, nem ela perguntara. Agora, jantando juntos, a conversa não evoluía.

"Estava falando sobre um cliente que vou encontrar para tratar de uma nova campanha de jeans. Quero produzir e fotografar eu mesmo." Após breve silêncio, ele retomou o assunto, mas não se estendeu, visivelmente magoado.

"Ah", foi tudo o que ela conseguiu responder.

Após mais alguns instantes de embaraçoso silêncio, Karl resolveu facilitar as coisas para ela; não era homem de tergiversações.

"Entendo sua situação. Deve ser difícil superar a morte do amante."

Maia tremeu ao ouvir o comentário, mas se conteve. Pousou lentamente os talheres na mesa, mas não levantou os olhos para ele.

"Você sabe?"

"Eu não seria quem sou se não soubesse." Taciturno, mais confundiu do que esclareceu.

Maia estava atônita.

Era bem verdade que, após o deplorável incidente no motel na data do encontro do corpo da filha de Dimas, ela pensara em encerrar de vez aquela sua relação extraconjugal, decisão aprofundada no velório de Bianca ao descobrir a antiga relação de Dimas e Karl. Igualmente decidira contar tudo para

Karl com a manifesta intenção de retomar seu casamento sem mais engodos ou mentiras, mas não tivera tempo de levar nada adiante por conta da súbita morte de Dimas. E agora Karl deixara claro saber de tudo, privando-a da oportunidade de lhe confessar seu adultério e se mostrar uma mulher íntegra como sabia ser.

"Há quanto tempo você sabe?", perguntou ela, ainda com os olhos baixos.

"Isso não importa em nada", encerrou ele.

"Talvez não. Mas espero que também saiba que eu deixei de encontrá-lo."

"Sim", reconheceu ele, a contragosto.

Prosseguiram o jantar solitários, embora um na frente do outro.

Maia percebia, contudo, uma vaga agitação em Karl, a julgar pela maneira como ele respirava e como seus olhos se agitavam. Ela, porém, não conseguia entender o que se passava com ele, e, a bem da verdade, não estava se importando muito, também tinha feridas para lamber e curar. Se Karl a considerava uma devassa hipócrita, pelo menos estava pensando nela.

"Maia, meu pai era apicultor, já devo ter lhe contado", disse ele casualmente, pousando os talheres ao lado do prato.

Maia aguardou, sem entender a que o marido se referia. Pelo que conhecia dele, Karl estava preparando uma introdução para uma história moral a ser apresentada a seguir, mas ela não estava interessada.

"Karl, podemos deixar isso para outro dia?" Ela usou um tom amistoso, mas suficientemente elucidativo da pouca disposição para palestras forçadas.

"Entendo", concordou ele. "Mas gostaria que conversássemos hoje. Não há razão para deixarmos para amanhã algo que já deveria estar resolvido há anos."

"Há muito tempo você me deixa para depois, Karl. Você e seus incontáveis compromissos. Por que a pressa repentina?" Ela estava magoada e não fazia qualquer questão de esconder os sentimentos.

"Compreendo seu descontentamento comigo, Maia. Realmente preciso lhe dar mais atenção. E pretendo fazê-lo, começando agora."

"Por que agora?" Embora ainda irritada, a postura dela indicava concordância.

"Quando você vir o funcionamento de uma colmeia de abelhas verá a clareza da minha conduta ao longo dos anos", persistiu ele.

Dando um profundo suspiro, Maia se levantou, foi até a cozinha e voltou com a sobremesa, servindo ambos. Por fim, voltou a falar olhando diretamente para os olhos dele.

"Karl, eu não moro num sítio e nem pretendo morar. Se você está disposto a mudar seu comportamento comigo, como você diz, vamos começar sendo verdadeiramente claros um com o outro." Pausa para mais um respiro. "Portanto, já que eu não pretendo instalar a porra de uma colmeia na sacada do nosso apartamento, você pode explicar de maneira simples aonde pretende chegar?"

Tão logo terminou, ela se arrependeu do excesso vernacular, mas não havia como voltar atrás, nem maneira polida de dizer a mesma coisa. Ele, de seu lado, não pareceu se importar com o vocabulário ou a rispidez dela.

"Tem razão, Maia." O tom de voz dele estava mais baixo e menos autoritário do que de costume, sinal claro de seu real engajamento com o compromisso de ser mais próximo dela. "Preciso, porém, que me escute sem interrupções. A história é longa e principalmente dolorosa. Ao final, você poderá me inquirir sobre qualquer ponto. Pode ser?"

"Comece, Karl. Só comece."

Ele se serviu de uma pequena porção do doce trazido por ela, inconscientemente desejando afastar o amargor do que tinha para relatar.

"Eu nasci e cresci numa pequena cidade de Santa Catarina, o filho caçula de um apicultor médio e de uma beldade interiorana. Meu pai foi casado antes e tinha outros três filhos mais velhos, que não moravam com a gente. Na nossa casa, éramos, portanto, meus pais, minhas duas irmãs e eu, o mais novo, cada qual com a diferença de exatos dois anos de um para o outro. Lá em casa, tudo era assim, matematicamente calculado e previsto. Obsessão do meu pai. E dava certo, tínhamos uma vida bastante simples e feliz."

Maia, sentada, escutava com atenção. Mais do que isso, ela observava o semblante dele se alterando por completo a cada frase, afundando em reminiscências.

"Como eu dizia, a felicidade era uma coisa simples e presente na nossa vida. Nós estudávamos, ajudávamos nosso pai na administração da fazenda e nossa mãe nos afazeres domésticos. Também sujávamos as mãos na fazenda e em casa, conforme a concepção de meu pai sobre a necessidade de realizar trabalho árduo."

Nesse ponto, Karl parou, abalado como Maia nunca vira antes. Ela agora estava apoiando os cotovelos na mesa, atraída pela história que se desenvolvia perante ela.

"Tudo mudou quando, num final de ano, recebemos a visita inesperada. Uma grande e violenta quadrilha de criminosos de São Paulo foi parar na nossa inexpressiva cidade."

Maia arregalou os olhos e susteve a respiração por um instante, mas nada disse para não atrapalhar o fluxo da narrativa de Karl, que parecia fitar um ponto distante no tempo.

"Pois é, com tanto lugar neste país continental, a escória da pior espécie de pessoas que há no mundo, aproveitando-se dos benefícios legais, saiu da prisão durante os festejos natalinos e terminou indo parar na minha cidade, que era pequena, mas tinha praia e pouco policiamento, além de, dizem, mulheres bonitas, combinação irresistível para alguns tipos de crápula. Mas preciso ser justo: lá, ao contrário do que se poderia pensar, eles não fizeram nenhuma arruaça, pelo menos não enquanto os chefes estavam presentes. Depois do réveillon, contudo, a maioria deles deixou nossa cidade, ficando lá apenas uns cinco ou seis celerados. Foi aí que a desgraça aconteceu."

Maia estava com os olhos vidrados em Karl, à espera do desfecho. Embora ele parecesse impassível, uma observação mais atenta notaria que os olhos dele estavam incomumente umedecidos.

"Tudo que estou lhe contando eu descobri após muitas e muitas conversas com pessoas da cidade, durante anos. Mas não quero me antecipar. Esses cinco ou seis bandidos que ficaram, sem uma chefia rígida comandando cada passo que eles davam, não tardaram a arrumar confusão. Por fim, numa noite de sábado, eles foram a uma festa privada num hotel na praia e acabaram se envolvendo numa briga com os seguranças do local, sem saber que eram policiais fazendo bicos fora do expediente. Não sei ao certo o que se passou no local, mas parece que houve troca de tiros e um dos policiais acabou ferido e morto, levando os criminosos a buscar refúgio no interior da cidade, pelo menos até que as coisas se acalmassem e eles pudessem fugir do estado. Consegue imaginar para onde eles rumaram por pura obra do acaso?"

"Sua casa", disse Maia, pesarosa, como se tivesse alguma participação naquela invasão.

Aquiescendo com a cabeça, ele prosseguiu com a narrativa.

"Eles chegaram à nossa fazenda de madrugada, imagino, mas não notamos nada. Eu tinha doze anos na época e dormia despreocupado. Na manhã do domingo, antes de ir à missa, como sempre fazíamos, meu pai me mandou dar uma volta de verificação no apiário, segundo o rodízio familiar vigente na época. Embora houvesse funcionários na fazenda para fazer o trabalho manual mais pesado ou complexo, meu pai insistia para sempre haver alguém da família acompanhando tudo. 'É o olho do dono que engorda o boi', repetia ele. Enquanto eu caminhava despreocupado pela fazenda, maravilhado entre vegetação e abelhas, os criminosos que estavam escondidos lá chegaram até a nossa casa."

Karl parou novamente. Não precisava de tempo para organizar os pensamentos, e sim de forças para prosseguir — nunca antes havia contado a história completa para outra pessoa. Maia não o interrompeu, apenas aguardou. Ele prosseguiu com grande e visível esforço.

"Eles invadiram nossa casa e encontraram meu pai e minha mãe na cozinha, tomando café. Minhas duas irmãs ainda não haviam levantado. Os criminosos facilmente renderam meus pais e os deixaram num canto da cozinha, enquanto reviravam tudo e exigiam dinheiro do suposto cofre. Meu pai calmamente explicava para eles que as melhores épocas para a colheita do mel eram entre maio e junho, depois outubro e janeiro, razão pela qual no final do ano ele mal fazia para a manutenção das abelhas. Inclusive, todo o rendimento da última produção já havia sido aplicado no pagamento do décimo terceiro salário e férias dos funcionários, e na aquisição de matéria-prima e equipamentos. Ele explicava isso como se apresentasse o balanço do ano para sócios rigorosos, quando era mais simples dizer que não havia dinheiro na fazenda. Tudo era verdade, mas parecia desculpa, a julgar pela extensão da fazenda e qualidade da nossa residência. Nisso, os bandidos resolveram vasculhar o imóvel em busca de dinheiro, e, pelo que disseram, depois iriam levar uns dois carros e fugir dali. Se todos colaborassem, ninguém iria se ferir, asseguraram. Eles, de fato, pareciam ter autocontrole. Infelizmente, bem quando já se entreolhavam e pareciam preparados para partir, minhas irmãs acordaram. Começa aqui a pior parte."

Karl parou mais uma vez. Maia tinha vontade de caminhar até ele, abraçá-lo e protegê-lo. Todavia, conteve-se, tanto por saber o quanto ele se incomodava com francas demonstrações de carinho quanto por não pretender interromper a história.

"Sem saber de nada, minhas duas irmãs levantaram e desceram as escadas para tomar café da manhã. Basta olhar para meu tamanho, Maia, para imaginar o quanto minhas irmãs eram formosas aos dezesseis e catorze anos, especialmente vestindo roupas leves de dormir. Os caras que estavam lá em casa não precisaram imaginar, eles viram."

O coração de Maia estava acelerado. Quando se casaram, ela conheceu algumas primas e tias dele, de modo que bem podia conceber a beleza das moças.

"Os infelizes não disseram nada, mas olharam para elas e depois entre si. A intenção malévola deles era evidente. Nessa hora, de alguma forma, meu pai conseguiu se soltar e alcançar a arma que ele mantinha num compartimento ali na cozinha. Ele poderia ter atirado, mas antes deu um grito de alerta. 'Minhas filhas, não!' Lamentavelmente, meu pai era um fazendeiro, não um pistoleiro, não teria chance contra aqueles profissionais do crime. No mesmo instante, eles se viraram para meu pai e o tiroteio começou. As pessoas se impressionam com meu porte físico, como você já deve ter notado. Garanto que isso só ocorre por não terem conhecido meu pai. Ele era um verdadeiro colosso humano. Segurando a arma com as duas mãos, ele permaneceu de pé na cozinha, atirando em cada um dos bandidos enquanto era alvejado por eles, parecendo nem sentir. Ele sequer buscou se desviar dos tiros, sua intenção era unicamente proteger as filhas. Quando os tiros cessaram e tudo se acalmou, os cinco criminosos estavam mortos."

Karl parou a narrativa, foi até a cozinha e voltou de lá com um grande copo de água. Ele parecia o Karl de sempre, autossuficiente e gelado.

"E? ...", indagou Maia, com receio de ouvir a resposta.

"Meu pai e minha mãe também estavam mortos."

"Karl, nunca imaginei..." Maia estava chocada, à beira das lágrimas. "Nem sei o que dizer."

"Não há o que dizer. Nada vai mudar."

Não era uma frase de efeito, apenas a constatação de um imutável infortúnio.

"Quando finalmente voltei para casa após minha caminhada pastoral, minhas irmãs estavam na varanda me esperando. Já havia policiais e funcionários da fazenda por todo lado. Demorei a entender tudo que tinha ocorrido. Até hoje não entendo direito. Lembro que eles tentaram me preservar, mas eu consegui escapar deles e correr até a cozinha. Meu pai estava caído no centro da cozinha, cravejado de tiros. Minha mãe estava caída num canto. Os cadáveres dos criminosos estavam espalhados pela cozinha, sala e escada. Se eu fechar os olhos, posso vê-los nitidamente. A depender do dia, nem preciso fechar. Eu e minhas irmãs permanecemos por ali. Embora de pé, estávamos tão mortos quanto nossos pais."

A longa conversa avançou noite adentro, enquanto, do lado de fora, chovia.

DIA 18 DE AGOSTO
QUARTA-FEIRA, INÍCIO DA MANHÃ

Ainda chovia no dia seguinte quando Maia deixou seu esplendoroso apartamento para correr, não obstante o mau tempo.

Não fora trabalhar naquele dia, e provavelmente não iria mais. Não aguentava mais aquela atividade enfadonha de representante comercial, menos ainda os tailleurs com o logo da empresa. Por conta do que ouvira na noite anterior, estava disposta a remodelar sua vida por completo, começando pela troca de emprego.

O dia anterior havia sido o pior de sua vida. Com folga.

Além do enterro de Dimas, o qual lhe ferira a alma como ela não supunha poder ser ferida, ainda ouviu de Karl sua biografia completa, o que a deixou completamente devastada.

Enquanto caminhava para o parque, um carro parou ao lado dela e o motorista educadamente lhe ofereceu carona.

"Tempo feio, não?" O homem de meia-idade tentou entabular uma conversa ligeira, mas desistiu ao notar que, perto do semblante dela, o clima nem estava tão sombrio assim.

Maia, entorpecida, nem percebeu o veículo se aproximando, menos ainda se afastando. Quando pensava em abandonar Karl, faltava-lhe o ar. Ele fora vítima de uma tragédia sem nome, não havia dúvida. Contudo, a maneira encontrada por ele para superar o trauma provocara outras desgraças igualmente horrorosas. "Efeitos colaterais", era como ele nomeava as incontáveis mortes de inocentes, como a filha de Dimas. "A beleza e harmonia do destino final compensam o árduo caminho", acrescentara ele, forçando uma metáfora e buscando alguma empatia com o hábito de corridas dela, mas o ardil não funcionara; sua consciência não se renderia a uma imagem fácil.

Naturalmente, não podia julgá-lo, nunca passara por nada semelhante em sua existência. Ainda assim, não tinha como compreendê-lo por inteiro, tampouco aceitar tudo quanto ele fizera, malgrado a evidente boa-fé dele, algo bem distante dos infames resultados.

Além disso, a imagem de Dimas ocupava sua mente: empolgado e empolgante, espirituoso em qualquer situação, favorável ou adversa, até repousar precocemente dentro de um caixão feito com madeira de segunda categoria.

A morte de um homem como aquele não poderia ser tida como "efeito colateral".

Aliás, por que estava se importando tanto com Karl e Dimas?

Sua história com Karl era visceral, lava escorrendo de um vulcão em erupção para devastar a vegetação, deixando trilhas improváveis no caminho e em sua alma. Com Dimas, a relação fora suave como a brisa de final de tarde no verão, ótima para refrescar a cabeça após um dia tumultuado, mas parca para abrandar o sufocante calor da estação.

Mas eram apenas homens!

Sozinha, como ficaria? Não é possível que tivesse se anulado a ponto de não se recordar como era estar sem a companhia de um homem. Reduzira-se à deplorável condição de vistosa acompanhante de homens poderosos? E seu amor-próprio? E sua individualidade?

"Morena?", chamou-a um indivíduo parado debaixo da marquise de um prédio. "Encoste aqui e se esquente um pouco." Ela o ignorou, seguindo adiante e aproveitando a chuva para lavar suas lágrimas, que inadvertidamente começaram a cair.

Antes de alcançar a pista de corrida do parque, ainda enfrentou mais alguns pérfidos predadores típicos da savana urbana.

"Carona?", gritou-lhe um ciclista passando por ela.

"Entra aqui que eu te esquento", disse-lhe um motorista de táxi.

Maia logo chegou ao parque onde costumava correr e, sem se alongar ou realizar qualquer preparativo, pôs-se a acelerar o passo.

Apesar da chuva, havia outras pessoas correndo, mas afastadas dela. Perto, apenas um homem; ela não o conhecia, felizmente, o que a dispensou da desnecessária tarefa de fingir não vê-lo. Ele assobiou alto com a passagem de Maia, olhando fixamente para a bunda dela.

Ao longo da extensa pista de corrida, os pés de Maia chapinhavam na água, já encharcados, sem que isso a incomodasse.

"Uau", gritou-lhe um desconhecido ao final da primeira volta, surgindo do nada e após ter se certificado de que não havia outras pessoas próximas. "Raba gostosa, hein?"

Maia tampouco o ouviu, como antes não ouvira os demais.

Pois é, meus caros, não sei se já pensaram nisso, mas a vida de mulher bonita numa cidade grande não é nada fácil, especialmente num dia chuvoso, em que há poucas testemunhas nos espaços abertos e menos ainda pudor nas falas. A vida das feias não é melhor, afinal boa parte dos homens sempre está, quando não mexendo com as mulheres, ofendendo-as.

De toda sorte (uau, repeti a expressão pela terceira vez! Definitivamente, estou me tornando pedante), Maia seguia sua corrida e tentava ordenar os pensamentos. Amava Karl, aceitava esse fato com grave fatalismo. Entretanto, isso não mais lhe parecia suficiente.

Dimas, mesmo tendo sido um homem maravilhoso, fora uma aventura apenas (mas sumamente marcante), um instrumento de vingança contra o descaso de Karl, pelo menos a princípio.

Depois, ela se deu conta de que saíra mais ferida da empreitada do que o marido.

Além da dor sentida por conta das desilusões amorosas, havia outra coisa a fazer seu coração acelerar, e não era a corrida. Não tinha como negar a plena ciência da intrincada rede de causas e consequências que, a partir do assassinato dos familiares de Karl, resultaram na morte de Bianca e, depois, na morte de Dimas, sem contar as muitas vidas ceifadas, pessoas cujas identidades ela jamais conhecera ou conheceria.

Efeitos colaterais.

Já na quinta volta, avistou de longe mais um corredor, em sentido contrário, novamente homem, mas de porte mais expressivo do que os anteriores. Instintivamente, preparou-se para fingir não notar uma provável abordagem agressiva. Porém, para sua surpresa, o corredor passou direto por ela, como se não a visse. *Karl não teria feito melhor*, pensou ela com dolorosa ironia. *Até quando vou continuar assim, apenas reagindo às ações dele?*, questionou-se, sem ironia, apenas com dor.

A abundante água da chuva escorria por seu rosto, penetrando em suas roupas, lavando e gelando seu corpo. Mas não foi isso que a fez parar a corrida, e sim um vulto feminino vindo em sua direção, indiscernível até estar bem próximo dela, quando Maia finalmente reconheceu a si mesma na miragem, jovem e impetuosa como sempre fora e nunca deveria ter deixado de ser. Uma ilusão, é claro, mas não menos representativa. Do quê? De algo ainda incipiente em seu espírito, mas intenso o bastante para lhe interromper os passos e iluminar o caminho à frente.

"Chega de correr", falou ela para as nuvens do céu e para si, num volume mais alto do que tinha intentado, cessando a corrida por completo. "Chega de correr, de estar disponível, de amar sem ser amada, de me rebaixar às vinganças e traições que mais doem em mim do que em Karl."

Não havia ninguém por perto para ouvir seu solene compromisso, é claro. Nem importava. Havia ela e a chuva sobre si a batizá-la; Maia renascia. "Chega!", bradou ela no meio da pista, com as pernas abertas lado a lado, braços e cabeça voltados para o firmamento.

A seguir, rumou para casa, onde havia malas para fazer. Estava alguns anos atrasada.

Bem adiante, o corredor que passara por Maia havia pouco já estava retornando para mais uma volta. Vejam a coincidência: era Roger, meu sócio, o último homem a passar por Maia, mas nenhum dos dois conhecia o outro, então não se falaram, sequer se olharam.

Ele estava de folga, pois não havia como treinar os recrutas debaixo de um dilúvio daqueles. Disse para o coronel que precisava resolver umas coisas fora da base aérea.

Na verdade, com tempo livre de sobra, e sem ânimo para permanecer em sua solitária casa na deprimente, conquanto paradisíaca, vila de oficiais, Roger optou por correr um pouco no parque da cidade, gastando as energias com atividades ao ar livre, só para variar, posto que ultimamente todas as suas forças desciam pelo ralo durante o banho, extraídas manualmente a partir de indecorosos pensamentos em Laila (essas confissões foram extraídas a fórceps por mim).

Apesar da chuva, Roger completou exatas quatro voltas no parque, fechando os doze quilômetros habituais, nem mais, nem menos, como convinha a um militar disciplinado. A chuva ainda caía enquanto ele usava as barras laterais para se alongar.

"Ei...", chamou alguém de um lugar próximo.

Aos poucos, Roger percebeu um vulto alto sair de trás das árvores, com a mão na altura da cintura, segurando algo. Julgou que seria roubado e já se preparava para a abordagem violenta e quiçá uma rápida reação (segundo me disse, um militar precisa sempre estar preparado para a guerra. Eu não acreditei nele, é claro, mas registro o que ele me falou por dever de ofício). Em pouco tempo, porém, ele percebeu que o assalto tinha natureza diversa. "A fim de uma brincadeira?", perguntou o homem, segurando o pênis ereto.

Taí, não quero declarar guerra às feministas, menos ainda menoscabar suas justas bandeiras, mas não posso deixar de consignar os fatos ocorridos naquela manhã. Tanto Roger quanto Maia foram assediados naquele parque público — não dá para negar a progressiva democratização dos hábitos sociais.

Prosseguindo, deixo assentado que Roger sorriu e agradeceu a oferta, seguindo seu caminho de volta ao carro. Após espalhar uma toalha no banco, entrou no veículo e dirigiu de volta para casa, devendo antes realizar o retorno próximo aos prédios. Nessa hora, sem o saber, passou em frente ao edifício onde Karl e Maia residiam, no exato instante em que ela esvaziava armários e gavetas.

Karl saíra cedo e passaria todo o dia envolvido com assuntos de sua prestigiosa organização. Não retornaria antes do final do dia.

Aliás, a bem da verdade, Karl também estava aéreo desde o dia anterior, após ter contado toda a sua desventura para Maia.

Sua mente era tão impenetrável quanto a de uma estátua; porém, mesmo assim era possível extrair algumas ilações sobre ele. Por exemplo, a traição de Maia, mesmo admitida por ela sem particular ressalva, não o ofendera tanto, já que, pelo que apurou, ela sofrera mais do que ele com o caso em si. Não houvesse sido com Dimas o affair, uma pessoa de suas relações, embora antigas, talvez ele nem lembrasse mais do evento. Fora um breve caso com um indivíduo inferior, tanto que ela permanecera com ele, arrependida e submissa.

De uma forma ou de outra, Dimas estava morto, ele e Maia não. Ele e a esposa tinham, portanto, tempo e, o mais importante, amor para corrigir os rumos do relacionamento, o que dependia especialmente dele.

No final do dia, quando ele voltasse para o lar, estacionaria seu luxuoso veículo sem muito cuidado, sem qualquer prejuízo à perfeição da manobra. Ao descer, observaria a vaga ao lado e cogitaria mais uma vez em presentar Maia com um automóvel; ela sempre resistia quando ele formulava a proposta, é claro, dizia que conseguiria por si seus bens materiais. Entretanto, já havia tempo desde a última conversa e ele não notara nenhum progresso nos planos dela. Pois bem, compraria para ela um carro mediano, nada pomposo para não ofendê-la, mas de boa qualidade para lhe conferir um mínimo de conforto. Seria o primeiro ato de muitos outros para compensar Maia da negligência pretérita.

A resolução de Karl, todavia, permaneceria sem efeito prático, uma vez que, ao vasculhar todo o apartamento, ele o encontraria no mais absoluto silêncio, o armário da esposa e a sapateira vazios.

Não tardaria a perceber que Maia havia partido.

FINAL DA TARDE

Partido, era como eu estava me sentindo após a morte de Dimas.

Deveria ter ficado em casa, mas a solidão me aflige. Treinar estava fora de qualquer cogitação. Marcar um encontro com alguém, então, chegava a me dar ânsias. Sem outra opção, fui para a clínica, mas não atendi ninguém, apenas me deixei lá, trancado no meu consultório como um urso numa caverna, deixando o trabalho todo para Laila.

Ao longo do dia, ninguém veio falar comigo, conforme havia pedido.

Depois do expediente, com a saída de Laila, e considerando que Roger não atenderia naquela data, dispensei Renata, sem fazer qualquer piada, e permaneci sozinho no consultório, com as luzes apagadas e sem pensar em nada, apenas deixando a mente divagar enquanto a escuridão, feito um gatuno de notável destreza, invadia o consultório pelas janelas. Não sabia até quando permaneceria ali, mas algo me instava a ficar.

O soar da campainha confirmou minha intuição.

Caminhei intrigado para a porta, cogitando quem poderia ser, afinal não havia mais nenhum paciente agendado. Meu desconcerto só aumentou quando me deparei com uma formosa mulher vestindo um agasalho folgado, o capuz parcialmente sobre seu rosto, cujos olhos vermelhos indicavam que estivera chorando havia um longo tempo.

"Meu nome é Maia", foi a única coisa que ela disse ao se apresentar, supondo ser o suficiente. E era mesmo.

"Sei quem você é."

Afastei-me da porta, dando passagem para ela. Eu a reconheci de imediato, apesar de ter tido apenas dois breves encontros com ela, o primeiro no velório de Bianca e o segundo numa lanchonete, mas uma mulher como aquela não passava despercebida facilmente (meu amigo Dimas, onde quer que você esteja, vá desculpando aí, mas não dá para negar um fato assim). Qual seria a razão de seu surgimento? Evidentemente ela não estava ali para um chá.

"Desculpe por surgir tão de repente, mas eu preciso conversar com alguém. Com você, na verdade." Ela passou por mim e se sentou numa poltrona da recepção. Fui até a copa, de onde voltei com duas garrafas de água, uma das quais ela aceitou. Tomei a outra lentamente.

"Bonito consultório", falou entre um gole e outro.

"Obrigado", respondi, hesitante, ainda procurando a melhor abordagem. "Minha sócia cuidou da decoração." Observei as paredes por um instante, tomado de súbita saudade de Laila. Como Maia tergiversasse, facilitei as coisas para ela: "Pela qualidade do seu sorriso e tristeza no semblante, imagino que não veio tratar de cárie".

"Não." Ela tentou rir de volta, mas não conseguiu. "Vim falar sobre o Dimas. E sobre o Karl."

Aquiesci com a cabeça, indicando entender a gravidade do futuro relato e demonstrando ter ela minha absoluta atenção.

Maia se abriu como não supus ser capaz, afinal era nossa primeira conversa. Mesmo assim, ela não se resguardou, nem preservou nenhum detalhe sobre a vida em comum com Karl, nem sobre a biografia dele, tal qual ouvira dele próprio. Apesar de chocado com a trágica vida do homem cuja existência eu imaginara isenta de incidentes, ouvi tudo com atenção, ainda sem entender o motivo de ela me contar tudo aquilo.

"Agora vem a parte que talvez lhe interesse", continuou ela, como se adivinhasse meus pensamentos.

"Karl gosta de acreditar que superou a morte brutal da família, mas isso não aconteceu. Na verdade, ele passou a se ver como um instrumento de algum ente superior, alguém cuja missão era trazer justiça ao mundo. A princípio ele tentou fazer isso pessoalmente, com seus punhos, espancando pequenos furtadores e usuários de drogas, como se fosse um justiceiro de arrabalde, mas depois compreendeu o pequeno alcance de seus atos. Então ele elaborou um estratagema mirabolante. Já adulto, e com muitos recursos financeiros à disposição, criou uma organização não governamental destinada à recuperação de escolas públicas localizadas em áreas tomadas pelo tráfico."

Eu conhecia a história do grande benemérito, afinal fora colega de escola dele e havia acompanhado, a distância, suas obras sociais.

"Você não sabe a extensão das atividades de Karl", corrigiu-me ela, como se mais uma vez lesse meus pensamentos. Eu já estava ficando constrangido. *Seria uma telepata?*, perguntei-me, desviando o olhar de seu corpo e fitando seus olhos, tentando me manter focado no assunto principal da visita.

"Na noite passada, Karl me revelou o verdadeiro propósito da sua propalada obra social", completou ela, tranquilizando-me sobre minha indagação psíquica e me deixando livre para não mais conter meus indecorosos pensamentos.

O plano de Karl era terrível em simplicidade e eficácia. Não fosse eu um lutador experimentado, teria sido nocauteado pelas revelações, conforme Maia ia me divulgando o estratagema do deus dourado.

"Meu marido usa sua ONG para ingressar nas áreas mais degradadas da cidade, através das escolas públicas carentes, as quais se propõe socorrer. Ele realmente auxilia materialmente, fornecendo insumos, livros, softwares etc. Porém, seu real interesse é identificar e se aproximar dos responsáveis pelo tráfico na região. Com o auxílio da direção da escola, ele facilita o acesso dos traficantes entre os alunos, até conhecer todos os detalhes da vida dos criminosos atuando no local. Depois, ele provoca uma guerra entre os criminosos se valendo de um esquema de subornos, ameaças, delações e informações falsas de todo tipo. Ele atiça os membros do tráfico a lutar entre si, com grupos rivais ou com a polícia. Muitos morrem na disputa, é claro."

O deus dourado? Ela estava mesmo falando do mesmo homem? Eu estava embasbacado, como ela mais uma vez leu em minha mente.

"Entendo seu espanto, eu mesma demorei a entender."

"Ele age assim há muito tempo?"

"Sim, pelo que ele me contou, segue esse esquema há anos. Após descobrir os responsáveis pelo tráfico e os possíveis rivais, se houver outros grupos, ele usa terceiros e insufla uma disputa por território que termina com muitas mortes de ambos os lados. Se não houver grupo disputando o território, ele dá um jeito de informações vitais chegarem até a polícia, com a aparência de ter sido a partir de pessoas do próprio meio. A guerra muitas vezes é pior do que se fosse com facção inimiga."

Ela foi gentil e fez uma pausa de clemência para me dar tempo até me contar como foi o caso da filha do Dimas.

"Karl descobriu que Bianca tivera um passageiro caso com um policial, então ele fez Boy saber de tudo. Ele era o chefe do tráfico e namorado dela. Meu marido calculou que o tal Boy pensaria que ela estava fazendo jogo duplo e tomaria providências. As coisas transcorreram exatamente assim. Por isso ela teve aquela morte horrível, como você sabe."

Mesmo chocado, eu precisava me conter e prosseguir naquele diálogo atroz.

"Certo, mas como isso iria ajudá-lo a destruir o tráfico no local?" Eu sentia um oco no estômago percebendo que Bianca tivera sua vida ceifada como se fosse um singelo peão sacrificado num deplorável jogo de xadrez.

"Karl tem muitos recursos." Ela quase ria agora, presumivelmente recordando uma piada particular. "Ele fez a informação da morte da Bianca chegar ao ex-namorado policial. Ele e seus parceiros não tinham qualquer relação com Bianca havia algum tempo, mas tomaram o ato de Boy como uma afronta a eles e à corporação. Em pouco tempo, estavam agindo contra os pontos de venda de drogas comandados por Boy, como não faziam antes por inépcia ou corrupção. Começaram a prender gente dele. Matar também."

"Nada disso ocorreria sem a sensação de ofensa pessoal, se podemos chamar assim", intervim, percebendo a claridade dos eventos.

"Exato", arrematou Maia. "No final de tudo, Dimas matou o Boy e seus principais gerentes, os responsáveis pelo assassinato de Bianca. Mas morreu no processo."

"Karl não deve ter calculado isso." Eu estava com o coração disparado.

"Não, mas apreciou o resultado. Exceto por Dimas, é claro, a quem ele não encontrava havia anos. Pelo que Karl me contou, muitos foram presos no último mês, o que não costuma acontecer, haja vista que os pontos de venda de drogas funcionam em locais conhecidos mas nunca são fechados. No máximo são presos uns pobres coitados, a ralé, sendo rapidamente substituídos."

"E o tráfico em grande escala não sofre qualquer abalo."

"Sim, mas isso mudou a partir da morte de Bianca. O chefe local terminou assassinado e a organização desmantelada. Um excelente ganho social, apesar das mortes de Bianca e Dimas", completou ela.

Maia e eu nos calamos por um instante, pasmados pela profundidade do estratagema de Karl. Era tudo tão simples e eficiente. Ele urdira uma maneira de combater o crime organizado que, num remoto passado, causara a morte de quase toda a sua família. Só lhe cabia colocar bandido contra bandido. Ou bandido contra polícia.

"E Bianca? Ele não se abalou com a morte dela?", indaguei, começando a me enervar com as evidentes falhas no plano de Karl.

"Efeitos colaterais, é como ele os chama", confessou Maia, ruborizando, como se a cínica expressão fosse dela, não dele.

"Efeitos colaterais?", repeti, com grande dificuldade para engolir minha própria saliva.

"Sim. Ele disse que reconhece a impropriedade de algumas mortes não desejadas, mas o desmantelamento de muitos pontos de venda de drogas e a prisão de muitos traficantes compensaria tudo."

"Pena Dimas, um antigo amigo dele, ter morrido, não? Ele falou algo sobre isso?"

"Apenas comentários rasos. Aceitou que Dimas, a filha dele e o diretor da escola foram as vítimas inocentes nessa ocasião."

"O diretor também?" Eu estava atônito. Dimas me dissera que ele estava do lado dos criminosos.

"Ao que parece, Dimas o matou por acreditar na participação dele no esquema do tráfico, já que boa parte acontecia na escola por ele dirigida."

"E não participava?"

"Muito pelo contrário." Maia se espantava a cada morte relatada, como se as sentisse só de falar. "Na verdade, ele detestava o tráfico e os traficantes. Pelo que Karl falou, ele aceitou o esquema do meu marido e facilitou o convívio dos traficantes na escola apenas como forma de apurar quem eram os membros da quadrilha, sabendo do objetivo final do plano. Ele fez de tudo para as informações serem usadas da maneira idealizada por Karl."

"Dimas, sem saber disso, e sem combinar nada com Karl, matou o diretor também. E o cara era inocente!"

"Efeitos colaterais", repetiu Maia, em tom enlutado, mas também irônico.

Eu me levantei, fui novamente até a copa, de onde voltei com outra garrafa de água para ela. Para mim, preferi um copo de uísque mesmo.

Irrequieto, eu fazia exercícios de respiração para controlar a agitação que sentia, mas os resultados não eram de todo satisfatórios.

Já era tarde da noite, como indicavam as luzes da cidade, para as quais eu olhava enquanto resumia em voz alta tudo quanto ouvira, esperando a confirmação de Maia.

"Karl indiretamente causou a morte de Bianca, mas isso seria compensado pela prisão e morte de muitos traficantes. Dimas, sem saber do plano de seu antigo parceiro de glórias futebolísticas, ingressou sem querer nesse esquema e também matou uns caras, até ser morto por outros deles. Pelo menos mais uns bandidos foram presos ou também mortos. Tudo isso porque, há muitos anos e num outro estado, a família de Karl fora vítima de uns caras que nenhuma relação tinham com os criminosos de agora, embora atuassem no mesmo ramo, por assim dizer. Bandidos morrem ou são presos, a depender da sorte de cada um. Entretanto, nessa cruzada levada adiante por Karl, algumas pessoas inocentes acabam morrendo, como ocorreu mais uma vez, mas o preço é até pequeno perto dos benefícios. São apenas efeitos colaterais. Perdi algo?"

"Em suma, é isso", concordou Maia, terminando sua segunda água.

"Entendo", respondi com uma acidez da qual agora me arrependo, ela não tinha culpa de nada. "Então está tudo perdoado…"

Ela nada mais falou.

Eu me sentei na poltrona diante da dela e ficamos um tempo ali em silêncio, ambos cabisbaixos. Pela minha mente passavam flashes sobre a fugacidade de nossa vida, que pode terminar a partir dos devaneios de um justiceiro inclemente, embora bem-intencionado.

"E por que você veio até mim?", perguntei de chofre ao me dar conta de ela estar na minha frente e ter me falado tudo aquilo sem qualquer razão concreta para tanto, afinal eu não era policial.

"Não sei ao certo." Ela, de fato, parecia não saber. "Mas tenho a impressão de que Dimas gostaria disso. Ele sempre falou de você de uma forma terna, sabe?"

Quase chorei ao ouvir sobre a maneira com que Dimas se referia a mim. Além disso, sentia-me estranhamente culpado. Eu deveria ter percebido que ele não estava bem. Que porra de amigo eu era? Por que não pude interromper meus malditos treinos e observar com mais atenção o martírio de um amigo? Treinava tanto para quê?

"E agora?", perguntou ela.

"Não sei. Ainda estou zonzo com tantas revelações." Após uns instantes, devolvi-lhe a mesma pergunta. "E agora?"

"Agora nada", respondeu ela sem hesitar. Parecia haver outra coisa a acrescentar, mas ela não o fez de imediato, quase como se estivesse engasgada, compreensível quando ela finalmente voltou a falar. "Eu larguei Karl."

"Largou?", perguntei, num tom de voz baixo, aturdido, parecendo incapaz de compreender uma frase tão curta e objetiva.

"Apanhei minhas coisas e saí de casa. Não tenho como conviver com ele depois disso."

Eu a olhei atravessado, sem entender direito suas razões. Equivocadamente, eu imaginava naquele momento que ela estava abandonando um barco afundando para não se incriminar, mas não era isso.

"Eu amo o Karl." Constrangida, ela se abriu sobre um assunto bastante pessoal e sem qualquer necessidade de fazê-lo. "Mas não posso conviver com ele sabendo todas essas coisas. Por isso, fiz minha mala e abandonei nosso apartamento. Não sei o que haverá no futuro."

"E para onde você vai?" A questão nem me interessava, perguntei só por delicadeza e por não ter outra coisa para comentar.

Ela ignorou minha pergunta e me deixou com uma enigmática sentença, cuja profundidade não alcancei de imediato, mas senti seu constrangimento.

"Além disso, e talvez o mais importante, finalmente descobri que também tenho algum valor, sabe? Meu marido lamentavelmente nunca percebeu isso." Por fim, ela respondeu ao que eu perguntara. "Não sei para onde vou", ela parecia não saber mesmo, "só sei que preciso de um tempo sozinha. Por falar em tempo, já tomei muito do seu."

Quando ela se levantou, mais uma vez me assombrei ao perceber quão bela e sedutora Maia era, mesmo com aquele corpo de atleta por baixo do agasalho folgado (o momento era de tristeza, mas caráter é destino e o pesar pela morte do meu amigo não seria nunca empecilho para a apreciação de uma beldade daquela, afinal uma coisa não impede a outra, como Dimas concordaria).

Após a saída de Maia, fiquei mais um tempo perambulando pela clínica, agitado e sem saber o que fazer. Quando me dei conta, já eram quase vinte e três horas. Apesar de ser tarde, liguei para Laila, e ela me atendeu de imediato, como se aguardasse o chamado.

"E aí? A fim de uma praia?", perguntei, num tom jovial e forçado, visivelmente artificial.

"Praia? Que praia, Naka? Ficou maluco?" Apesar da resposta pouco animadora, Laila parecia disposta a encampar a ideia.

"Você estava insistindo para visitarmos a pousada paradisíaca que você descobriu. Pois bem, eu topo para amanhã mesmo."

"Está chovendo, sabia? Choveu o dia todo", riu ela, mas quase aderindo.

"Com chuva é melhor. Você é branquela, Roger nunca tomou sol na vida e eu descendo de asiáticos. Sol demais nos queima."

"Não sei..."

"Perfeito, vamos ainda hoje. Dormimos lá e amanhã cedo já começamos a curtir. Você liga para o Roger, ele não me atende." Eu falava rápido para ela não perceber minha aflição, mas eu duvidava estar tendo sucesso.

"Naka, eu trabalho, sabia?" Ela ria agora, sinal positivo. "Você também, aliás."

"A clínica é nossa. Uma vez na vida podemos aproveitar isso. Além do mais, somos dentistas. Juntamente com os médicos, temos a prerrogativa de cancelar uns atendimentos de vez em quando por conta de um mal explicado imprevisto, ou seremos punidos pelo Conselho Regional de Odontologia pela indevida pontualidade. E o Roger é capitão da Aeronáutica. Essa patente deve servir para alguma coisa, faltar ao trabalho um único dia, pelo menos. Ninguém vai morrer."

"Você ficou maluco!" Apesar de suas palavras, era evidente a aceitação dela.

"Ótimo, ligue para a pousada e reserve três quartos para a gente."

"E se não tiverem quartos?"

"Com essa chuva e no meio da semana? Vão nos agradecer, pode apostar."

"Está bem", aquiesceu ela, cheia de entusiasmo.

"Ligarei direto para a base do Roger, já que ele deve estar dormindo e não costuma atender o celular à noite. Será muito legal acordar o soldado. Ele vai pensar que estourou a terceira guerra mundial."

"Será legal. Fiquei excitada com a ideia", finalizou ela, de maneira dúbia.

Combinamos sair em uma hora.

DIA 19 DE AGOSTO
QUINTA-FEIRA, POR VOLTA DAS 21H

"Uma hora isso precisava acontecer", respondi para Laila e Roger enquanto caminhava para meu quarto, assim como eles também faziam. Estávamos falando sobre o maravilhoso dia passado juntos na praia; a chuva cessara por completo ao longo do dia, então conseguimos aproveitar bem.

"Uma hora tudo deve acontecer...", completou Laila, com aquele tom enigmático que estava se tornando seu habitual modo de falar.

A noite mal se iniciava, mas jantamos na pousada mesmo e estávamos prontos para ir deitar; nenhum de nós se animava a sair, evidente indicativo de que eles estavam mesmo ficando velhos — eu não, é claro, só abdiquei da noite praiana em respeito à memória de Dimas. O dia fora bom, poderia a noite descer, meu amigo parafrasearia Manuel Bandeira se conhecesse o poeta e ainda estivesse vivo, razão pela qual eu o substituí.

O sono, porém, não me socorria. Mesmo após um extenuante dia de muita diversão, eu me mantinha acordado, rolando de um lado para o outro na cama, quando não apenas olhando para o teto. Não sei bem por qual razão, mas eu tinha a impressão de ouvir Laila e Roger na mesma situação.

Insone, eu recordava as esperançosas palavras de Laila: "Deve haver uma forma de cura para nós. Para alguns de nós, pelo menos".

Ela havia proferido tais palavras naquele mesmo dia, durante as muitas vezes em que havíamos retomado a tragédia recaída sobre a família de Karl e o quanto isso o feriu e endureceu ao mesmo tempo (a propósito, eu havia contado tudo para eles na descida da serra). Posteriormente, em busca de vingança, Karl veio a provocar análogas feridas em muitas outras pessoas, culminando na morte de Bianca, cujo pai, Dimas, tão ferido e sedento de vingança quanto seu pretérito colega de escola e parceiro de time, terminou por também ingressar numa jornada de vingança, vindo a matar Bolão, Paulão, Hiena, Boy e o diretor da escola, tendo sido ele mesmo, Dimas, morto no último ato de retaliação.

Durante boa parte do dia Roger permanecera mais silencioso do que o habitual, ouvindo com atenção tudo quanto eu contava. Laila comentava aqui ou acolá, mas sem se envolver de verdade no tema, apenas acrescentando umas interjeições de espanto ou de concordância quando não tinha coisa mais substanciosa para acrescentar — a trágica vida de Karl e Dimas estava além da compreensão deles.

Sem embargo, Roger e Laila também eram pessoas feridas, não por batalhas sangrentas, apenas por seus passados infelizes e relacionamentos traumáticos.

E eu?

Claramente não apresentava cicatrizes, mas não teria sido igualmente ferido ao longo da vida? Na verdade não, pois eu nunca tinha lutado de verdade, dei-me conta, desconsolado. Eu passara a vida treinando e treinando, mas para quê? Minhas lutas tinham regras e tempo de duração, realizadas após treinamentos meticulosamente estudados e aplicados; a vida é um pouco mais imprevisível.

Na minha vida pessoal imperava a mesma sensaboria. Meus relacionamentos haviam sido breves e frívolos. Até mesmo a odontologia sempre fora apenas parte de minha vida, à qual nunca me dedicara realmente além do necessário, como se fosse um hobby, e não um meio de buscar a subsistência, já que esta estava garantida pelo patrimônio legado por meus pais (desde que eu não cometesse excessos, é claro, nos quais incorria com frequência).

Enfim, após a morte de Dimas, eu sentia nunca ter vivido de verdade, apenas ensaiado.

Deve haver uma forma de cura para nós. Para alguns de nós, pelo menos, ruminava eu, deitado naquela cama gigantesca.

De súbito, um barulho chacoalhou a tranquilidade da pousada, tirando-me de minha delirante vigília. Levantei-me e, de pijama, saí para verificar o que poderia ter sido.

No corredor, nada vi do lado esquerdo; do lado direito, vislumbrei apenas Roger, que, por sua vez, olhava de volta para mim, também de pijama, mas muito inferior ao meu (o dele era cinza, branco e bege, completamente sem graça; em contrapartida, o meu era esverdeado e ostentava graciosos animais silvestres em tons delicados de azul e púrpura — tenho classe, sabem?). Entre nós dois, nenhum som ou luz escapava da porta do quarto de Laila. Provavelmente estaria dormindo.

"Capitão, você é barulhento demais!", censurei de plano. "A pousada é boa, mas muito mal frequentada. Vou reclamar na administração."

"Digo o mesmo de você, afinal foi você quem me acordou", retrucou Roger.

"Além de tudo é mentiroso", provoquei. "Você não tem cara de quem estava dormindo. Devia estar vendo filme pornô no celular."

"Não estava dormindo mesmo, mas poderia estar, é o que basta. E não vejo seus filmes."

"Bem se nota. É por isso que não consegue dormir. É bem relaxante, sabia?"

"Não quero saber de sua deplorável vida pessoal, só quero dormir em paz."

"Fique à vontade, Capitão. Não estou com seus olhos!"

Nisso, a porta do quarto do meio se abriu, mas Laila não saiu dele, apenas uma tênue luz azulada, seguida de uma música conhecida.

Roger e eu nos entreolhamos por alguns instantes, sem entender o que se passava (éramos definitivamente lerdos, como sabia Laila), embora a cristalina e afinadíssima voz de Marvin Gaye nos explicasse coisas que nós, tolos, jamais teríamos entendido por nós mesmos, malgrado a quantidade de dicas deixadas por Laila ao longo dos últimos tempos.

O grande expoente da soul music americana cantava alguma coisa sobre a cura através do sexo ("Sexual Healing"). Sou fluente em inglês, mas não vou traduzir. Procurem aí a tradução num aplicativo qualquer.

And when I get that feeling
I want sexual healing
Sexual healing, oh baby
Makes me feel so fine
Helps me to relieve my mind
Sexual healing, baby, is good for me
Sexual healing is something that's good for me

Pois bem, após essa clara aula sobre as relações humanas e suas naturais necessidades, finalmente compreendemos e, cessando as piadas e as implicâncias mútuas, trocamos um alongado olhar, cheio de empatia e entendimento.

Ao mesmo tempo, fechamos as portas de nossos quartos, com gestos seguros e bem concatenados. Depois caminhamos juntos para o quarto de Laila.

Desta vez não era uma ilusão.

DIA 20 DE AGOSTO
SEXTA-FEIRA, FINAL DA TARDE

"Uma ilusão zelosamente cultivada por todos nós é a eternidade da juventude", falava Laila a pretexto de nada, enquanto estávamos sentados na areia da praia, tomando água de coco. "Porém, esta se acaba e destrói aquela, como a vida demonstra seguidas vezes para quem quer ver e, especialmente, para quem não quer."

Roger e eu a escutávamos sem interrupção.

Durante a manhã, havíamos telefonado para dona Renata e pedido para ela de novo cancelar toda a agenda do dia; iríamos esticar a estadia na praia aproveitando o sol, que finalmente dera as caras. Nossa peculiar recepcionista não apreciara nem um pouco a novidade, praticamente nos recordando o fim de nossa adolescente ocorrida décadas antes. Ficamos tão envergonhados que nos desculpamos com vagas mentiras e desligamos na sequência; nem parecia ser ela quem trabalhava para nós.

O sermão foi pesado, mas compensou, afinal passamos horas extraordinárias na praia semivazia antes da chegada do final de semana. Gastamos o dia brincando, rindo e falando trivialidades.

Não houve qualquer menção à noite anterior, é claro.

Estávamos ao lado de um restaurante pé na areia, aguardando o pôr do sol. A praia onde estávamos era curta, entre dois morros cobertos pela mata atlântica, sobre cuja copa das árvores o sol incidia na perpendicular. Fazia um calor agradável e o local começava a se encher com os veranistas chegando para o final de semana.

Em dado momento, enquanto ainda estava digerindo o tom filosófico das palavras de Laila, ouvi no restaurante ao lado uma música começar a tocar.

"Gosto tanto dessa música… Fazia tempo que não ouvia", falou Laila ao acaso.

"Eu também", concordou Roger.

Eu nada falei a princípio. Se tentasse, minha voz sairia embargada. Nem lembro o título da música em questão, mas nunca esquecerei o quanto a dancei quando era jovem, como expliquei brevemente para meus amigos quando consegui me recompor.

"Lembro bem de quando essa música foi lançada. Dimas fez muito sucesso dançando esse tal de 'forró universitário', como era chamado."

Ao longo da minha rememoração, sentindo algo me subir pela garganta, não sei se choro ou apenas nostalgia; calei-me de novo.

Eles gentilmente aguardavam.

"Dimas arrebentava corações nessa época. Eu ficava com ele, aproveitando os produtos da safra gorda. Aprendi a dançar observando-o. Mais ou menos, quero dizer. Ou fazia isso ou ficaria de fora da diversão. Aprendi muitas outras coisas também…"

Olhando para o sol quase se pondo por detrás do pequeno morro próximo, minha garganta se fechou de vez e nada mais saiu da minha boca.

"Quer dançar, samurai?", convidou-me Laila num tom gentil, mais para me tirar daquela opressão em que eu estava prestes a cair do que propriamente por vontade de levantar e bailar. "Não é possível que você só saiba chutar outras pessoas, essas pernas devem ter alguma outra utilidade."

"Não, obrigado", recusei, antevendo o vexame completo que seria eu derramar meu pranto durante uma dança com Laila, ouvindo aquela música e recordando meu falecido amigo. Em vez disso, apontei para um ponto vazio na praia.

"Estão vendo?"

Laila e Roger olharam para onde meu dedo apontava, mas não percebiam com exatidão a que exatamente eu me referia.

"O tempo e o espaço não existem." Superada a barreira inicial, deixei meus pensamentos escaparem livremente, apesar de não conferir muito sentido às minhas palavras. "Vejam ali no centro, Dimas e eu, cada qual com vinte anos, caminhando entre as pessoas como se a praia fosse nossa. Dimas, de bermuda e camisa florida aberta sobre o tórax definido, lança um olhar indiscreto para as meninas e seleciona quem vai chamar para dançar. Eu, ao lado dele, de óculos escuros e com um copo de caipirinha na mão, curto a música e aguardo o próximo passo dele. Sei de antemão que a escolhida por ele será bonita e alegre, num vestido leve e estampado. Sei também que ela terá uma amiga igualmente bonita e alegre. Depois, o rio seguirá seu curso..."

Não sei se Laila e Roger enxergavam tão vivamente a imagem por mim descrita, mas eu quase tocava os personagens da cena. Nesse "quase" residia todo o fatalismo da passagem do tempo.

O Dimas e o Rafa do passado continuaram sua ilusória travessia por entre as pessoas que começavam a se juntar para dançar na areia, as quais não sentiam quando eram atravessadas por eles. Seguiram leves e descontraídos até desaparecer por completo.

"Vamos dançar?"

De forma absolutamente inesperada, eis que Roger se levantou e estendeu a mão para Laila, que, sorridente, só não aceitou de imediato para não me deixar sozinho ali, tão introspectivo e melancólico eu estava. Percebi a boa vontade dela, além do desespero dele, por isso intervim.

"Pode ir, Laila. Duvido que o capitão saiba dançar decentemente, mas não custa tentar."

"Voltamos já", respondeu ela entre risos, dando a mão para ele.

E se afastaram, caminhando descalços pela areia, até um ponto em que se abraçaram e se deixaram embalar pela música. Notei, com grande surpresa e alguma resignação, que, primeiro, contra todas as expectativas, Roger dançava bem, e, segundo, havia uma nítida química entre eles, uma ligação não muito definida, mas muito forte e que ia além de nossa amizade; estranho eu não ter notado antes.

Por mais alguns instantes eles dançaram, tempo em que continuei absorto. Acima dos meus amigos, meu olhar se deteve nos últimos raios de sol do dia, escapando entre a copa das árvores, coincidindo com o final da música.

Nessa hora, recordei que, cerca de um século antes, o escritor americano F. Scott Fitzgerald pôs na boca de Nick Carraway as tristonhas palavras com as quais ele encerra o romance da vida de seu extraordinário amigo James Gatz, tornado célebre como Jay Gatsby, personagem central de *O grande Gatsby*, as quais eram perfeitamente aplicáveis ao sentimento que me invadia naquele instante observando as ondas indo e vindo na praia, a justificar sua reprodução.

"*So we beat on, boats against the current, borne back ceaselessly into the past.*" [E assim continuamos, barcos contra a corrente, impelidos incessantemente rumo ao passado]

Igualmente pesaroso, eu não via futuro diante de mim enquanto batia meu precário barco contra a corrente, arrastado tragicamente para o passado.

(2ª PARTE)

DIA 21 DE AGOSTO
SÁBADO, TARDE DA NOITE

O passado me atormentou por toda a viagem de volta da praia. Levantei muito cedo, antes das cinco, após uma noite muito maldormida. Saí da pousada sem falar com ninguém, deixando apenas um econômico bilhete de três linhas para meus amigos. Gastei um bom dinheiro no Uber para subir a serra, mas compensou; algumas coisas são inadiáveis na vida, e meu retorno sem Laila e Roger era uma delas.

Permaneci em casa o dia inteiro, sem atender telefone ou responder mensagens. Ao revés, aproveitei o tempo para reorganizar todas as minhas anotações, trabalhando sem parar como um possesso, tomado por uma sensação de urgência como nunca experimentara antes, um sentimento maníaco e inafastável, quase uma demência; simplesmente não conseguia parar enquanto não terminasse minha tarefa.

Malgrado o cansaço sentido, as coisas finalmente estavam claras para mim e eu não pretendia desperdiçar essa rara epifania, então segui adiante por incontáveis horas, obcecado por uma certeira resolução: a de que minha vida seria diferente após esse dia.

Por volta das vinte e três horas, extenuado, mas realizado, dei meu trabalho por completo. Minha narrativa sobre a vida de Dimas se encerrou como ela própria.

Doravante, pois, escrevo exatamente o que estou vivendo no preciso instante da escrita.

Olho para a quantidade de laudas no computador e não me furto de sentir orgulho, não de mim, menos ainda do meu texto, mas de ter sido amigo de Dimas e de ter vivido tantas coisas ao lado dele.

Chego a ser grato a ele por ter usado a *tanto*, o punhal que herdei de minha mãe, na sua odisseia. É como se eu tivesse estado com ele nas suas batalhas.

Nestas precárias páginas está consignado tudo quanto pude apreender acerca dos eventos relacionados à vida dele, à minha e à de Laila, Roger, Karl e Maia.

Dimas foi meu amigo mais antigo e leal, a pessoa de quem mais me senti próximo, o irmão trazido pela vida para o lado deste solitário filho único. Ele foi o cara com quem compartilhei uma (aparente) infindável juventude, com todos os seus sonhos e agonias, também o homem adulto cuja presença sempre me recordava uma fase esplendorosa de nossas vidas, a qual melhorava ano após ano, enfeitada pelo enfraquecimento da memória e fortalecimento da fantasia.

Até que a realidade se impôs, como registrado nas páginas pretéritas.

Dimas e eu éramos diferentes em tudo, e, apesar disso, quiçá por isso, nos irmanamos tanto.

Gosto de imaginar que eu representava para ele a disciplina que ele nunca teria, ao passo que eu me alimentava da descompromissada liberdade dele. Qualquer que tenha sido a razão para nossa amizade, ela não importa mais; as coisas foram assim, mas não serão mais, restando apenas o deleite e a dor da recordação.

Encerradas as anotações sobre Dimas, passo a me dirigir diretamente a Laila e Roger:

Meus amigos, aproveitando a tranquilidade da noite, dentro de instantes voltarei uma última vez à nossa clínica. Será uma passagem rápida, apenas para retirar alguns poucos pertences pessoais de um lugar onde fui tão feliz no exercício da odontologia, tendo vocês como sócios e parceiros.

Na manhã de segunda, quando retornarem, nada meu haverá por lá. Não pretendo me despedir pessoalmente de vocês, sou fraco para despedidas. Ficam, dessa forma, estas palavras de adeus.

Lembrem de mim de vez em quando, é meu único pedido, e não deixem a dona Renata falar mal de mim para os pacientes que talvez perguntem sobre meu sumiço.

Tão logo eu saia (pela última vez), trancarei a porta e acionarei o alarme. Minha chave será destruída e os resíduos dispensados num cesto de lixo qualquer, para nunca mais ser recuperada; somente assim resistirei à tentação de retornar.

Daqui por diante, e de forma definitiva, a clínica é de vocês e apenas de vocês. Por favor, não me ofendam com discussões mesquinhas sobre partilha de bens e carteira de clientes; eu tenho algumas reservas e saberei me virar.

Maia abandonou Karl, embora temporariamente, talvez. Minha vida, contudo, necessita de um chacoalhão mais drástico.

Pretendo mudar de cidade, ou permanecer nesta, mas em outra região, ainda não decidi, nem isso importa agora. Devo abrir um pequeno consultório em algum lugar, talvez conhecer alguém para me distrair e me fazer reduzir o esforço de tantos treinos pesados, os quais já pressionam meus quase quarenta anos. Como eu disse, nada há de definido sobre os dias vindouros. As possibilidades são muitas e me sinto motivado pela incerteza, embora um pouco assustado também — são bons sentimentos, melhor do que um coração vazio.

Certeza tenho apenas uma: sem Dimas ao meu lado (ele se foi) e sem a amizade de vocês (eu me vou), estou reduzido à condição de *ronin*, um samurai sem mestre, e, por isso, sem propósito na vida. Naturalmente não tenho razões para cometer *seppuku*, o ritualístico suicídio japonês para recuperação da honra, afinal nada fiz de vergonhoso — embora haja pouco de elogiável na minha vida, antecipo a piada e nada deixo para Roger!

Ficam aqui beijos e abraços fraternos para ambos. E meu incondicional agradecimento. Por tudo. Agora, urge partir e poupar o tempo de vocês.

A propósito, quando olho para vocês, vejo uma coisa informe, mas muito bonita, que não vicejara por completo até hoje por conta de um empecilho muito claro: minha presença. Em retribuição aos muitos anos felizes ao lado de vocês, tirarei esse obstáculo do caminho.

Finalizando, aproveito para lhes deixar um conselho e um pedido. O conselho é simples: deixem o passado no passado e construam um futuro juntos, o que somente será alcançado caso não desperdicem o presente. Quanto ao pedido, é igualmente frugal. No que se refere ao que ocorreu no nosso passeio à praia, cometo a indelicadeza de lhes rogar que não o reneguem. Não precisam, nem devem, recordá-lo amiúde, mas não há razão para esquecê-lo ou repudiá-lo. Deixem sua reminiscência alojada num canto qualquer da memória, como uma roupa querida que não nos serve mais, porém preservada no fundo da gaveta por questões puramente sentimentais.

Ao contrário do que sustenta o senso comum, a vida é longa e o mundo é vasto quando não nos limitamos a repetir os nossos dias sobre esta terra.

Uma última coisa.

Antes de iniciar minha nova fase, terei um encontro definitivo com Karl Bergman, o deus dourado, com quem tenho assuntos pendentes a tratar.

Conheço os lugares frequentados por ele, então não terei dificuldade em encontrá-lo. Além disso, sinto que ele está me esperando.

Conhecendo-os, imagino as expressões de espanto ao lerem estas palavras. Imagino, da mesma forma, as objeções a serem levantadas por vocês acerca da inutilidade da vingança sugerida pelas minhas palavras, bem como do risco de confrontar diretamente o homem supremo.

De fato, Karl Bergman teve sua família e sua vida destroçadas por um crime medonho, mas sua busca por vingança somente gerou mais dor, perdas e injustiça. Dimas, da mesma forma, enveredou por uma jornada justiceira cuja última e maior vítima foi ele mesmo. Maia, de sua parte, e sob uma perspectiva mais pessoal, buscou se vingar do descaso de seu marido e somente se degradou. Não sou tão obtuso a ponto de ignorar esses fatos, sei muito bem que a vingança e a violência nada trouxeram de bom para a vida deles, nem trarão para a minha.

Dimas, porém, era meu amigo. Vocês também o são. Cuidem de si e um do outro. E sejam felizes. Quanto a mim, seguirei cantando.

> *Fé em Deus que ele é justo!*
> *Ei, irmão nunca se esqueça*
> *Na guarda, guerreiro, levanta a cabeça*
> *Truta, onde estiver, seja lá como for*
> *Tenha fé porque até no lixão nasce flor*

EPÍLOGO
DIA INCERTO, HORÁRIO IGNORADO

Os manicômios judiciários tendem a desaparecer. Algum dia.

Por enquanto, contudo, eles existem e são necessários, se não exatamente como centros de tratamento e reabilitação de criminosos de variada patologia, como se poderia desejar, ao menos como despejadouro de pessoas para as quais não se consegue dar um encaminhamento melhor, tendo em vista o insuperável conflito gerado a partir da inadequação de devolvê-las à sociedade livre e ordeira, que os teme e rejeita, e a impossibilidade de lhes conceder tratamento realmente efetivo.

Eis o paradoxo: a punição para os atos dos criminosos tidos como insanos seria branda, se aplicadas as sanções regulares, além de ineficaz, considerada a parca compreensão dos afligidos; em contrapartida, a cura para suas moléstias (do cérebro? da alma?) está além da medicina tradicional. Destarte, os classificados como "alienados e loucos de toda espécie" são simplesmente direcionados para um estabelecimento indefinível, híbrido de prisão e hospital psiquiátrico, o qual reúne o pior de ambos num amálgama aterrador, local onde permanecem sob custódia (presos, na verdade) por tempo indeterminado, enquanto são tratados — espancados e abandonados à própria sorte, loucos jogados entre loucos e sob os cuidados de sádicos e ignorantes —, à espera da superveniente retomada da sanidade ou, ao menos, de uma incerta "cessação de periculosidade" — a ironia é, no caso, a menos grave das agressões.

Surge, assim, a prisão perpétua por meios transversos, degradada a partir de um misto de inócuas terapias envolvendo pouca ciência, alguma medicação e muita violência, tudo com vistas a sanar uma moléstia imprecisa; não espantam, pois, os poucos resultados frutuosos.

É exatamente numa dessas instituições que Hiena está recolhido após ter sido categorizado como inimputável por um perito psiquiatra com base em um laudo genérico, se não ininteligível, ainda no início das apurações dos seus muitos crimes.

Dessa forma, tido como "incapaz de entender seus atos ou de se orientar conforme esse entendimento", optou-se por encaminhá-lo para a internação, por prazo indeterminado, num estabelecimento adequado para ele. Bem mais humano, não? É sim, podem confiar. Nem precisam perguntar para ele ou para seus desprendidos cuidadores.

Embora há pouco tempo no local, Hiena começa paulatinamente a entender o funcionamento da instituição onde está internado, bem como o comportamento de seus companheiros de mortificação e as perversões de seus carcereiros. Em resposta, inicia uma série de alterações em seu comportamento para se adequar ao padrão exigido dele, e em poucos dias começa a angariar um tratamento mais brando do que o ofertado aos demais internos.

De fato, na maioria das vezes ele colabora com os funcionários e interage com os outros pacientes, mas não é sempre.

Em algumas ocasiões, mesmo com seus esforços de autocontenção, enlouquece por completo, apesar dos medicamentos recebidos — ou por causa deles, não se tem nada muito claro.

Nesta noite, entretanto, sua hora de redenção chegará.

As celas foram fechadas às dezenove horas, conforme a rigorosa regra interna, e praticamente todos os outros internos dormem (sedados), enquanto Hiena, desperto e extraordinariamente lúcido, aguarda.

Em silêncio, um dos enfermeiros vem até sua cela e o chama, supostamente para também o medicar. Contudo, a seringa na mão direita não é usada, mas a chave do cadeado da esquerda sim — o salário dos agentes é baixo e o crime organizado pode subir a oferta sem quaisquer limitações, até torná-la irresistível, até finalmente o negócio ser visto por ambas as partes como vantajoso. Em instantes, funcionário e interno trocam de roupas no interior da cela; depois, de lugar; o agente estatal permanece no claustro, enquanto Hiena salta para fora da cela.

De súbito, ele hesita, como se recordasse de algo. Volta os olhos para o enfermeiro, que aponta para a própria têmpora direita, onde deve receber um leve golpe a fim de posteriormente justificar a fuga. Hiena, contudo, agride o agente com incontida ferocidade, seguidas vezes, depois injeta nele o conteúdo da seringa — o combinado não era esse, é claro, mas os alucinados têm seu jeito peculiar de cumprir acordos.

A seguir, Hiena percorre silenciosos e escuros corredores até chegar ao final do mais longo deles, onde um portão de metal só pode ser aberto pelo lado de fora. O guarda externo, ao notar a aproximação do homem de uniforme, destranca o portão e o deixa passar — apesar do avental, Hiena jamais seria confundido com um enfermeiro não fosse a indução de generosa quantia em dinheiro também para esse guarda. Hiena segue por um corredor mais claro e limpo até seu final, onde há uma janela, a qual é quebrada com uma cadeira — não há mais tempo para sutilezas —, ao passo que a tela de metal do lado de fora é cortada com o prestimoso auxílio de uma ferramenta esquecida ali pelo pessoal da manutenção.

Num salto, Hiena passa para o teto da garagem e, de lá, para o chão do pátio.

Com passos decididos, rapidamente atravessa os belos jardins iluminados pela luz da lua, chega ao último portão, ao lado de uma guarita, dentro da qual não há ninguém, pois neste preciso instante o sentinela está aliviando a pressão da bexiga no banheiro ali perto — linhas atrás foi mencionado salário baixo, oferta tentadora, não foi? Explicadas assim as coincidências.

Hiena escala o portão e transpõe as pontas de lança do topo para, em seguida, num salto felino, pousar tranquilamente do lado de fora do manicômio. De imediato, passa a correr ainda mais rápido.

Quando os alarmes atrás dele começam a soar, já alcança uma floresta próxima, embrenhando-se mata adentro, enquanto uma expressão de riso vai aos poucos se formando em sua face alucinada, embora o som ainda esteja contido na garganta.

Avançando para o interior da floresta, inexpugnável, seu riso se liberta e assusta os animais noturnos.

Em pouco tempo, a gargalhada se espalha acima da copa das árvores e, sob o brilho da lua, ecoa noite afora, sem limite ou razão.

Nenhum muro consegue conter a loucura do mundo.

CANÇÕES E AUTORES/INTÉRPRETES CITADOS NESTE LIVRO

"Homem na estrada", Racionais MC's
"As dores do mundo", Hyldon
"Vida loka I", Racionais MC's
"Sá Marina", Wilson Simonal
"Mulheres", Martinho da Vila
"Bola dividida", Luiz Ayrão
"Não quero dinheiro, só quero amar", Tim Maia
"Fio Maravilha", Jorge Ben Jor
"Espumas ao vento", Accioly Neto
"Bem que se quis", Marisa Monte
"Timoneiro", Paulinho da Viola
"Sexual Healing", Marvin Gaye

FONTE Minion Pro
PAPEL Pólen Natural 80 g/m²
IMPRESSÃO Paym